ZU DIESEM BUCH

Dieser gewagte Roman voll detailversessener erotischer Geschichten, verschmitzt verkleidet als Kopfkissenbuch aus der Welt des japanischen Kaiserhofs im 11. Jahrhundert mit seinen strengen, gleichwohl aber genüßlichen Riten, entführt in eine sinnliche Welt ungewöhnlichster Obsessionen. Er zeichnet eine bemerkenswert moderne Frau, der es gelingt, sich nichts und niemandem zu unterwerfen – außer ihren Sehnsüchten und ihrer Lust.

«Alison Fell hat mit diesen erotischen Paraventgeschichten eine Poesie der Erregung und gleichzeitig ein Hohelied auf sexuelle Phantasien geschaffen. Ein exquisites Werk.» («City»)

«Ein kluger, verführend vergnüglicher Roman, in dem Erotik und der Glanz vergangener Zeiten phantasievoll kombiniert sind.» («Sunday Times»)

Alison Fell, geboren 1944 in Dumfries/Schottland, studierte Kunst an der Universität in Edinburgh. Sie veröffentlichte Lyrik, Erzählungen und Romane sowie drei Anthologien mit Prosatexten britischer Autorinnen. Sie lebt als freie Schriftstellerin in London.

JADESCHWERT UND PFLAUMENBLÜTE

ROMAN

EROTISCHE PARAVENTGESCHICHTEN
FÜR DIE HOFDAME ONOGORO

Unter Hinzuziehung der englischen Übersetzung von
Arye Blower ins Deutsche übertragen von
Martina Dervis und Markus Edler

Mit einem Vorwort von Sir Geoffrey Montague-Pollock

HERAUSGEGEBEN VON
ALISON FELL

rororo

ROWOHLT

Veröffentlicht im Rowohlt Taschenbuch Verlag GmbH,
Reinbek bei Hamburg, August 1996

Die Originalausgabe erschien 1994 unter dem Titel
«The Pillow Boy of the Lady Onogoro»
bei Serpent's Tail, London

Redaktion Tamara Trautner
Besonderen Dank an Sue Ord
von der City Literary Institute Library
für ihre Hilfe während all der Jahre – A.F.
Umschlaggestaltung Walter Hellmann
(Illustrationen Jürgen Mick)
Gesamtherstellung Clausen & Bosse, Leck
Printed in Germany
1490-ISBN 3 499 13918 9

JADESCHWERT UND PFLAUMENBLÜTE

VORWORT ZUR ENGLISCHEN AUSGABE

Jadeschwert und Pflaumenblüte entstand in der Blütezeit der Heianzeit, also irgendwann im späten zehnten oder frühen elften Jahrhundert. In dieser Epoche, in der die Hofdame Murasaki ihre *Geschichte vom Prinzen Genji* schrieb, den ersten psychologischen Roman der Weltliteratur, wirkten außerdem Hofdichterinnen wie Izumi Shikibu und Tagebuchautorinnen wie Sei Shōnagon, die in ihren Werken – nach Meinung einiger Wissenschaftler die Eckpfeiler der japanischen Literatur – die weibliche Volkssprache zu einem Gipfel poetischer Ausdruckskraft führten.

Über die Hofdame Onogoro, die in dieser Zeit zu dem glanzvollen Dichterkreis am Heianhof stieß, wissen wir nur, daß sie in den ersten Jahrzehnten des elften Jahrhunderts am literarischen Firmament aufstieg und anschließend in Vergessenheit geriet. Sie hat der japanischen Literatur etwa zweihundert Gedichte hinterlassen, Werke von außergewöhnlicher sprachlicher Prägnanz, die durch ihre klare Metaphorik ebenso bestechen wie durch ihre philosophische Tiefe.

Die Originalhandschrift von *Jadeschwert und Pflaumenblüte* ging lange vor Ende der Heianzeit verloren. Die großen Mühen sowie die vielen Hindernisse, denen sich Professor Arye Blower [1] und seine Mitarbeiterin, die Dichterin und Schriftstellerin Alison Fell, gegenübersahen, können wir nur erahnen. Sie übernahmen die schwierige Aufgabe, aus den sechs fragmentarischen Abschriften des großen Liebesromans, die in der Kamakurazeit entdeckt wurden, die vorliegende Fassung zusammenzustellen.

Bevor nicht eine Handschrift aus der Heianzeit auftaucht, was höchst unwahrscheinlich ist, wird nicht mit Sicherheit zu sagen sein, welche Fassung von *Jadeschwert und Pflaumenblüte* dem Original am nächsten steht. Die philologische Akribie und das außergewöhnliche literarische Gespür, die diesem eigentlich fragmentarischen Werk eine solch elegante Ordnung verliehen, verdienen jedenfalls höchste Anerkennung: Das vorliegende Buch ist die bis dato verläßlichste Ausgabe von *Jadeschwert und Pflaumenblüte*.

Seitdem im *Harvard Journal of Asiatic Studies* vom Frühjahr 1963 erstmals angezweifelt wurde, ob das vorliegende Werk überhaupt der Dichterin Onogoro zuzuschreiben ist, – meines Erachtens zu Recht –, ist eine kontroverse Diskussion um die Frage der Autorschaft entbrannt. Einige Forscher schreiben *Jadeschwert und Pflaumenblüte* Sei Shōnagon zu – unter Hinweis auf verblüffende stilistische Übereinstimmungen zu ihrem *Kopfkissenbuch*. Anhänger dieser These vermuten, daß Rivalität die Tagebuchautorin zu der pikaresken, um nicht zu sagen verleumderischen Lebensdarstellung der Dichterin veranlaßt haben könnte. Andere Philologen haben durchaus überzeugend argumentiert, daß die ausschweifenden Phantasien in *Jadeschwert und Pflaumenblüte* nur der überhitzten Feder eines sexuell und gesellschaftlich frustrierten Zölibatärs entstammen könnten – eines jungen Bonzen aus einem Kloster in der Provinz vielleicht. Tatsächlich geht ein großer Teil der Erotika dieser Zeit – zum Beispiel die *shunga*, Bildgedichtschriftrollen mit unverblümten Darstellungen des Liebesaktes – darauf zurück, daß eine religiöse Bruderschaft, finanziell von der Gunst rivalisierender Adelssippen abhängig, ihre Mittel aufbessern wollte. Zu diesem psychologisierenden Ansatz sei angemerkt, daß es natürlich höchst problematisch ist, das kulturelle Schaffen früherer Gesellschaften mit dem analytischen Blick des Post-Freudianers zu beurteilen.

In ihrer umfassenden Studie *Sexual/Textual Marginalisation and the Myth of the Great Author* verficht die renommierte feministische Wissenschaftlerin Herta Bexta-Jones die eigenwillige These von einer gemeinsamen Urheberschaft und verweist auf den großen Kreis begabter Dichterinnen, die in der mittleren Heianzeit im Zentrum der literarischen Aktivitäten standen. Bexta-Jones geht davon aus, daß die eingebetteten erotischen Erzählungen, ein herausragendes Charakteristikum des Romans, eindeutig die Funktion hatten, einen Zirkel von Damen zu unterhalten, vielleicht sogar erotisch zu stimulieren. Meiner Ansicht nach läuft dieser moderne, man möchte fast sagen radikale Ansatz jedoch Gefahr, den literarischen Qualitäten dieses Werkes nicht gerecht zu werden.

Eine nicht minder originelle, jedoch weniger leicht zu widerlegende These hat der berühmte amerikanische Altphilologe J. Dwight Ferguson aufgestellt. Er vermutet, es könne sich bei dem Werk möglicherweise um eine Parodie auf die in der Heianzeit vorherrschenden weiblichen Genres handeln, die von einem begabten, doch unbekannten Schreiber aus dem mittleren Stand verfaßt worden sei. Die Mischung aus sinnlicher Ausdruckskraft, emotionalem Chiaroscuro und formaler Innovation, die *Jadeschwert und Pflaumenblüte* von der zeitgenössischen *zuihitsu*-Gattung abhebt und uns nahelegt, das Werk auf eine Stufe mit der *Geschichte des Prinzen Genji* zu stellen, lassen Fergusons Theorie durchaus einleuchtend erscheinen.

Die zweite Hälfte der Heianzeit ist geprägt vom Zusammenbruch des gutsherrschaftlichen Systems, vom Untergang des hegemonialen Fujiwarahauses, von den Rivalitäten zwischen Hofadel und der zu dieser Zeit aufsteigenden Kriegerklasse sowie im zwölften Jahrhundert von der Herausbildung einer sich auf die Befehlsgewalt dieser Kriegerklasse gründenden feudalen Gesellschaft. Gegen Ende des zwölften Jahrhunderts hatte sich in Kamakura die *shōgunate*, ein von Kriegerfürsten begründetes Regierungssystem, etabliert. Die alte Kaiserstadt wurde durch diese neue, weit im Osten gelegene Hauptstadt abgelöst. Die Erfahrung des Bürgerkriegs und anderer gesellschaftlicher Wirren fand Eingang in die Literatur sowie in andere Künste, und große Schlachtepen wie etwa das *Heike Monogatari* ersetzten andere Genres, so die Tagebücher und Romane der Hofdamen. Ob die große sprachliche Bandbreite der Schreiber der Kamakurazeit eine höhere Stufe der japanischen Literatur repräsentiert, bleibt ein wissenschaftlicher Streitpunkt. Doch über die Poesie und den Zauber der Sprache in *Jadeschwert und Pflaumenblüte* sind sich japanische Leser seit dem ersten Erscheinen im frühen elften Jahrhundert einig. Englischsprachige Leser haben es Professor Blower und Alison Fell zu verdanken, daß ihnen tausend Jahre später dasselbe Vergnügen zuteil wird.

Geoffrey Montague-Pollock,
St. Antony's College, 1993

[1] Arye Blower studierte Sinologie und Japanologie an der Columbia University in New York und promovierte an der Universität Kyōto. Dort und an der School of Oriental and African Studies in London war er Dozent für japanische Literatur. Er hat zahlreiche Studien zu den fernöstlichen Sprachen und Literaturen sowie fünfzehn Übersetzungen aus dem Chinesischen und Japanischen vorgelegt. 1984 wurde Professor Blower zum Fellow am St. Antony's College in Oxford gewählt.

Für Dave Cook, in Liebe

Es würde mich trösten,
Dein Gesicht zu sehen,
Wenn auch nur flüchtig, zwischen
Den zuckenden Blitzen der Dämmerung

Izumi Shikibu (ca. 976–1030)

So laßt mich denn erzählen, was ich von jener gehört habe, deren wahren Namen wir nie erfuhren und die nur als Hofdame Onogoro bekannt war. Onogoro, die Selbstgerinnende. Darin schwingt Hochmut mit, als wolle sie zuallererst ihre Eltern verleugnen und sich selbst neu erschaffen, aus dem Schaum aufsteigen wie jene erste Insel Japans gleichen Namens, die, so geht die Sage, sich selbst aus dem Meereswasser gerann, das vom himmlischen Juwelenspeer des Gottes Izanagi tropfte.
Offengestanden war niemand unter uns recht sicher, wie sie überhaupt an den kaiserlichen Hof gelangte. Möglicherweise war in der Hauptstadt irgend jemand von Einfluß ihrem Vater, dem Steuereintreiber, einen Gefallen schuldig gewesen, oder vielleicht war die Kunde von ihrem dichterischen Talent bis an das Ohr des Dainagon selbst gedrungen; was auch immer wahr sein mag, aus der Palastchronik erfahren wir nur, daß die sogenannte Hofdame Onogoro im sechsten Monat im Jahr des Hasen zu der Zeit des Kaisers Ichijō II., während der Regentschaft von Fujiwara Yorimichi, Sohn des großen Michinaga, in der Stadt des Friedens und der Ruhe eintraf.
Wir können nicht genau sagen, an welchem Tor sie Einlaß fand, und auch nicht, ob auf einem Ochsenkarren oder in einer goldgeschmückten Sänfte; wir können uns aber vorstellen, daß die lange Reise von ihres Vaters Landgut in der Ostprovinz sie ermüdet hatte, daß sie Tuschestein und Pinsel – gewissermaßen ihre einzigen Sicherheiten – ängstlich an ihre Brust preßte und daß sie vielleicht, als sie den mit lackiertem Schnitzwerk verzierten Torbogen durchschritt, der den Eingang zum kaiserlichen Bezirk bildet, die arrogant hochgezogenen Brauen senkte und ob ihres billigen

Schuhwerkes und unweiblichen Ansinnens einen bangen Moment lang die Stirn runzelte.
Sie wurde wohl unverzüglich in eines der den Palastdamen vorbehaltenen Gemächer geführt, sodann von den Kammerzofen in Untergewänder aus scharlachrotem Batist und in mit Mandelblüten und Pfauen bestickte Obergewänder aus mehreren Lagen Seide gekleidet, um schließlich mit der gebührenden Feierlichkeit ihrer Herrin, der Prinzessin Saishō, vorgestellt zu werden, wenngleich diese dem Puppenalter wahrhaftig noch nicht entwachsen war und man schwerlich von ihr erwarten konnte, einer Dichterin aus der Provinz, die doppelt so alt war wie sie, viel Interesse entgegenzubringen.
Welchen Beschäftigungen mochte ein Neuankömmling wie sie wohl in den folgenden Monaten nachgegangen sein?
Natürlich dichtete sie; sie nahm an den Dichterwettbewerben teil, die mit unseren Jahreszeitenfesten einhergehen – mit dem Chrysanthemenfest, dem Fest der ersten Früchte und all den anderen; sie wurde nicht nur mit der komplizierten Etikette des Hofes vertraut, sondern auch mit den zur Verfertigung von Gedichten notwendigen Regeln.
Unsere Onogoro lernte zum Beispiel, daß sich die Verwendung von chinesischen Schriftzeichen ihrer großen Schwierigkeit wegen für Dichterinnen nicht gezieme, sondern männlichem Gebrauch vorbehalten sei. Wenn auch ihr weiblicher Eigensinn vorschrieb, daß sie sich gerade deshalb dem Studium dieser Sprache widmen sollte, so kam sie doch schnell zu der Auffassung, das Chinesische, in ihren Augen ein unhandliches Werkzeug, sei kaum dazu geeignet, feinsinnige Bilder zu schaffen, und habe einen ausgeprägten Hang zu einem äußerst archaischen Stil. So kam sie zu dem Schluß, daß sie weit lieber fließend in ihrer

eigenen Sprache als unbeholfen und geschwollen in einer anderen schreiben wolle.

Es gab neben der Dichtung allerdings noch andere Pflichten, denen sie sich widmen mußte. So oblag es Onogoro, regelmäßig der Tafel der jungen Prinzessin Saishō vorzusitzen, sie in Kalligraphie zu unterweisen und ihr gemeinsam mit anderen Hofdamen in ihrem Schlafgemach aufzuwarten.

Zuweilen war es erforderlich, den Versammlungen in der Daigoku-Halle beizuwohnen, die jeweils anläßlich der Geburtstage des Kaisers, seiner kaiserlichen Gemahlinnen und ihrer Kinder, der vielen Halbbrüder und Halbschwestern der Prinzessin Saishō, stattfanden, und obwohl Onogoros Vater ihr aus der Ostprovinz schrieb, daß dies eine große Ehre sei, kam sie, die das gekünstelte Gebaren der höfischen Gesellschaft mit Unbehagen betrachtete, zu dem Schluß, daß sie sich nichts Abscheulicheres vorstellen könne, als nur ein weiteres Füllen im kaiserlichen Stall zu sein. (Einige haben in der Tat vermutet, daß es durchaus im Sinne von Onogoros Vater gewesen wäre, wenn seine Tochter die Blicke des Kaisers Ichijō auf sich gezogen und so den gehobenen Rang der kaiserlichen Konkubine erlangt hätte – und da es nie soweit kam, liegt der Schluß nahe, daß Onogoros Temperament, ihre etwas hochnäsige Art, dagegen rebellierte.)

An Verehrern mangelte es ihr jedoch nicht, und wenn sie auch nicht der Kaiser selbst umwarb, so doch einige Höflinge von recht hohem Rang. Den freizügigen Gepflogenheiten bei Hofe entsprechend, ging sie schließlich eine Liaison mit Seiner Exzellenz General Taira no Motosuke ein, von dem sie sich, da für ihr Alter unerfahren, allerhand Phantastisches versprach.

Sie wünschte sich zum Beispiel, ihr Liebhaber, der General, möge ihr auf dem Dach ihrer Gemächer eine Terrasse mit Mondblick bauen, so daß sie freie Sicht über die Dächer der Hauptstadt zum Biwasee und den sternumglänzten Bergen dahinter hätte. Wenn sie davon träumte, weitete sich ihr Herz vor Glück, und ihr Körper nahm in geheimnisvoller Weise die Formen der nächtlichen Landschaft an – dunkel, träge, von Bambusdickicht durchzogen, mit sonnenschirmförmigen Kiefern übersät, von hellglänzenden Strömen durchschnitten, an denen Reiher zum Fischfang ihre Hälse neigten.

Besser noch, der General baute ihr ein eigenes Haus, vielleicht im dritten Distrikt, außerhalb des kaiserlichen Bezirks, wo sie frei ein und aus gehen könnte. Hier bei Hof war sie eingeschlossen wie in ein Kloster, sie wurde beobachtet und mußte stets irgendwelche Regeln beachten. Gerade so, als ob man bei seiner Mutter lebte, sagte sie sich. Wann immer Unzufriedenheit in mir aufkommt, ist sogleich jemand zur Stelle, der mir sagt, ich solle mich nicht beklagen! Auf einer hohen Terrasse dagegen, dachte sie sehnsuchtsvoll, könnte man zur Frau Mond in allen ihren Phasen sprechen, süß in ihrem Schutz schlafen, während die Landschaft, in fahle Strahlen getaucht, die Formen einer Frau annähme; zu mitternächtlicher Stunde könnte man dort wachen, von ihrem guten und brütenden Licht glücklich dem Schlaf entrissen.

Doch das Tageslicht trennt uns gar zu oft von unseren Träumen, und der General Taira no Motosuke war ein verheirateter Mann, der seine Geliebte nur besuchte, wenn er sich gänzlich von seinen Pflichten befreien konnte. Und obwohl es durchaus nicht ungewöhnlich war, daß ein Adliger seine teure Geliebte in den Haushalt aufnahm oder daß diese Geliebte die Ehefrau ganz ersetzte, dauerte das Ver-

hältnis nun schon einige Monate an, und Onogoro – in der Liebe genauso ungeduldig wie in allen anderen Dingen – sah sich immer noch in der verdrießlichen Lage, die zweite Geige zu spielen.
Wenn aber Hoffnungen und Träume, wie kindisch sie auch sein mögen, immerzu enttäuscht werden, so kann man gewiß sein, daß die Wut, in dem einen oder anderen Gewand, wie ein ungeladener Gast dem Festmahl des Liebesaktes vorsitzen wird. Und so kam es, daß sich Onogoro mit der Zeit einem gewissen hartnäckigen Problem gegenübergestellt sah, das sie ihrem Liebhaber nicht zu gestehen wagte, sondern – da der leidenschaftliche Pessimismus ihrer Natur durch die kühle Findigkeit ihres Verstandes ausgeglichen wurde – lieber auf ihre eigene Art lösen wollte. Wir sprechen hier natürlich von jener Befriedigung des Begehrens, die das Ziel aller Liebenden sein muß und die durch widrige Umstände oder nicht zu zügelnde Gefühle oft in einem Maße hinausgezögert wird, das unvereinbar ist mit ehelicher Erfüllung und Würde.

SILBERZUNGEN

Wenn Ihr mich im Winter besucht,
Schreckt nicht zurück vor dem Vorhang
Aus Eiszapfen über der Tür:
Bringt nur Euer schärfstes Schwert.

«Oyu! Oyu!» Von ihrem Aussichtspunkt auf dem Balkon sandte Onogoro noch einmal ihre Stimme aus und ließ sie durch den Mandelblütengarten zu dem ummauerten Stallhof auf der anderen Seite flattern. Da sie keine Antwort erhielt, ging sie wieder hinein und rief nach ihrer Zofe, die hinter der Eingangstür umherschlich. «Tokiden! Wo ist dieser Junge?» Die Besorgnis ihrer Herrin hatte sich auf das phlegmatische Mädchen übertragen, und Tokidens Stimme zitterte ein wenig, als sie ihr drängend zuflüsterte: «Meine Herrin, Seine Exzellenz ist in der Empfangshalle!»

«Sag ihm, er möge warten», befahl Onogoro. «Geleite ihn ins Vorzimmer und bring Reiskuchen und Wein.» Sie zuckte hilflos mit den Achseln und legte zwei glänzende Fingernägel auf jenen Punkt zwischen den Augenbrauen, hinter dem sich die Tränen sammeln und, wenn unvergossen, unansehnliche Falten hervorrufen, etwa in der Art, wie ein ungeschröpftes Fieber im Blut fortbesteht und sich in starren Kristallschichten um die inneren Organe legt. Sie gestattete den Tränen für wenige Momente freien Lauf, in denen die auf den *tsuitate*-Schirm gemalten Kraniche sanft verschwammen und zerflossen, doch die Atempause war nur von kurzer Dauer. Denn der General war im Vorzimmer, der General stand in der Tür, und die Dame Onogoro war trocken wie eine Schwarzbohne aus dem Wintervorrat. Bei ihren früheren Liebhabern, die weder zahlreich noch sonderlich kunstfertig gewesen waren, hätte dies nichts ausgemacht; General Motosuke aber war so erfahren wie anspruchsvoll, und Oyu war unauffindbar.

Just in diesem Augenblick kündigten drei sachte Schläge an die Tür des Wandschirms den Jüngling an.

Oyu war ein großer, etwas gebeugt gehender junger Mann, von eher drahtigem als stämmigem Bau, dessen zurückhaltendes Auftreten, ähnlich wie die bleiernen Frühlingshimmel, die von plötzlichen neckischen Sonnenstrahlen durchbrochen werden, von Zeit zu Zeit von einem süßen, schrägen Lächeln aufgehellt wurde, welches wegen seiner

Seltenheit um so verführerischer war. Ihre Bekanntschaft war jedoch noch zu kurz, als daß auf die durch Onogoros höheren Rang vorgegebene Etikette hätte verzichtet werden können, und so beugte sich Oyu, indem er ihr in seinem schlichten, indigofarbenen Umhang gegenübertrat, den er sich bei solchen Gelegenheiten anstelle seines Stalljungenschurzes überwarf, gemessen vor und hörte ausdruckslos die geflüsterten Anweisungen seiner Herrin.
Mit einiger Erleichterung beginnt sodann unsere selbstgerinnende Dame die Vorbereitungen für ihren General. Als erstes läßt sie die Jalousien herunter und verwehrt so dem fernen Dunst des Flusses und den roten Flecken der *sampans* darauf Einlaß. Als nächstes dreht sie den *tsuitate*-Schirm herum, so daß die unschuldigen Kraniche, die auf die Außenseite gemalt sind, verschwinden und das versteckte *shunga* enthüllen – das in eleganten Linien ausgeführte Bild eines Paares, das leider, obgleich wirklichkeitsgetreu genug, um den General zu erregen, längst keine Wirkung mehr auf Onogoro ausübte. Männer, so hatte Onogoros Mutter ihr beim kühlen Abschied eingeschärft, bedürfen der stetigen Abwechslung, weshalb es nicht nur unklug, sondern auch fruchtlos sei, sie für ihre Untreue zu rügen. Als die Dame Onogoro ihren *obi* löste und sich auf dem Bett in Positur legte, erfüllte die unliebsame Erinnerung an diese Weisheit ihren Geist mit rebellischen Gedanken. Was Frauen brauchen, grübelte sie ärgerlich – denn wie wir noch sehen werden, neigte sie sehr zum Grübeln –, steht nie zur Debatte!
Seine Exzellenz Taira no Motosuke legte Schwert und Köcher ab, während seine Augen den niedrigen Tisch in sich aufsogen, auf dem Onogoros Pinselkasten stand, der Dekkel geöffnet, so daß ein Durcheinander von Tuschestein, unordentlich verstreuten Pinseln und halbfertigen Schrift-

rollen zu sehen war. In den kurzen Phasen, die der General dem Nachdenken einräumte, war er zu dem Schluß gekommen, daß seine jüngste Liebschaft bewundernswert, ja rätselhaft war. In Wahrheit wußte er nicht, was ihn am meisten erregte – ihre Kühle, die Eleganz ihrer Verse oder ihre Fähigkeit zu unvorhersehbaren Ausbrüchen von Leidenschaft und Tränen.

Onogoro ruhte auf dem Bett und sah, dachte er, recht hinreißend aus, in ihrem glyzinienfarbenen Kimono mit dem *mon* eines radschlagenden Pfaues. Er verneigte sich tief und zollte ihr seinen Respekt mit einem mühsam über mehrere Tage verfaßten Gedicht – denn dem General fehlte es an Gewandtheit:

Denkt nicht, daß ich so geduldig sei
Wie der Waldarbeiter in der alten Fabel,
Der so lang wartete, daß Blätter
Vom Griff seiner Axt sprossen.

Onogoro neigte anerkennend ihren Kopf und gestattete damit Motosuke einen flüchtigen Blick auf den Kontrast zwischen dem bläulichen Schimmer ihres Haares und dem weichen Weiß ihres Nackens.

Sie streckte die Hände aus, um die Tuscheflecken zu zeigen, welche die Arbeit des Nachmittags hinterlassen hatten, und antwortete mit einem bekannten Gedicht aus der Ostprovinz:

Ich zerstoße den Reis
Und meine Hände sind rauh.
Heute nacht wird mein junger Prinz
Sie ergreifen und seufzen.

Onogoro verbarg ihren inneren Aufruhr, zog den General neben sich und erlaubte ihm, die Falten ihres Gewandes zu lösen. Was sie ihm darüber hinaus noch zu lösen erlauben würde, war eine Frage, angesichts deren Wahrsager, Heilkundige und Sterndeuter ihre Ratlosigkeit eingestanden hatten, da sie schließlich nicht oft aufgefordert waren, Auskunft zu einer Sache zu erteilen, von der man gemeinhin annimmt, daß sie befriedigende Behandlung erfährt – wenn schon nicht durch das technische Geschick des Mannes, dann durch die zahlreichen *shunga*, die ihm zu Gebote stehen, um das Begehren seiner Geliebten zu erwecken.
Nicht etwa, daß es der Hofdame Onogoro am Begehren selbst gemangelt hätte, vielmehr fehlte es an der verläßlichen Erlangung seiner süßen und explosiven Erfüllung. Was für ein Schaden könnte Seiner Exzellenz entstehen, dachte sie, wenn eine Dame in ihrem Kopf ein Füllhorn von Geschichten hätte, die sie erregten, bis es kein Zurück mehr gab? Und was konnte es schaden, wenn die Geschichten nicht ihrer eigenen Phantasie entsprangen, sondern der eines anderen – etwa einem Buch? Und wenn die Geschichten nicht aus einem Buch kamen, da der Autor ohne sein Verschulden des Lesens unkundig war – sondern von einem warmblütigen Körper? Und wenn dieser Körper sich hinter dem *tsuitate*-Schirm am Kopfende ihres Bettes verbarg – ein lebendes Buch, wenn man so will – und den warmen Atem seiner Geschichten direkt aus menschlichem Mund in menschliches Ohr hauchte – nun, was für einen Schaden konnte das schon anrichten?
Auf dem *tsuitate*-Schirm überwachte die winzige *voyeuse* von ihrem Standort hinter einem Kirschblütenzweig aus unaufhörlich die Vereinigung von geädertem Penis und gekräuselten Schamlippen. Sie hatte schon vor langer Zeit aufgehört, diese gemalten Gefährten zu beneiden, und mit

dem Ersterben ihrer Eifersucht war auch ihr Begehren verblaßt. Es war, als habe ihr Schöpfer, der mittelmäßige Maler Ko-Iyu, durch seine leidenschaftlichen Pinselstriche sein gequältes Verlangen nach Gott weiß welcher Kurtisane oder Kammerzofe mitgeteilt; als habe er vor vielen Jahrzehnten den winzigen Körper der *voyeuse* mit seiner eigenen bebenden Lust befeuert, als sei jedoch im Laufe der Zeit mit dem Verblassen der Tusche auf dem vergilbenden Schirm alle Kraft aus der *voyeuse* gewichen, ihr strahlendes Auge ermattet und ihr Spähen ebenso halbherzig wie Ko-Iyus erkaltende Leidenschaft geworden.

Der silberzüngige Oyu hätte sicherlich mit Freuden sein gesamtes Erzähltalent für dieses stumpf gewordene kleine Auge geopfert – hätte er nur darum gewußt, was er aber natürlich nicht tat. Blind, wie er war, konnte Oyu weder den *tsuitate*-Schirm am Kopfende des Bettes noch die daumengroße *voyeuse*, noch die Vereinigung sehen, die sie so langweilte. Genausowenig konnte er, und das war viel wichtiger, das Lager selbst sehen oder auf ihm die Dame Onogoro oder, zwischen ihren Schenkeln, das ergrauende, edle, emsige Haupt des Generals Taira no Motosuke.

CHAMÄLEON-BEIGNETS

«VOR LANGER Zeit regierte in Nara ein Kaiser mit solch grausamen Gelüsten, daß die Götter ihn straften, indem sie auf seinem Hinterkopf eine Beule wachsen ließen, die dem neuen Frühlingshorn eines Hirschbocks nicht unähnlich sah. Dieses Los befiel ihn in seinem fünfzigsten Jahr, konnte ihn aber nicht von seinen lüsternen Nachstellungen abbringen, für die er nicht nur die Kaiserin, seine erste und zweite Nebengemahlin und mehrere Mätressen samt ihren Nachkommen, sondern auch die Staatsgeschäfte vernachlässigte. Letztere delegierte er an den Minister Li an Sho, der ein Steuereintreibungssystem ersann, welches die Massen so in Aufruhr versetzte, daß das Reich in seinen Grundfesten erschüttert wurde. Aber das ist eine andere Geschichte.

Im nördlichen Kaiserpalast zu Shinano lebte eine Hofdame, deren Tochter Akido, obwohl erst fünfzehn, täglich an Schönheit, Lebhaftigkeit und Intelligenz gewann. Sie war nicht nur eine hervorragende Zitherspielerin und beherrschte die chinesischen Schriftzeichen meisterhaft, sondern sie fühlte sich auch sehr mit der Natur verbunden, und nichts erfreute sie mehr, als durch die sommerlichen Berge zu wandern und die vielen Arten von Schmetterlingen zu beobachten, die zwischen den Ginsterbüschen und den Azaleen der Gebirgswiesen umherflatterten. Mit Tuschestein und Pinsel vermochte sie das Flattern eines Flügels in der Luft oder den ergreifenden Augenblick der Paarung in verblüffender Weise festzuhalten – denn die jungfräuliche Akido war zu rein, um etwas anderes als Unschuld in der Natur zu sehen, etwas, was den Kaiser zugleich berührte und erregte, denn er war an abgestumpfte Kurtisanen und ihre allzu routinierten Aufmerksamkeiten gewöhnt. Aber seine fleischlichen Bedürfnisse gewannen wie immer die Oberhand über das sanfte Mitgefühl in seinem Herzen, und er beschloß, das Mädchen Dinge schauen zu lassen, die ihre kindliche Seele erschüttern und in ihr die Kenntnis des Bösen erwecken würden, ganz zu schweigen von der Fähigkeit des Begehrens.

Als der Sommer sich zum Herbst neigte, mußte der Kaiser in die Hauptstadt zurückkehren, aber das Mädchen Akido ging ihm nicht aus dem Sinn. Bei der ersten Gelegenheit, die sich bot, rief er sein Gefolge zusammen und machte sich zwischen rotgefärbten Ahornbäumen hindurch auf den Weg in die nördliche Provinz der Nebel und Regenbogen. Als die Ochsenkarren sich den Bergen von Shinano näherten, war die ausgefahrene Straße weiß vom Schnee, der immer tiefer wurde, je weiter sie sich den steilen Pfad hinaufwanden, der zum Palast führte.

Am Ende des Passes ruhte der Kaiser eine Weile unter einer Kiefer, um die melancholische Schönheit der Szenerie, die sich unter ihm auftat, auf sich wirken zu lassen – die schneebedeckten Dächer des Palastes, die über scharlachroten Pfeilern und mit jadefarbenen Ziegeln gedeckten Dachvorsprüngen schwebten, die nackten Äste der Kirschbäume in den Ziergärten und der Dampf, der vom Badehaus am Ufer des vereisten Sees aufstieg.

Da er schon in Erfahrung gebracht hatte, daß am nächsten Tag Akidos sechzehnter Geburtstag war, hatte er eine unmäßige Anzahl von Geschenken dabei: farbenprächtige Seidenstoffe, fein gearbeitete Elfenbeinfächer, *netsuke* aus emailliertem Porzellan und Kämme aus Schildpatt mit goldenem *hiramaki*-Lack, die ihr sämtlich bei den Feierlichkeiten überreicht werden sollten. Aber das beste Geschenk von allen, das Geschenk, das den Ehrenplatz im grausamen Werben des Kaisers einnahm, würde bis zuletzt aufgespart und bis dahin geheimgehalten werden.

Am folgenden Abend nahm Akido in größter Bescheidenheit und mit der Grazie einer wohlerzogenen jungen Frau ihre Geburtstagsgeschenke entgegen. Der Kaiser beobachtete die vogelgleichen Bewegungen ihrer Finger auf den Saiten der *samisen*, die ihre Mutter ihr geschenkt hatte, und seine Sinne waren erregt. Als die Geschenke des Kaisers gebracht wurden, senkte Akido scheu die Augen, aber

als sie sich ans Entfalten der Seidenstoffe machte und die wertvollen Kämme bewunderte, waren die Gedanken des Kaisers bei seinem letzten und endgültigen Geschenk, und er konnte seine Ungeduld kaum bezähmen.
So zahlreich und phantasievoll zubereitet waren die Köstlichkeiten, die der Kaiser beim Bankett ablehnte, daß seine Minister und seine Leibwache fürchteten, ihn habe ein Fieber angefallen. Von der köstlichen gelierten Suppe, einer Spezialität dieser Region, bis hin zur saftigen gerösteten Ente, vom Schneehuhn bis hin zu den süßen Chamäleon-Beignets wies er alles zurück.
Schließlich schlug die Stunde des Bullen, und die versammelte Gesellschaft, rotwangig und heiter vom Reiswein, wurde aufgefordert, sich auf den Balkon zu begeben.
Über den Bergen ging kalt der Mond auf, als unter tosendem Beifall des Kaisers letztes Geschenk in den Hof geführt wurde. Ein stolzer schwarzer Hengst stand vor den Feiernden, und an seiner Seite eine junge Fuchsstute an der Schwelle zur Reife. Akido, deren bescheidene Haltung von Begeisterung überwältigt wurde, klatschte auf dem Balkon in die Hände, als sie diese Verbindung von Macht und Anmut sah. Das Füllen stand sittsam und grazil an einen Zaun gebunden, während der Hengst, von einem Diener gezäumt, ein edles Feuer zeigte.
Die ganze Zeit über hatte der Kaiser Akido verstohlen aus den Augenwinkeln beobachtet, und jetzt gab er dem Diener mit einem Nicken zu verstehen, daß der Hengst vom Zaum befreit und losgelassen werden solle. Als dies geschehen war, warf das Tier einen funkelnden Blick auf die angebundene Stute, sprang auf ihre zarten Flanken und stellte eine Lanze zur Schau, wie sie selbst die ältesten Damen der Gesellschaft noch nie gesehen hatten, ganz zu schweigen von der wohlbehüteten Akido.

Ein Diener sprang vor, wobei er sich fast den Kopf stieß, und rieb das riesige Glied und das wehrlose Hinterteil der Stute mit Schweinefett ein, um den mühelosen Eingang des einen in das andere zu begünstigen. Die glücklose Stute stieß ein lautes, schmerzerfülltes Wiehern aus, als der Hengst so jäh in ihre unreife Öffnung stieß, aber sie öffnete sich noch weiter, und der Hengst drang tief ein, und auf dem Balkon lächelte der Kaiser in seinen prachtvollen Ärmel und beobachtete Akido. Die lustvollen Stöße des Hengstes oder zumindest die kläglichen Schreie der geschändeten Stute würden sie doch sicher zum Erzittern bringen? Auf dem Balkon stieß eine der Hofdamen einen Schrei aus und fiel auf der Stelle in Ohnmacht, aber Akidos schönes Profil blieb ernst, und obwohl sie ihre Augen nicht von dem bestialischen Schauspiel im Hof abwandte, verriet sie weder durch leichtes Befeuchten der Lippen noch durch beschleunigten Atem etwas anderes als eine abstrakte, fast wissenschaftliche Neugier.
Seine unbefriedigte Lust ließ den Kaiser bis zum Anbruch des nächsten Tages keine Ruhe finden, und als er hörte, daß Akido und ihre Zofen sich auf den Weg zum Tempel von K. machten, um der verstorbenen Großmutter ein Opfer darzubringen, sprang er von seinem zerwühlten Lager auf und befahl seinen Kutschern, ihn zu der Brücke der hängenden Wolken zu bringen, die die Hyo-Schlucht überspannte und die Akidos Gesellschaft mit Sicherheit überqueren würde. Bevor er losfuhr, gab er noch der Leibwache die Anweisung, einen Esel aus den Ställen herbeizuschaffen und ihn hinter seine Kutsche zu binden.
Als der Zug des Kaisers die luftige Brücke erreichte, erschallte Wolfsgeheul aus dem dunklen Kiefernwald an den Berghängen, und der Esel, dessen Rücken mit einer dicken

Schicht von frischem Schnee bedeckt war, schrie elendig. Mit einem erwartungsvollen Lächeln befahl der Kaiser, eine frische Schweinelende unter den Bauch des zitternden Tieres zu binden, und so erwartete der Esel, mit triefendem Fleisch umwickelt und an das Geländer der schmalen Brücke gebunden, sein Schicksal, während der Kaiser sich in einem Kiefernwäldchen nahe der Straße verbarg und Akidos Ankunft entgegensah.
Schon bald wurde das hungrige Wolfsgeheul lauter, und aus dem purpurüberschatteten Schnee des Waldes schlichen erst eine und dann eine zweite silbrige Silhouette hervor, und mit zum Himmel erhobenen Schnauzen bellten sie ihren Dank für das Frühstück, das man ihnen bereitet hatte, heraus.
Mit klingelnden Geschirrglocken und hohem, klarem Frauengelächter kam Akidos Gesellschaft in Sicht und schickte sich an, die Brücke zu überqueren. Der Anblick, der sich ihnen bot, war grauenvoll, und selbst der sture Ochse stampfte und schnaubte vor Entsetzen. Denn als der erste Wolf sich auf das Schweinefleisch unter dem Bauch des Esels stürzte, senkte der zweite schon die Zähne in dessen Hals, und das arme Tier sank mit einem furchtbaren Schrei zu Boden.
Akido und ihre Zofen saßen wie erstarrt in der Kutsche, während der Kaiser aus dem Kiefernwäldchen spähte und abermals hoffte, irgendein Zeichen von Erregung in den schönen Gesichtszügen der jungen Frau auszumachen. Inzwischen war die Schar der Wölfe größer geworden, und die Schweinelende lag in roten Fetzen über den Schnee verstreut. Als die Wolfszähne sich in den Bauch des Esels gruben, schrie Akido auf und barg ihr Gesicht im Ärmel, so daß dem Kaiser die Befriedigung versagt war, ihre Reaktion auf den Anblick der wühlenden Köpfe und gierigen

Pfoten zu sehen, die die Innereien des Esels herauszerrten und sie dampfend durch den blutigen Schnee zogen. Das Schauspiel quälte und erregte ihn so sehr, daß er die Tochter des Kochs von ihres Vaters Ochsenkarren herunterzerrte, ihr das Unterkleid über den Kopf warf und sie ohne weitere Förmlichkeiten auf dem gefrorenen Teppich von Kiefernnadeln nahm.

Der Kaiser fand in den folgenden Nächten kaum Schlaf, und an dem Tag, als man Akido zurückerwartete, schlich er düster und mißmutig wie ein Dieb durch ihre Gemächer im Westflügel des Palastes.

Er schickte die ältliche Dienerin weg, die dort geblieben war, betrat Akidos Schlafgemach und erblickte in der Mitte des Zimmers einen aus Palmwedeln gewobenen Käfig, in dem Schmetterlinge in allen Farben des Regenbogens umherflatterten.

Der Kaiser grübelte über dem zerbrechlichen Käfig und seinen zarten Bewohnern, bis sein Herz im Käfig seines Körpers zu donnern begann. Unfähig, dieses dumpfe, ungewohnte Trommeln auch nur einen Augenblick länger zu ertragen, schlug er seine Gewänder zurück und holte ein vertrauteres Organ hervor. In einem Anfall von rachsüchtigem Zorn öffnete er die Käfigtür und stieß sein Glied hinein, vielleicht in der Hoffnung, die sinnlose Schönheit der Flügel zu zerschmettern, vielleicht in der Hoffnung, etwas zu Ende zu bringen.

Als er aber wütend zustieß, spürte er erst die Berührung eines Flügels an seinem erigierten Fleisch, dann noch eine, dann die trippelnden Füßchen, leicht wie ein Geflüster, bis sein Glied nicht länger eine nackte Rute, sondern mit einer lebendigen Hülle von Schmetterlingen überzogen war, die es mit solch anmutiger Großzügigkeit liebkosten, daß der Kaiser, wäre er ein Mann mit Phantasie ge-

wesen, Dank gesagt und geweint und das härene Mönchsgewand angelegt hätte. Da er aber ein Kaiser mit einem Herzen so hart wie ein Geweih war und zwei Buckel hatte, die dies bestätigten, konnte er die köstlichen Gefühle nicht länger ertragen. Gebannt wie ein Narr beim Blumenfest hier zu stehen verletzte Würde, Rang und Männlichkeit, und nachdem der Kaiser noch einmal gnadenlos zugestoßen hatte, erreichte er im Schmetterlingskäfig klebrig seinen kaiserlichen Höhepunkt und eilte wutentbrannt aus dem Schlafgemach.
Als Akido an jenem Nachmittag zurückkehrte, sah sie die offene Käfigtür und den Haufen zerquetschter Schmetterlinge, und sie wußte, daß sie den Palast unverzüglich verlassen mußte, wenn sie den grausamen Aufmerksamkeiten des Kaisers entkommen wollte. Ihre Dienerinnen, die verständlicherweise um ihr eigenes Leben mehr bangten als um die Ehre ihrer Herrin, flehten sie um Verzeihung an, drängten sie aber, in Erwägung zu ziehen, Seiner Hoheit nachzugeben. Immerhin bekäme sie als geschätzte Konkubine des Kaisers Reichtümer und Landgüter, und ihre Kinder würden in die höchsten Stellungen des Reichs gelangen. Doch Akido schüttelte den Kopf, deutete auf den verwüsteten Käfig und entließ sie unter Tränen aus ihren Diensten. Sie werde allein fliehen, sagte sie betrübt zu ihnen, so daß keine Spur von Schuld auf sie fallen werde.
Inzwischen war der Kaiser, den die hartnäckige Erinnerung an die sanften Flügel schier wahnsinnig machte, zu dem Schluß gekommen, daß er genug Zeit vergeudet hatte. In seinen dunkelsten Momenten war er überzeugt, daß selbst der gemeinste Diener hinter vorgehaltener Hand über sein närrisches Werben spottete und er allmählich zur Witzfigur wurde.
Der Kaiser stand grübelnd auf dem Balkon, als sein Leib-

wächter herbeistürzte und sich tief verbeugte. Eine von Akidos Nähfrauen hatte aus Furcht vor dem Zorn Seiner Hoheit, wenn er entdeckte, daß ihre Herrin entkommen war, Nachricht gegeben, daß die Flucht für denselben Abend geplant war. Ob Seine Hoheit den Befehl geben wollte, die Hofdame Akido festzunehmen, erkundigte sich der Leibwächter. Der Kaiser bedankte sich und befahl, unverzüglich eine Phalanx von Bogenschützen zu den Gemächern des Mädchens zu entsenden; dann befahl er, noch immer die nagende Erinnerung an die Schmetterlinge im Kopf, daß die Nähfrau vor ihn gebracht werde.

An jenem Nachmittag hallte der Palast von Skandal und Gerüchten wider. Der Kaiser habe Akido entführt; der Kaiser habe Akido verhaftet; der Kaiser halte Akido unter bewaffneter Bewachung in den kaiserlichen Gemächern fest.

Am Abend brach ein Bote im Galopp vom nördlichen Palast auf, der den Befehl hatte, weder zu schlafen noch zu rasten, bis er die weit entfernte Stadt N. erreicht und dort von einem ganz bestimmten Straßenhändler einen Käfig voller vielfarbiger Schmetterlinge der Bergalmen beschafft hätte.

Der nächste Tag kam, und der nächste, und Akido harrte noch immer ihres Schicksals. In der Zwischenzeit war der Bote zurückgekehrt, und die Nähfrau, welche die feige Regung, die sie dazu gebracht hatte, ihre Herrin zu verraten, inzwischen verfluchte, mußte Tag und Nacht eine Arbeit verrichten, die ihrem Herzen Stiche versetzte und ihr bittere Tränen in die Augen trieb.

In jener Nacht fiel dicker Schnee auf die Dächer des Palastes. Der Kaiser auf seinem Balkon sog die eisige Luft ein und zitierte lachend die berühmte Antwort der Prinzessin Nunakawa an Prinz Ōkuninushi der achttausend Speere:

Mag ich auch jetzt
Frei und stolz wie ein Vogel sein,
So werde ich später Euch gehören,
Ein Vogel, bereit, Euch zu Willen zu sein.

Es gab keine größere Freude, überlegte er, als die Vorfreude.

Schließlich befahl er, man solle Akido vor ihn bringen. Was für einen bezaubernden Anblick sie bot, dachte er mit niedergeschlagenen Augen, das Gesicht halb hinter einem geblümten Fächer verborgen! Mit einem grausamen Lächeln nahm er ihre Hand und führte sie zu den Sitzkissen, wo er sie Platz zu nehmen und es sich bequem zu machen hieß.

Die Nähfrau, der befohlen worden war, anwesend zu sein, betrat den Raum mit gramvollem Gesicht. Sie hielt ein scharlachrot gelacktes Kästchen in den Händen, das sie dem Kaiser überreichte. ‹Mein liebes Mädchen›, sagte er und strahlte Akido an, ‹sagt nie, ich sei mit meinen Geschenken nicht großzügig.›

Zuerst kniete der Kaiser nieder und zog Akido die Sandalen aus. Dann streifte er ihre weißen Socken ab. Und dann öffnete er das Lackkästchen und zog ein Paar Schuhe heraus, das Akidos Gesicht alabasterweiß werden und ihre Augen in den Höhlen aufwärts rollen ließ.

Denn die Schuhe waren aus mehreren hundert Schmetterlingen gefertigt, die Sohlen waren aus orangefarbenen und schwarzen Roten Admiralen, das Obermaterial aus Silberfleckenfaltern, und die Knöchel waren übersät mit drei kontrastierenden Arten von Fuchsfalter, Schwalbenschwanz und Kohlweißling. Und all die schönen Flügel flatterten, in hilflosem Schmerz vereinigt, denn die Nähfrau hatte die strikte Anweisung erhalten, daß jede einzelne der Kreaturen, aus denen die abscheulichen Schuhe gemacht waren, am Leben bleiben sollte.

Der Kaiser nahm Akidos rechten Fuß in seine Hände und führte ihn in den rechten Schuh. Dann ergriff er ihren linken Fuß und führte ihn in den linken Schuh. Dann stellte er sie unsanft auf die Füße, ergriff ihren Arm und befahl ihr zu gehen.

Das arme Mädchen weinte und schrie ob eines solchen Loses, aber der Kaiser in seinem Triumph duldete keinen Widerstand. Sie fühlte, wie unter ihren Sohlen das zarte Gefüge der Flügel zerbrach und zerkrümelte, und die sterbenden Körper wurden zu einem weichen und schrecklichen Brei zerdrückt, bis ihre untadeligen Füße tief in Verbrechen getaucht waren, denn jeder Schritt, den sie tat, war ein Mord.

Der Kaiser zwang sie weiterzugehen und beobachtete ihr Schaudern mit schrecklichem Genuß. Denn mit jedem Schritt und jedem zarten Rücken, den sie brach, fühlte er ihren Widerstand ein wenig mehr schwinden. Als der Schauer ihre schmalen Waden hinaufstieg und schließlich ihre Schenkel erreichte, legte der Kaiser seine Hand auf ihre jungfräuliche Brust und fühlte eine brennende Hitze in seinen Fingern aufsteigen und sah mit Freude die brutale Scham, die scharlachrot auf ihren Wangen erblühte.

Und als der ganze weite Raum durchquert und der letzte Schmetterling zerquetscht war, stieß der Kaiser seine Hand in Akidos Unterkleider, wo seine Finger auf einen Lustpunkt trafen, der schon von den ersten Schmelzwassern des Frühlings benetzt war. Als er die jungvogelgleichen Schreie in ihrer Kehle aufsteigen hörte, befreite er sein zerspringendes Glied aus den Falten seines Gewandes und hob sie auf das Podest, in dem triumphierenden Wissen, daß Akido, sich selbst zum Trotz, nichts grausamer und sehnlicher wünschte, als sich ganz und gar ihrer eigenen Lust hinzugeben.»

Onogoro, die so lange am Rand des Höhepunkts geschwebt hatte, daß die Zunge Seiner Exzellenz schon ganz schlaff war, erhob sich wie ein Phönix zur Sonne und erlosch mit einer Reihe vogelähnlicher Schreie, und ihre ausgestreckten Flügel entflammten in glühender Lust.
Als er ihre Schreie der Befriedigung hörte, empfand auch Oyu Genugtuung, denn seine Natur neigte, wie es seiner bescheidenen Stellung im Leben angemessen war, zur Verehrung, und wenn die Beschränkungen seiner Rolle ihm auch übermäßiges Leid auferlegten, so konnte er sich doch mit dem Gedanken trösten, daß der General hier wohl der Zimmermann der Liebe sein mochte, daß aber er, der sich den tieferen Verwicklungen des Herzens zuwandte, ganz sicherlich der Künstler war.
Jene Skeptiker, die nicht glauben wollen, daß Onogoros Liebhaber die berauschenden Einflüsterungen des Geschichtenerzählers nicht bemerkte, mögen doch nur in ihrer Erfahrung nachforschen, denn dort werden sie sicher mehr als einen Mann finden, dessen Gehirn ihn wie ein Tyrann beherrscht und so das Verständnis, zu dem seine fünf Sinne ihm sonst verhelfen würden, völlig unterdrückt. Auf diese Weise kann ein mächtiger Mann, indem er alles an seiner Wahrnehmung zensiert, was nicht mit Wille, Entschlußkraft und Vernunft in Einklang zu bringen ist, sich einreden, daß er sein Schicksal völlig in der Hand halte.

NELKEN IM WIND

Einige Tage nach dem Fest der roten Blätter fegte ein Sturm über den Biwasee, zog dann südwärts durch die Hauptstadt, wo er das Große Nordtor mit Hagelkörnern peitschte und Sturmböen durch die überdachten Verbindungsgänge des kaiserlichen Bezirkes jagte, so daß alle Hofdamen ihre Schirmtüren fest verschlossen hielten und vom Pflaumenblütenzimmer oder Glyzinienzimmer aus zusahen, wie die Bäume, nach denen die Pavillons benannt waren, hin und her geworfen wurden und die Pappeln jenseits der Gartenmauern gefährlich schwankten.

Durch das Fenster des Mandelblütenpavillons beobachtete Onogoro die schwankenden Krähennester in den obersten Ästen. Sie waren so filigran, daß der Himmel direkt durch sie hindurchzuwehen schien. Sie nahm ihren Tuschestein und ihre Pinsel heraus und schrieb schnell:

> Wolken kratzen an den Baumwipfeln.
> Wenn Ihr gegangen seid, fegt der Himmel
> Durch die dürren Zweige
> Meines leeren Nests.

An einem düsteren Tag im Spätherbst tut eine Dame besser daran, Tee mit ihren Bekannten zu trinken, Parfüms zu mischen oder ihre Wintergarderobe zu vervollständigen, als über imaginären Verlusten zu brüten, die man bei der Liebe erleiden könnte. Aber wie alle Dichter und Einzelgänger verfolgte Onogoro ihren Mißmut mit Beharrlichkeit, hoffend, so ihrem Unbehagen auf den Grund zu kommen und seine Klauen zu öffnen, aber wie so oft verlor sie dabei ihr flüchtiges Ziel aus den Augen und verfing sich nur noch tiefer im Unterholz.

Entschlossen wartete Onogoro darauf, daß ihre melancholische Stimmung zu Gedanken gerinne, und wie üblich stieg die Vision der Frau des Generals in ihr auf, um sie zu quälen. Im Gemach der Dame Ochibu brannte immer ein wärmendes Feuer, die ruhig leuchtenden Vasen waren voll herrlicher Blumen, der seidenumhüllte Leib der Dame schwoll mit seiner ehelichen Frucht, und der General, ganz entwaffnet, flüsterte ihr im züngelnden Feuerlicht Liebesworte zu.
Das war die Bühne irdischer Freuden, vor der Onogoro nur Zuschauerin war, aber dann nörgelte die Stimme ihrer Mutter aus den Kulissen, und ihre erste brüske Äußerung war: «Schätzt Euch glücklich, mein Kind. Fühlt Euch geehrt, daß Seine Exzellenz Euch mit Achtung behandelt, Euch besucht, wann immer seine Verpflichtungen es erlauben, und daß er nicht einer von diesen Lüstlingen ist, die sich drei Ehefrauen und sechs Konkubinen halten und alle betrügen, indem sie heimlich Intrigen nachgehen! Des weiteren», fügte die Stimme hinzu, «ist es wahrlich selten vorgekommen, daß die Tochter eines Provinzsteuereintreibers im zehnten Rang es bis zur Position der Hofdichterin und Hofdame gebracht hat.» Die Stimme fuhr in ihrer vorwurfsvollen Predigt fort und erinnerte Onogoro daran, daß ihre Mutter unter ihrem Stand geheiratet hatte und daß das Schicksal der Ehefrau eines Steuereintreibers in der Provinz schwerlich mit der strahlenden Eleganz am kaiserlichen Hof verglichen werden konnte. «Seid dankbar», warnte sie, «für die Protektion des Generals und verscheucht restlos alle eifersüchtigen Verwünschungen gegen seine Frau, oder es wird Euch sicherlich schlecht ergehen.»
Reue ergriff Onogoro, denn wenn der Dame Ochibu während der Niederkunft irgendein Unglück zustoßen sollte,

so läge die Verantwortung dafür sicherlich bei ihrer Rivalin. Sie griff nach einer Rolle cremefarbenen Papiers, das mit Nelken parfümiert war, und warf ein paar hastige Verse hin:

Selbst die rasendsten Stürme
Im Herbst
Vermögen nicht die Schönheit
Des reifenden Mondes zu schmälern
Oder sein Licht zu trüben.

Sie band die Rolle mit einem kunstvoll aus bunten Seidenstreifen gefertigten Mandelblütenzweig zusammen und sandte Tokiden zum Haus der Dame Ochibu. Tokiden eilte durch die von Gräben gesäumten Straßen und kämpfte, den Umhang eng um sich geschlungen und den Kopf schildkrötenhaft eingezogen, gegen den Wind. Doch als sie im Haus ankam, fand sie die Diener in größter Bestürzung.

«Die Wahrsager sind hier», sagte eine junge Dienerin, die sie kannte. «Letzte Nacht träumte meine Herrin von schwarzen Krähen, und nun ist sie ganz außer sich wegen des Kindes. Unter uns gesagt, es wird mehr als Traumdeuter bedürfen, um sie zu beruhigen!»

Tokiden drückte dem Mädchen das Geschenk ihrer Herrin in die Hand und ließ sich dazu überreden, in den Quartieren der Diener zu verweilen, bis der Sturm abgeflaut wäre. Die Dienerin, deren Tante nicht nur die Hebamme Ochibus, sondern auch die vieler anderer adliger Frauen der Hauptstadt gewesen war, klatschte mit Vorliebe über das

Unglück anderer Leute und unterhielt Tokiden mit Berichten über kürzlich aufgetretene böse Omen. So hatte zum Beispiel gestern erst die Dame S. einen Jungen geboren, der ein natürlich aussehendes braunes Auge hatte und eines, das so grün war wie die jadefarbenen Ziegel auf dem Dach der Daigoku-Halle. Einem verbreiteten Gerücht zufolge war ihr Vater ein Räuberpriester, der Unterschlupf im Hause der Dame gefunden hatte, nachdem er dem Gewahrsam der Palastwache entkommen war; die Wahrsager hatten das Kind allerdings bei näherer Betrachtung für besessen erklärt, und genau in diesem Augenblick versuchte vermutlich ein Medium, den bösen Geist aus dem Kind auszutreiben. Das Mädchen erzählte diese und andere Geschichten mit Genuß und hätte wahrscheinlich den ganzen Nachmittag weitererzählt, hätte Tokiden sie nicht, nachdem sie den gedünsteten Reis, den man ihr aufnötigte, zurückgewiesen hatte, daran erinnert, daß Onogoros Brief noch überbracht werden mußte.

Im Gemach der Dame Ochibu brannten in allen vier Ecken Räucherstäbchen, und Wind und Regen schlugen gegen die geschlossenen Fensterläden. Ochibu, hinter ihren Vorhängen verborgen, unterzog sich der Befragung durch die Wahrsager.

«Wenn Ihr Euch doch wenigstens daran erinnern könntet, ob die Krähen aus dem Norden oder aus dem Westen kamen und ob sie hoch oder tief flogen und ob sie menschliche Schreie ausstießen oder bellten wie Hunde und, am allerwichtigsten, welche Farbe ihre Augen hatten...»

«Rot!» rief Ochibu und schreckte von ihrem Lager hoch. «Rot wie die Augen des Kriegsgottes Hachiman.»

Die Wahrsager waren sehr verstört und zogen sich ans andere Ende des Raumes zurück, um sich flüsternd zu beraten. Eine Verwünschung oder Besessenheit war eine Sache,

kamen sie überein, aber ein Omen der ersten Klasse mußte unverzüglich dem Amt für Divination mitgeteilt werden, und eine Kopie des Berichtes mußte an den Regenten selbst gehen – schon allein deswegen, weil dieses Omen von der Frau eines Adligen aus der großen Taira-Familie kam, welche in den letzten Jahren ihre Lehensgüter um acht nördliche Provinzen erweitert hatte und die, wie schon vor ihr die Minamoto-Familie, die Macht der Fujiwara massiv bedrohen konnte. Im Falle eines offenen Konflikts war es fraglich, auf welche Seite der General sich schlagen würde.
Aber das war, wie sie sich erleichtert erinnerten, keine Frage, mit der sie sich beschäftigen mußten, sondern eine, mit der sich die höchsten Ränge des Staatsrates auseinanderzusetzen hatten. Und so prüften sie bedächtig ihre Gedanken, die sonst womöglich wild wie Blätter im Sturm umhergewirbelt wären, und einigten sich darauf, der Dame Ochibu nichts zu sagen, sondern die Angelegenheit statt dessen an die zuständigen Stellen weiterzuleiten.
Ein schüchternes Klopfen an der Tür kündigte die Dienerin der Dame Ochibu an, die die elegante Rolle mit dem Band aus Seidenblüten brachte und außerdem auch einen Luftzug, der die Vorhänge vor den Ruhekissen aufwirbelte und den schweren Duft von Nelken zu der Dame trug, die dort ruhte, so daß Ochibu, schon bevor sie ihre Hand ausstreckte, um den Brief in Empfang zu nehmen, die mächtige und exotische Gegenwart ihrer Rivalin, der Dichterin Onogoro, spürte.
In ihrem delikaten Zustand war Ochibu ohnehin schon eine leichte Beute für Ängste und schrille Sorgen, und der Anblick des Briefes ließ ihre Befürchtungen zu wilder Panik aufflammen. Denn obwohl ihre Stellung als erste Gemahlin durch Gesetz und Konvention gesichert war, gelang es ihr nicht, die Eifersucht, die die zweite Bindung ihres Mannes

hervorrief, zu besiegen, sondern nur, sie zu bezähmen. Es war ihr selbstverständlich bekannt, daß es sich für einen Adligen nicht schickt, sich mit nur einer Frau zu begnügen, und daß es als unmännlich gilt, wenn dieser Zustand zu lange andauert. Aber obwohl Ochibu ihr Haupt vor der Konvention gebeugt hatte – Eifersucht war schließlich einer der sieben Scheidungsgründe –, dachte sie doch mit Trauer an die vergangenen süßen Jahre zurück, in denen sie keine Nebenbuhlerin gehabt hatte. Ihr einziger Trost war, daß sie nach den ersten wenigen Tagen heftigen Aufbegehrens ihre Gefühle niemals durch Worte oder Taten offenbart hatte und sie nicht nur vor ihrem Gatten, sondern auch vor ihren engsten Vertrauten verborgen hatte. Ihr Gewissen allein wußte um die Bitterkeit, die sie Onogoro gegenüber fühlte. Nun aber, als sie den Brief in den Händen hielt, drohte ihre aufgestaute Wut in den Raum zu platzen und den Augen und dem Urteil aller ausgesetzt zu werden. Wie sie mich hassen muß! dachte Ochibu. Wie sie mich verwünschen muß!

Zitternd zwang sich die sanfte Ochibu, die Rolle zu öffnen und zu lesen. Aber als sie das Gedicht eilig überflog, füllten sich ihre Augen mit Tränen, denn sie konnte keinen bösen Willen in den perfekt geformten Schriftzeichen entdecken, nur die allergroßzügigsten Wünsche. Dennoch legte sie vorsichtshalber ihre schützende Hand über das Kind, das in ihrem Bauch schlummerte. Wenn es soweit war, entschied sie, sollten zehn Hofdamen statt der üblichen sechs nach Westen gewandt auf ihren Kissen sitzen und die bösen Geister von dem teuren Kind weglocken!

Im Mandelblütenzimmer neigte sich Onogoro wieder einmal über ihr Schreibpult. In zwei Tagen sollte die Initiationszeremonie der Prinzessin Saishō gefeiert werden, und zum «Anlegen des Hemdes» mußten sämtliche Hofdichter ein feierliches Gedicht verfassen. Doch wie sehr sie sich auch mühte, die Eingebung floh sie, und ihre Pinselstriche erzeugten nur Zeichen, die so wacklig waren wie die Krähennester auf den Ästen, ein Gitter von schwarzen Zweigen, durch die das weiße Papier schmerzend hindurchschien wie leerer Himmel.

In ihrem Versteck auf der Innenseite des *tsuitate*-Schirms lachte grimmig die kleine *voyeuse*, die alles wußte, was es über die Qualen des Neides zu wissen gab, und die eine Menge von Höflingen ihre eifersüchtigen Konkubinen hatte schelten hören. Kein Wunder, sinnierte sie, daß die Krähe ein Vogel war, der nie dargestellt wurde: weder in der Kunst noch auf Tonglasuren, noch in der Dichtung. Die Mandarinente, der Kranich, der Kormoran – sie alle hatten ihren Platz. Aber keiner dieser Vögel, nur die ausgestoßene Krähe, konnte von dem leeren Nest erzählen, das die Eifersucht im Herzen hinterließ. Unterdessen schüttelten die Pappeln ihre Häupter wie aufgebrachte Frauen, und in den Eckschreinen ihrer Gemächer zündeten die adligen Damen Räucherstäbchen an und baten um Vergebung für ihre heimtückischen und neidischen Gedanken.

GEFALLENE PFEILE

Auf den Stufen der Halle der militärischen Tugend stand Seine Exzellenz Taira no Motosuke und sah den Bogenschützen der «Leibgarde zur Rechten» zu, wie sie gleichzeitig ihre Bogen spannten. Mit Genugtuung hörte er den schneidenden Ton der losschnellenden Pfeile und dann das melodische hohe Pfeifen, mit dem sie den Hof über-

wölbten, aber in dem flatternden Wind erreichten nur wenige ihr Ziel, die anderen fielen wirkungslos zwischen die verwehten Blätter am anderen Ende des Reitgeländes.
Es war wohl kaum der richtige Tag für Bogenschießwettbewerbe, grübelte der General, der über die Abwesenheit Yorimichis verärgert war. Seine Exzellenz der Regent befände sich nicht wohl, hatte die Leibwache ihm übermittelt. Ein leichtes Fieber. Die Ärzte seien bei ihm. Eine feine Ausrede für Yorimichi, argwöhnte er, um für ein paar Stunden im Haus des Blumenfächers zu verschwinden – als hätte der Mann nicht schon drei Frauen sowie die erste Garnitur der Palastkonkubinen!
In seiner Prunkrüstung kochte der General vor Wut. Wenn ihm Yorimichi schon die Verantwortung dafür übertrug, der kaiserlichen Garde Disziplin beizubringen – eine undankbare Aufgabe, die er sich freiwillig bestimmt nicht ausgesucht hätte –, dann könnte der Regent wenigstens auch bei dieser traurigen Vorführung zugegen sein!
Der Regen grub kleine Krater in den gelben Staub des Geländes, als das zweite Glied der Bogenschützen antrat, sie alle schwerfällig und unbeholfen in ihren eingehängten eisernen Beinschienen und mit Bärenfell geschmückten Stiefeln, zu Boden gedrückt von ihren ausladenden Rökken und Brustplatten aus gestanztem Leder. Der General bemerkte die Unordnung in der Reihe mit einer Mischung aus Verachtung und Bestürzung. Die Garde, einst die Zierde der Hauptstadt, war inzwischen genauso nutzlos, wie ihre Rüstungen veraltet waren – und aus diesem zusammengewürfelten Haufen sollte er eine kampffähige Truppe machen!
Yorimichis Abwesenheit roch mehr und mehr nach Halbherzigkeit. Aber die Fujiwara hatten die Notwendigkeit militärischer Stärke noch nie recht einsehen wollen, und

wenn Unruhen im Volk sie zu entsprechenden Schritten zwangen, konnten sie glücklicherweise die Kriegerfamilien zu Hilfe rufen, die ihre Interessen verteidigten. Als die Söldner des Priesters aus Hiei-zan ausgeschwärmt waren und die Stadt des Friedens und der Ruhe bedrohten, hatte der General persönlich die Taira-Armeen von ihren Gütern im Norden des Landes zusammengezogen und die Invasion zurückgeschlagen. Die Fujiwara mochten durchaus gute Staatsmänner sein, listig wie Schlangen in Diplomatie und Intrige, was sie aber nicht erkannten, war, daß in der Welt jenseits der Grenzen der Hauptstadt Landbesitz mehr galt als Ehrungen, daß militärische Stärke wirkungsvoller war als das Gesetz. Yorimichi konnte zwar ministeriale Würden und Steuerfreiheiten verteilen wie die Blütenblätter des Windenstrauches beim Blumenfest, aber letzten Endes hing das Schicksal des Landes von der militärischen Macht der Minamoto und der Taira ab.

Nicht von ungefähr verheirateten die Fujiwara daher ihre Söhne und Töchter in die Linien dieser großen Familien und natürlich in den kaiserlichen Klan selbst. Seine eigene Frau, die Dame Ochibu, war eins der zahlreichen Kinder von Yorimichis Bruder Motostune – obwohl seine Ehe, so erinnerte er sich, ein Liebesbund gewesen war, zumindest in den ersten Jahren, bevor die Kinder und drei Fehlgeburten ihren Tribut von der zarten Statur Ochibus und ihrer Lebenskraft gefordert hatten. Er mußte indes zugeben, daß sie noch immer eine Frau von goldenen Qualitäten war. Für ihren Sanftmut und ihren Takt war sie bei Hofe so angesehen, daß selbst jene Damen, die früher seine Konkubinen gewesen waren, sich zu ihr als Freundin und Vertrauter hingezogen fühlten. Kurz gesagt, abgesehen von einigen wenigen bedauerlichen Szenen am

Anfang seiner Bekanntschaft mit Onogoro, war Ochibus Wesen ein wahrer Segen und erregte den Neid seiner weniger glücklichen Bekannten, die befanden, daß der General sich die vollkommene Frau ausgesucht habe: niemals überspannt, eine wahre Zierde des Hauses.
Bei diesem Gedanken lichtete sich die trübe Stimmung des Generals und verwandelte sich in Genugtuung. Sobald dieser langweilige Wettbewerb vorbei war, beschloß er, würde er seine Diener aussenden, um einen Satz von dreißig Sandelholzkästchen mit Stillgewändern für Ochibu und Windeln für das Neugeborene zu bestellen. Er würde die Mönche von Kiyomizudera anweisen, jeden Tag bis zur Geburt *sūtras* zu lesen. Dann, wenn er alle seine Angelegenheiten geordnet hätte, würde er der schönen und aufregenden Onogoro einen Besuch abstatten.

DIE ZICKZACKBRÜCKE

Während der General sich zu seinem Glück gratulierte, machte seine Geliebte, die es versäumt hatte, die sanfte Geduld herbeizurufen, mit der die Muse umworben sein will, und sie statt dessen fälschlicherweise herbeizuzwingen versucht hatte, ihrem Zorn Luft. Sie riß den Entwurf ihres Gedichtes für die Prinzessin Saishō zuerst in zwei und dann in vier Teile. Wie kann man das Heranreifen zur Frau feiern, dachte sie wütend, wenn man ihr unglückliches Los nur zu gut kennt? Sie riß die vier Stücke in kleine Fetzen, ging zum Fenster und schleuderte sie hinaus in den Sturm. Und die fünf Dutzend Stücke, die gen Südwesten flogen, verwandelten sich in ein Rudel schwatzender Affen; die im Südosten wurden zu feingliedrigen Wind-

drachen, die Stückchen, die der Nordwestrichtung folgten, zu Tigerjungen, während die nordöstlichen Fragmente sich in junge Hähne verwandelten und die Toten mit ihrem Krähen erweckten.
Dann griff Onogoro nach ihren Lacksandalen und warf sie hinterher, und sie rannten von selbst zum Haus der verkrüppelten Frau des Flötenspielers, und ihre erlösende Kraft war so groß, daß die alte Frau, als sie sie anzog, sich geradbeinig wie ein Kranich erhob und genauso graziös vorwärts schritt.
Dann löste Onogoro ihren *obi* und riß ihn mit den Zähnen entzwei, und die eine Hälfte wurde zu einer gelben Iris am sumpfigen Ufer des Biwasees, die andere zu einem goldenen Segel, das die Reise eines *sampans* beschleunigen konnte. Aber ihre Wut fand, gleich der Zickzackbrücke von Yatsukashi, immer noch keinen geraden Pfad zum Ziel. Und vielleicht war in dieser Hinsicht die Wut weiser als sie, denn ist es nicht eine bekannte Tatsache, daß Haß tötet, daß aber Haß, der sein Ziel verfehlt, weder Leichen noch Prozesse zur Folge hat?
Wie Blei, das in einer Drehtrommel umhergeschleudert wird, wirbelte die Wut im Kreise herum, und Onogoro drehte sich mit, bis die Schildpattkämme, die der General ihr geschenkt hatte, entzweibrachen und das Haar ihr unschicklich und strähnig ins Gesicht fiel und ihr Umhang sich eng wie Windeln um ihren Körper wand und sie schließlich zusammengekauert und klein auf der *tatami*-Matte lag und bitterlich weinte.
Ihr Haar, purpurschwarz wie die nassen Stämme der Mandelbäume, hing wild herab. Wie in einer Vision sah sie, wie winzig sie war, und über ihr ragte eine große Seidenwand, auf die das breite und finstere Gesicht ihres Liebhabers gezeichnet war, schlafend und buddhagleich. Und über die

Wangenklippe marschierte unaufhaltsam eine kleine Armee Termiten auf die Augenhöhle zu.

die Armeen meiner Wut
Ich befahl ~~meine Armeen~~
und setzte sie in Marsch
~~gen Norden~~
Warum verließen sie nie
Nord-Tor
~~durchschritten~~ das ~~Löwen-Tor~~
~~Der Hauptstadt~~

Warum ~~hielten~~
gingen sie nicht weiter
als
~~an~~ vor das Große
Nord-Tor
der Hauptstadt?

Hinter der Dunkelheit der geschlossenen Lider strömten die Buchstaben zusammen. Begleitet vom Lachen der Muse, wurde Onogoros Aufmerksamkeit langsam von ihrem wilden Unglücksgefühl auf das Gedicht gelenkt, das sich zu formen begann – ein ungehöriges, skandalöses Gedicht, das sicherlich mit schockiertem Schweigen aufgenommen werden würde.
Tokidens Klopfen verscheuchte ihre Ahnungen. Die Zofe brachte Tee und eine Nachricht von Seiner Exzellenz, der ein Gedicht beigefügt war.

Als die Pfeile über mir seufzten,
Hörte ich nur Euer Lachen im Wind.
Ist es ein Wunder, daß ich
Zu Eurem Zimmer eile?

Der General würde binnen einer Stunde eintreffen. Hastig versteckte Onogoro die beschriebenen Blätter, pinselte ein Antwortgedicht und übergab es Tokiden.

Bambusstangen klappern
Im peitschenden Regenwind
Ich schüre die Glut im Ofen
Schon rieche ich
Das nasse Kaninchenfell Eures Umhangs.

Dann schickte sie Shune, den Küchendiener, zu den Ställen, damit er Oyu holte.

SAURE GURKEN

Die blasse Stute schnaubte vor Wohlgefallen, als Oyu den Striegel über die Welle ihrer Flanke strich. Er lehnte sich eng an sie und sprach kosende Worte in ihre geflochtene Mähne: «Izanami, du Göttin unter den Stuten, Izanami, deren Schritt leicht ist wie der Flug einer Libelle, Izanami, Hüterin der Geheimnisse.»
Wie ein Kleinkind, das sich von einem Schlaflied einlullen läßt, wurde das Pferd still und hörte zu, und alle Geheimnisse Oyus, deren es viele gab und die noch nie ein menschliches Ohr erreicht hatten, erstrahlten in ihrem verständnisvollen Auge und bildeten die Kraft ihrer Muskeln. Und wo die Stute ging, da gingen auch sie: flink, stolz, springend trug sie sie mit sich in den Krieg, auf die Jagd und bei Paraden, zu den nebligen Provinzen des Nordens und den lichtüberfluteten Inseln des Südens, so daß sie vielerlei Erfahrungen sammelten und reicher an Weisheit zu ihm zurückkehrten. So wenigstens stellte sich Oyu dies vor, denn er war ein verträumter und etwas träger junger Mann, wie es all diejenigen sind, die man zu früh ihrer geliebten Mutter entrissen hat, und beschwingt malte er

sich aus, wie die Fähigkeiten seiner Seele mit denen der großen Stute verschmolzen und, vereinigt mit ihrer machtvollen Güte, entschlossen auf eine unbarmherzige Welt einwirkten.

«Oyu! Oyu!»

Als Oyu die krächzende Stimme des Küchendieners Shune hörte, legte er den Striegel beiseite. «Man verlangt wieder nach dir im Pavillon. Ihre Gnaden hat mir befohlen, hier zu warten, bis du dich umgezogen hast, und dich dann mitzunehmen.» Shune lachte derb: «Also auf in den Kampf, mein Junge!»

«Es ist nicht so, wie du denkst, wirklich nicht», sagte Oyu verlegen und hantierte hinter dem Vorhang, der die Waschecke abteilte.

«Von wegen Geschichten erzählen!» rief Shune. «Ein prächtiger Bursche wie du? Ich kenne doch diese geilen Hofdamen. Ich war nicht immer so klapprig, weißt du, und solange die alte Gießkanne noch was hergab, konnten sie nicht genug davon kriegen.»

Shune begann eine lange und obszöne Erzählung, die davon handelte, wie ihn eine kaiserliche Konkubine in der Vorratskammer verführte – ihre Gier nach sauren Gurken wurde nur von ihrem Verlangen nach Liebesspielen übertroffen. Nicht zum erstenmal hatte Oyu die Gelegenheit, sich zu fragen, ob die kapriziöse Beschreibung, die der alte Diener von Onogoro geliefert hatte, tatsächlich der Wirklichkeit entsprach. Eine Dame zwischen zwanzig und dreißig, hatte Shune gesagt; nicht eben in der ersten Blüte ihrer Jugend, aber dennoch schön. Dieses dürftige Bild schmückte Oyu nach seinem Geschmack aus – mit Rehaugen, einem vollen roten, tamarindengleichen Mund und austernfarbener Haut –, und selbst wenn dieses Bild ganz und gar seiner eigenen Phantasie entsprungen war, so konnte es ihm wenigstens niemand streitig machen, fälschen oder ihm auf andere Weise wegnehmen. Denn in der Phantasie des vernarrten Oyu, der, nackt bis aufs Unterkleid, seine Achselhöhlen mit Wasser besprengte, war Onogoro ganz und gar vollkommen. Mit diesem glücklichen Gedanken in der Tiefe seines Herzens zog er sich hastig an und ließ sich von Shune durch den Garten zum Mandelblütenpavillon führen.

Immer war es Onogoros Duft, der ihm von weitem entgegenkam und den seine Nase betört einsog: ein Duft von Nelken, vermischt mit Nachtjasmin und einer Spur scharfer Aloe. Dann ergriff ihre kühle Hand seine heiße Hand und führte ihn zum Lager, zog die Flügel des *tsuitate*-Schirms um ihn herum und stellte einen Krug mit kühlem Reiswein in seine Nähe. Auf ein verabredetes Zeichen hin – sie würde ihren Kopf schütteln, so daß die langen Strähnen ihres Haares gegen die gespannte Seide der Wand oder sogar (allerliebste Erinnerung) darunter hindurchglitten und seine Finger streiften – begänne Oyu seine Erzählung. Allmählich wurde das Zeichen allerdings überflüssig, denn Oyu schien ganz genau zu spüren, wann seine Dienste benötigt wurden. Es war beinahe, als ob nicht der General, sondern er mit ihr schliefe, dachte Oyu, und Onogoro, der dieses ungeheure Einfühlungsvermögen nicht entgangen war, hatte allen Grund, sich zu fragen, ob sie nicht eine Art Zauberer in ihren Diensten hatte.

Aus seinem Versteck hörte Oyu das Klirren und Grunzen, das bedeutete, daß der General sich seiner Rüstung entledigte. Jadeschalen klirrten, als das Paar einen Schluck Wein trank, und dann ächzte das Podest, als der General, wie Oyu vermutete, Onogoro in seine Arme schloß und sie auf die wattierten Zudecken hob. Er lauschte den ersten inbrünstigen Tönen, die bedeuteten, daß der General eingedrungen war und herzhaft auf- und abritt, und dann der geflüsterten Rücksprache, die darauf schließen ließ, daß Seine Exzellenz, da er wie jeder gut erzogene Liebhaber die Befriedigung seiner Geliebten über die eigene stellte, nun seinen Kopf in eine vorteilhafte Position zwischen die Schenkel Onogoros bringen würde. Hin und wieder stöhnte Onogoro, und dann war ihr peitschendes Haar so schwarz wie das Dunkel hinter seinen Augen, ihr Haar duftete, ihr Haar leckte seine Finger wie eine Flamme...

Oyu befeuchtete seine Lippen mit Wein und begann seine Geschichte.

BAMBUSSPROSSEN

«ZUR ZEIT der Herrschaft des Kaisers Reizei lebte am Hof ein Minister im dritten Hofrang, der bei den Damen trotz seiner überheblichen Art und obwohl er ständig gegen die Etikette verstieß, sehr begehrt war. In seinen erotischen Beziehungen war er geradezu gewissenlos. Während er sofort mit einer Kurtisane brach, die er im Verdacht hatte, einen anderen Liebhaber zu haben, zeigte er seinerseits weder Geduld noch Verständnis für die zarteren Gefühle seiner drei Konkubinen, noch versuchte er, in irgendeiner Weise zwischen den Rivalinnen zu vermitteln. Von allen Seiten wurde er mit Ratschlägen bedrängt, und sogar der Kaiser persönlich – ein Mann, dem Probleme solcher Art durchaus nicht unbekannt waren – nahm den Minister zur Seite und erklärte ihm, wie böses Blut sich durch Charakterstärke, Höflichkeit und genaue Verteilung der Aufmerksamkeiten vielfach vermeiden ließe.

Zu guter Letzt beschloß der Minister, ungehalten über jene wenn auch wohlgemeinte Einmischung und verärgert über die Beschwerden, Wutausbrüche und Kälte seiner drei Konkubinen, die Angelegenheit selbst in die Hand zu nehmen. Seiner Ansicht nach wurde den Empfindlichkeiten aristokratischer Damen zu viel Beachtung geschenkt, und diesen nachzugeben war keine angemessene Beschäftigung für einen Mann, der an Staatsgeschäfte zu denken hatte.

Eines Abends entließ der Minister, kaum daß er bei den Gemächern seiner ersten Konkubine angelangt war, die Dienerinnen der Dame und schickte einen Boten zu den Häusern seiner zweiten und dritten Konkubine – mit dem Befehl, sich unverzüglich bei ihm einzufinden.

Die erste Konkubine des Ministers, die wir Y. nennen wollen, war eine hochgewachsene und stattliche Dame von etwa dreißig Jahren, deren fülliges Haar sanftbraun schimmerte und die mehr Witz und Verstand hatte, als der Minister ohne weiteres vertrug. Als die Dame Y. seine Befehle vernahm, verneigte sie sich tief, doch ein zorniges Funkeln war in ihren Augen, als sie, ihrer Dienerinnen beraubt, die Schlafmatten auf dem Podest ausrollte, den *tsuitate* entfaltete und auch die übrigen Anweisungen des Ministers befolgte.

Bald darauf traf in einer Kutsche mit Schilfdach und vergoldeten Rädern die zweite Konkubine ein und mußte ebenfalls die Schmach erdulden, daß der Minister ihre Zofe ohne Umschweife wegschickte. Ich gedenke, den Damen selbst aufzuwarten, erklärte der Minister dem verblüfften Mädchen, das zurück ins Haus ihrer Herrin floh und augenblicklich den Skandal verbreitete. Die zweite Konkubine, die wir K. nennen wollen, war eine junge Adlige, deren Familie in unvorhergesehene Schwierigkeiten

geraten und daher gezwungen war, ihre Tochter in Verhältnissen unterzubringen, die sie sonst niemals in Erwägung gezogen hätte.
Hätte der Minister noch irgendwelche Zweifel an seinem Plan gehabt, ein Blick auf die hochmütig geblähten Nasenflügel der stolzen K. hätte sie zweifelsohne zerstreut. Er zügelte seinen Zorn und hieß die Dame, sich auf die Kissen neben ihre Rivalin Y. zu setzen, und so erwarteten sie die letzte und jüngste Konkubine, die Dame S., ein unerschrockenes Mädchen von sechzehn Jahren mit dem lieblichsten Nacken in der ganzen Hauptstadt.
Diese Dame wurde nicht aufgefordert, auf den Kissen bei ihren Rivalinnen Platz zu nehmen, sondern erhielt statt dessen die Anweisung, in die Küche zu gehen und Reiswein und Wasserkastanien zu servieren. Nachdem das erledigt war – und zwar mit eisig abgewandtem Blick –, hielt der Minister eine kurze, aber wohlgesetzte Rede, in der er seinen Damen verkündete, daß ihre Eifersucht und ihr Kleinmut nicht nur unerträglich seien, sondern außerdem einem zutiefst unbescheidenen Charakter entsprängen, was er zu beweisen gedenke, indem er ihnen die Gegenstände ihrer hitzigen und ausschweifenden Phantasien in der Wirklichkeit vor Augen führe. Die Gedanken einer Frau, sprach er zu den dreien, hätten sich nicht jenseits der Grenzen ihrer Gemächer zu verirren, und was ihr Herr außerhalb ihrer Gemächer für sein Wohlergehen und seine Zerstreuung gutheiße, sei nie ihre Angelegenheit gewesen und werde es niemals sein. ‹Aber da eure schäbige Eifersucht euch dazu verleitet›, fuhr er fort, ‹erfülle ich euch diesen Wunsch, und indem ich euch hier zusammenbringe, will ich es nur leichter für euch machen, ganz in ihm aufzugehen.›
Bei diesen Worten erhob sich die Dame K. und wäre da-

vongestürmt, aber der Minister hielt sie ohne Mühe zurück. ‹Zur Strafe für Euren Ungehorsam werdet Ihr als letzte meine Zuwendung erhalten, denn ich gedenke, euch eine nach der anderen zu nehmen.›
Darauf holte der Minister aus dem Vorzimmer einen niedrigen hölzernen Schwertständer mit Lackmalereien und Perlmuttintarsien, auf dem zwei Schwerter in ihren mit Ornamenten verzierten Scheiden lagen. Er nahm die Dame Y. bei der Hand, öffnete ihre Gewänder und befahl ihr, sich über den Schwertständer zu beugen wie ein Schuljunge, der seine Züchtigung erwartet.
Die Dame K. und die Dame S. verbargen gedemütigt ihr Antlitz, als sie sahen, wie weiß die Glieder der Dame Y. waren, die sich nun vollkommen entblößt ihren Blicken darboten, und wie rotschimmernd die Haarringel, die zwischen diesen Gliedern hervorschauten, und wie vollkommen die zarten Öffnungen, die sich enthüllten, gekräuselt wie Chrysanthemenblätter und in allen Farbtönen schimmernd, von einem taufrischen Rosa bis zu metallen glänzendem Purpur. Und sie wußten nicht, wen sie mehr hassen sollten – den Minister, dessen geübte, mit Mandelöl befeuchtete Finger zur offensichtlichen Erniedrigung seiner Geliebten behutsam erst die eine und dann die andere Spalte untersuchten – oder die Dame Y. selbst, die (dachten sie verstimmt) ohne Zweifel die begehrenswerteste Frau in der ganzen Hauptstadt war: geübter, verführerischer, leidenschaftlicher, als sie jemals zu sein hoffen konnten.
Der Minister zog nun sein Gewand auseinander, nahm sein Glied in die Hand und ließ es zuerst in die eine, dann in die andere Öffnung gleiten. Seine Finger setzten dabei ihr geschicktes Spiel fort, und die entsetzten Zuschauerinnen mußten mit ansehen, wie die Dame Y. geschmeidig zu antworten begann, sie hörten ihr lustvolles Stöhnen und

sahen, wie sich Röte über ihre Hüften zog. Und die ganze Zeit liebkoste der Minister mit den schamlosesten und zärtlichsten Worten ihre Schultern, ihr glattes Haar, ihren schmalen Rücken, so daß die Damen gegen ihren Willen die Hälse reckten und angestrengt zuhörten und unter ihren Gewändern heiß und wild vor Verlangen wurden. Der Minister pflügte nun gleichmäßig, während die Dame Y. sich unter ihm wand und ihr weißer Rücken wogte, bis endlich ihr Stöhnen in einem einzigen langen, zitternden Schrei aufging und der Minister mit schweißgerötetem Gesicht einen schrillen Laut ausstieß und zuckend niedersank.

Ohne sich einen Moment zu gönnen, um das Nachbeben der Lust zu genießen, sprang der Minister auf und geleitete die ergebene und zitternde Dame zurück auf die Kissen. Die Dame S. konnte nicht umhin, die schweren Lider der Dame Y. und ihr von Erfüllung schläfriges Antlitz zu bemerken, während die Dame K., unfähig, ihren inneren Aufruhr zu bezähmen, geradeaus starrte und sich zwang, an den kühlen Himmel in der Provinz ihres Vaters zu denken und an die Eiszapfen, die wie Bärte von den Ahornbäumen herabhingen, und sich anstrengte, nichts zu empfinden.

Mit einer Verbeugung nahm der Minister die Dame S. bei der Hand. Statt zum Schwertständer führte er seine jüngste Geliebte zu dem Podest, auf dem die Schlafmatten ausgerollt waren, lehnte sie gegen die Wand und breitete ihre Gewänder auseinander, so daß die anderen Damen sich am Anblick ihrer üppigen und jugendlichen Reize erfreuen konnten.

Die Dame Y. starrte das Mädchen an, und in ihre Bewunderung hätte sich wohl Neid gemischt, wäre sie nicht noch so erschöpft von ihrer gerade erst abgeklungenen Lust gewesen. Die Schultern waren weiß wie Schnee, die Brüste makellose Granatäpfel, der Bauch gerundet, die Haut der Schenkel straff und von blühender Gesundheit. Zweifellos war die Dame S. die schönste und begehrenswerteste Konkubine in der ganzen Hauptstadt!

Die Dame K. hielt den Blick abgewandt und sah daher nicht, wie die Dame S. auf dem Podest ausgestellt war; sie hörte nur das fröhliche und schelmische Lachen, das ihr in vielen langen Nächten, die sie allein auf ihren Ruhekissen verbracht hatte, in den eifersüchtigen Ohren geklungen hatte.

Im Gegensatz zu ihren Gefährtinnen hatte die Dame S. vom Reiswein getrunken, und der Minister, der zwischen ihren Schenkeln lag, war zu leidenschaftlich mit der Zunge vorgeschnellt, so daß das unverbesserliche Mädchen, dessen ganzes Wesen kitzlig war, protestierend kicherte.

Die Dame K. und die Dame Y. blickten einander an, und die Dame Y., die sich bewußt wurde, daß ihre eigenen Lustschreie sie ebenso verraten hatten wie diese ihr mädchenhaftes Kichern, verschränkte die Zehen in ihren Socken und verbarg das Gesicht im Ärmel. Dennoch konnte sie nicht widerstehen und warf durch die Finger einen verstohlenen Blick auf die perlmuttfarbene Rundlichkeit der Dame S. und die kleinen, weißen Zähne, die sichtbar wurden, als der Minister sich aufsetzte und sic auf seinen Schoß nahm. Er drehte das Mädchen herum, so daß die Damen weiterhin das Schauspiel genießen konnten, und schob sein Glied von unten hinein. Der Minister legte ihre Finger auf ihre rosigen Brustwarzen, doch die Dame S. brauchte derlei Anleitung nicht, sondern begann, sie bereitwillig zu kneten und zu ziehen, und wand sich dabei wie ein zufriedener Welpe, während die beharrlichen Finger des Ministers die Arbeit zwischen ihren schwellenden

Schamlippen aufnahmen. All dies geschah unverhüllt vor den Augen der Rivalinnen, die nicht umhinkonnten, sich einzugestehen, daß die Dame S. in ihrer unverstellten Erregbarkeit verführerischer war als die schicksten und elegantesten Kurtisanen der ganzen Hauptstadt.
Recht schnell erlosch die Dame S. in kleinen kichernden Schreien und wurde von ihrem Geliebten, der ihr anerkennend auf den Schenkel klapste, zurück zu den Sitzkissen geführt, wo sie sich schuldbewußt anstrengte, eine schwesterlich ernste Miene aufzusetzen.
Die Dame K. war außer sich. Dies mag für unerfahrene Jugend angehen, dachte sie. Wenn das Gefühl alles andere beherrscht, verzichtet man leicht auf höhere Werte! Sie versteifte sich, als der Minister seine Hand ausstreckte, um sie zum Podest zu führen, und heftete die Augen auf den Eckschrein, in dem eine Statue des Gottes Fudo mit einem Seil in der einen und einem Schwert in der anderen Hand saß, um die Lasterhaftigkeit zu binden und zu töten.
Als der Minister sie bat, ihren *obi* zu lösen und die Lagen ihres Gewandes beiseite zu schieben, weigerte sich die Dame eisig. Da löste der Minister selbst ihre Schärpe und band ihre Hände damit; dann streckte er sich auf der Schlafmatte aus, legte seinen Kopf auf eine der glasierten Keramikkopfstützen und zog die Dame mit einer raschen Bewegung über sich. In ihrer Verwirrung wußte die Dame nicht mehr, was sie am meisten erzürnte – ihre Rivalinnen, die sanftmütig und befriedigt vor ihr saßen und gleichzeitig darauf lauerten, ihre Weiblichkeit zu beurteilen – oder der Minister, den sie zu lieben geglaubt hatte. Ihr Wille rebellierte gegen alle drei, als die suchenden Finger des Ministers sie auf das kräftige Glied vorbereiteten, das, geschmeidig vom Mandelöl, bald darauf folgen sollte.
Der Raum wurde dämmrig und die Luft schwül, denn

draußen zog ein Gewitter auf. Das Antlitz der Dame K. verfärbte sich scharlachrot von der Anstrengung des Widerstands, denn der Minister war kunstvoll und mit Geschick in sie eingedrungen, und sein Ungestüm drohte sie mehr zu entzücken, als ihr Stolz erlaubte. Die weibliche Stimme in ihr mahnte sie, sich mit Leib und Seele hinzugeben und so ihre Rivalinnen auszustechen, aber ihr eiserner Wille war stärker.

Die Dame S. sah voller Erstaunen, wie der Minister mit ganzer Kraft Finger und Glied gebrauchte, und je mehr Zeit verging, desto klarer erkannten sie und die Dame Y., daß sie noch nie zuvor solche Zeichen von Erregung gesehen hatten, solch geschwollene Lippen, solch schlüpfrige, geschmolzene Falten, solch pulsierende Öffnungen.

Doch noch immer tobte der Kampf im Innern der Dame K., noch immer wollte sie nicht nachgeben. Der Raum war mittlerweile grünlichdunkel, und die ersten Donnerschläge krachten über der Hauptstadt. Unter sich fühlte die Dame K. ein Zögern in dem erschöpften Minister, ein Schwanken, das ihr verriet, daß ihr überlegener Wille den Sieg davongetragen hatte. Sie wurde von wilder Freude erfüllt und entspannte für einen Moment die fest bezwungenen Sinne.

Aber just in diesem unachtsamen Moment schien ein gieriger weiblicher Dämon von ihr Besitz zu ergreifen, ein Dämon, der hungrig und zornig zugleich war. Blitze zuckten, und der Regen peitschte wütend gegen die Balkonjalousien, als sich der Dämon in der Dame K. mit den wilden und kraftvollen Bewegungen eines brünstigen Hirsches aufrichtete, schwor, auf seine Kosten zu kommen, bevor des Ministers Potenz nachlasse, und unter anhaltendem furchterregendem Schreien und Stöhnen Rache an dem schwächer werdenden Minister nahm.

Der Minister wurde bleich vor Angst, als dieser *tengu* über ihm donnerte. Sein Glied jedoch, das ein Eigenleben führte und seine eigenen Absichten verfolgte, kämpfte sich durch die Welle seines Schreckens hindurch und ergab sich in die Verheerungen einer Leidenschaft, die er sich nie erträumt hatte. Der Raum hallte von den tierischen Lauten der Liebenden wider, und das Podest, auf dem sie rangen, schlingerte und bebte, bis zuletzt der Kampf in einem todesähnlichen Schrei der Vereinigung verklang.
Die beiden anderen Damen rückten auf den Sitzkissen eng aneinander, verbargen ängstlich ihr Antlitz und hielten sich angesichts dieser Kakophonie der Donnergötter und Menschen die Ohren zu.
Nun laß sie entscheiden, wer hier die Siegerin ist, dachte die Dame K. mit heimlicher Genugtuung, denn ihr Zorn hatte sich trotz sinnlicher Befriedigung nicht gelegt. Der Minister lag unter ihr, mit den rosigen Gesichtszügen eines vertrauensseligen Säuglings, denn wie so vielen seines Geschlechts fehlte es ihm an Vorstellungsvermögen dafür, daß sexuelle Sättigung nicht alle Verletzungen heilt und nicht jede Unzufriedenheit besänftigt.
Mühsam erhob sich der Minister, band die Hände der Dame los und befahl der Dame Y., Erfrischungen zu reichen. Der Sturm hatte sich inzwischen gelegt, und die Damen, die dem fremdartigen Liebesakt zugeschaut hatten, waren hin und her gerissen zwischen Neid auf die donnergewaltige Vorführung der Dame K. und Erleichterung darüber, daß sie sich vor ihrem Herrn nicht durch solch unweibliche Raserei eine Blöße gegeben hatten.
Als auf Tabletts aus Aloeholz die Köstlichkeiten vor ihnen angerichtet waren und der Wein in die Jadeschalen floß, lehnte sich der Minister in die Kissen zurück und kam allmählich wieder zu sich. Die Damen hatten sich unterdes-

sen wieder zurechtgemacht und knieten nun in einem Halbkreis auf der *tatami*-Matte zu seinen Füßen. Mit gesenktem Blick spielten sie mit dem warmen Würzkäse, der Muschelsuppe mit Klößen und den Lotussamentörtchen herum, jede in ihre Träumereien versunken.
Der Minister hänselte sie. Warum so still, stichelte er. Wollten sie ihm nicht ehrlich sagen, was sie jetzt fühlten? Sollten sie ihm nicht beipflichten, daß Eifersucht ein ordinäres Gefühl sei, das sich allenfalls für Küchenmägde ziemte?
Die Damen gaben keine Antwort, und der Minister lachte finster. ‹Was soll ich mit euch machen? Könnt ihr mir das verraten?› Er wühlte in den Lagen seines Gewandes und holte sein Glied hervor, das ausnahmsweise schläfrig in seiner Hand ruhte. Dann kniete er sich auf die Matte zwischen seine Konkubinen und legte es auf das Tablett aus Aloeholz neben die anderen Leckereien. ‹Wie ihr seht, habe ich davon nur einen, von euch aber drei, was um Himmels willen soll Seine Exzellenz also tun?› sagte er und zeigte selbstgefällig auf den ungehörigen Leckerbissen.
Die Dame K. antwortete in einem so ungewöhnlich ergebenen Ton, daß die anderen Damen sie voller Erstaunen anstarrten: ‹Eure Exzellenz, Konkubinen müssen lernen zu teilen, und gerecht zu teilen.›
‹Ganz recht!› rief der Minister aus. ‹Hier seht ihr eine Frau, die zur Vernunft gekommen ist!› Daraufhin verlangte er nach Umhang und Schwert und erklärte die Angelegenheit für erledigt.
Die drei Damen neigten gehorsam die Köpfe, wie es sich gehörte. Die Dame Y. brachte des Ministers Zobelumhang, und die Dame K. holte sein großes Krummschwert vom Schwertständer. Die Dame S. schob derweilen zärtlich seine Füße in die Sandalen.
Doch einen Augenblick später war das Schwert blankgezo-

gen, und die glänzende Klinge stieß ein-, zwei-, dreimal hinab auf das anmaßend entblößte Glied des Ministers und fuhr mit einer Leichtigkeit hindurch, als sei es ein junger Bambussproß.
Unter den Schreien des unglücklichen Ministers reichte die Dame K. eine Scheibe der Dame S., eine der Dame Y. und sagte ruhig, während sie die letzte Scheibe in ihren weiten Ärmel steckte: ‹Sagt, könnte eine noch gerechtere Verteilung ersonnen werden?›»

Bei diesen Worten hielt sich Onogoro, durch diese Geschichte von einem bestialischen Liebesakt bereits bis zum äußersten erregt, nicht länger zurück, bäumte sich in wilder Ekstase auf, und der General schrie vor Freude, als sie in immer drängenderer Lust auf- und abschnellte.

DAS SCHNEESCHIFF

Am letzten Tag des neuen Jahres gebar Ochibu einen gesunden Knaben, und der Haushalt des Generals atmete erleichtert auf. Als Onogoro die gute Nachricht an ihrem Schreibpult erhielt, fiel sie auf die Knie und vergoß Tränen des Danks.
Die Neujahrsfeierlichkeiten waren vorüber, und Schnee legte sich dick über die Dächer der Hauptstadt. Auf den mit Schneematsch bedeckten Straßen begegnete man nur übelgelaunten Menschen mit roten Nasen, aber innerhalb des kaiserlichen Bezirks lag der Schnee makellos weiß, pulvrig, köstlich. Ungeachtet ihrer neuen Stellung als junge Dame tollte die Prinzessin Saishō mit Onogoro und den anderen Hofdamen in den Palastgärten herum.

«Baut mir einen weißen Schwan mit ausgebreiteten Flügeln!» rief sie. «Baut mir ein Schneeschiff!» Onogoro und Tokiden, in Fellstiefeln und mit hochgerafften Röcken, wateten durch den knietiefen Schnee und gruben einen Pfad für die winzige Prinzessin, die sonst womöglich ganz und gar in den Schneemassen verschwunden wäre. Mit Hilfe der anderen Hofdamen rollten sie Schneebälle zu großen Klumpen, die Spuren nackter Erde zurückließen, und klopften sie mit dem Spaten flach. Daraus formten sie dann einen geschwungenen Bug mit Schwanenhals und -kopf, einen Bauch mit Flügeln und Schneesitzen darin und ein graziöses, schmal auslaufendes, schwanzähnliches Heck.
«Wir brauchen ein Segel», schrie Saishō und kletterte an Bord. «Wir brauchen Ruderer! Hol Baumwollstoffe, Nyo, hol Bambusrohr!» Während Nyo zum Lagerraum rannte, saßen Onogoro und Tokiden mit der Prinzessin auf den Schneebänken. Sie streckten ihre Beine und lehnten sich zurück, spielten, daß die Ruder schwer seien, und ruderten, vor Anstrengung ächzend, vor und zurück, bis die Prinzessin, gänzlich überwältigt vor Aufregung, kreischte: «Wir bewegen uns, wir bewegen uns!»
Onogoro blickte zum strahlenden Himmel auf. Tränen rannen aus ihren blinzelnden Augen, und die Konturen der Dinge verschwammen – die Zierkiefern, die kahlen Mandelbäume, die Mauer, hinter der sich der Stall befand, in dem Oyu, der Erzähler verbotener Geschichten, Heu in die Krippen warf und die goldenen Knaufe des Zaumzeugs polierte. Einen Moment lang hätte auch sie schwören können, daß sie sich bewegten, daß die Distanz zwischen ihnen und den Ställen sich verringert hatte und daß das Schwanenschiff jeden Moment vom Boden abheben und über die Mauer fliegen könnte, eine glitzernde Fracht von lachenden Mädchend tragend.

Wie alle Menschen mit düsterem Temperament, für die Vergnügen niemals ungepaart ist, sondern immer in Begleitung seines abergläubischen Schattens auftritt, fühlte Onogoro einen Schmerz in ihrer Seele, als sie daran dachte, daß Oyu das Schneeschiff und seine ausgelassene Fracht niemals sehen werde. Wie furchtbar, dachte sie, und ihre Freudentränen verwandelten sich in Tränen des Mitleids. Ein edleres Ich stieg vor ihr auf und mahnte sie eindringlich, sich des Mangels anzunehmen und ihn gutzumachen. Das Herz ging ihr auf und füllte sich sehnend mit Barmherzigkeit. Ich werde ein Gedicht für ihn schreiben, beschloß sie. So werde ich ihm diesen Schwan geben, dieses Schiff, den Glanz dieses blauen Tages. Ja, ich werde ein Gedicht für Oyu schreiben.
Aber da kommt schon Nyo mit einer Bahn von rotem Batist aus dem Lager, rot wie die Farbe der Untergewänder der Frauen, ein Rot, bei dessen Anblick die Prinzessin ihre Zofe stirnrunzelnd und kichernd zurechtweist. Und das Segel wird an der Bambusstange gehißt, und Onogoro lacht lauter als jemals seit ihrer Kindheit, und im Stall steht Oyu im warmen Dunst des Pferdes Izanami, im tiefen Continuo von Harn und Kot und prächtigem Schnauben, und hört die höhere, schwebende, zerbrechliche Melodie ihres Lachens. Währenddessen steht die geniale Dichterin Izumi Shikibu auf dem Balkon des Pflaumenblütenpavillons auf den Arm ihres Liebhabers Tametaka gelehnt und sieht schmunzelnd dem ausgelassenen Treiben der Mädchen in dem Schiff mit dem scharlachroten Segel zu, dem Schneeschiff, das versucht zu fliegen.
In den milderen Tagen, die folgten, sah Onogoro die Form des Schiffes schmelzen und zur Schneckengestalt zusammensacken, während der Hals des Schwanenbugs zu bloßer Erinnerung schrumpfte. Aber das rote Segel flatterte

noch genauso fröhlich an der Bambusstange, und jedesmal, wenn sie von ihrem Schreibpult aufsah und es erblickte, fühlte sie dieselbe lebhafte Erleichterung, die sie bei der glücklichen Geburt des Kindes vom General gespürt hatte.

Denn in der Zeit kurz vor der Geburt hatte Onogoro wegen ihrer eifersüchtigen Gedanken oft unter Schuldgefühlen gelitten, und jede Nacht hatte ihr Gericht und Bestrafung gebracht. In ihren Träumen schlug man sie mit Bambusknüppeln, man brannte Schriftzeichen in ihre Stirn, die ihre Verbrechen in allen Einzelheiten beschrieben, und schließlich führte man sie, den Hals im Stock, ins Exil zu einem abgelegenen Grenzort. Aber jetzt, da es kein Verbrechen und also keine Verbrecherin gab, machte die Erleichterung sie zahm und heiter wie zuvor der Schnee, und sie zwirbelte die Spitze ihres Schafwollpinsels zu einem feinen Punkt und beugte sich glücklich über ihre Blätter. Und der Teil ihres Geistes, der nicht mit Poesie beschäftigt war, plauderte ununterbrochen in freudiger Dankbarkeit mit sich selbst. Ich werde nicht mehr so viel von dem General verlangen, sagte er. Ich werde mich zufriedengeben mit dem, was ich bekomme!

Onogoro summte und fühlte sich wunderbar, weil die Gedichte nur so aus ihr hinausflogen; sie wußte, daß sie aus ihr hinausfliegen würden, solange der Schnee weiß und makellos war, und sie füllten zuerst den ganzen Raum, dann die Flure, allesamt auf ockergelbem Papier, das mit einem Hauch Nelkenduft parfümiert war, und nach ein paar Tagen erreichten sie den Palast, wo sie sich zu Haufen vor den Türen des Pflaumenblütenpavillons stapelten, hinter denen die geniale Dichterin Izumi Shikibu lebte, träumte, schrieb und sich die Zeit vertrieb.

Kalte Schneebälle entfliegen den Fäusten
Der Gartenmädchen.
Sag mir, stammt das Rot deiner Wangen
Von der Hitze des Stalls
Oder von den Schneestürmen des Gelächters?

Onogoro ging hochgemut zu den Ställen, um Oyu ihr Gedicht vorzulesen. Der Jüngling stand mit gesenktem Haupt vor ihr, die Hände auf seinem Lederschurz verschränkt. «Das ist eine zu große Ehre», murmelte er höflich in die Dunkelheit, während ihre Augen ihn ungehörigerweise entkleideten, ihre bevorteilten Augen sich in ihn bohrten. Dieses Gedicht war leicht wie eine Schneeflocke, dachte der gedemütigte Oyu, und stichelnd wie die Frühlingssonne. Etwas in der Art, wie man es mit flinker Hand für sein Lieblingspatenkind hinwirft. Er verbeugte sich tief, aber sein Herz war taub vor Wut, denn die Sehenden sehen eines häufig nicht: daß auch die Blinden ihren Stolz haben.
In der Zwischenzeit nahm Izumi ihr Vergrößerungsglas und ließ die Schale grünen Tees, die Ben ihr gebracht hatte, auf dem Tisch neben sich kalt werden, während sie die Gedichte ein zweites Mal las.
«Wer ist sie?» erkundigte sie sich bei ihrer Zofe. «Diese Onogoro.»
«Ihr saht sie im Schnee», erwiderte Ben. «Erinnert Euch, mit der jungen Prinzessin Saishō.»
Shikibu erinnerte sich vage an eine hübsche Gestalt, ein blaues Gewand, einen gewissen langbeinigen Hochmut. «Ach ja», sagte sie. «Die Schlaksige.»
Draußen vor den Fenstern schmolz in den Gärten der Schnee, und an den Pflaumenbäumen öffneten sich die ersten Knospen. So unbesonnen die in den Gedichten dargestellten Gefühle auch sein mochten, diese Werke zeugten

eindeutig von Talent. Eine junge Frau wie Onogoro, sinnierte sie, könnte ein paar gute Ratschläge gebrauchen, genau die Anleitung, die ihr selbst in ihren ersten verwirrenden Jahren am Hof gefehlt hatte. Und wer könnte besseren Rat geben als eine, die lange und hart mit ähnlichen Dämonen gekämpft hatte? Shikibu faßte ihren Beschluß mit der ihr eigentümlichen Geschwindigkeit. Sie würde das Mädchen in den Pflaumenblütenpavillon einladen; andere Dichterinnen würden auch kommen; sie würden einen Abend miteinander verbringen. Eine junge Frau von Onogoros Format verdiente eine hilfreiche Hand, die sie auf den Pfad zum Glück führte.

Onogoro ergriff die günstige Gelegenheit ihrer ausgelassenen Stimmung und schrieb ihrem Vater in Echigo, der hocherfreut die folgenden guten Neuigkeiten empfing:

> Verehrter Vater (las er),
> meine Pflichten nehmen mich derzeit so sehr in Anspruch, daß ich kaum eine ruhige Minute mehr habe. Gestern zum Beispiel war der Sechzehnte des Monats. Zu Ehren des neuen Jahres wurden in Anwesenheit des Kaisers Gedichte und Lieder rezitiert, und vierzig Hofdamen tanzten dazu. Die Jury urteilte gut über das, was ich beizutragen hatte – obwohl ich selbst nicht ganz zufrieden mit mir war –, und die Zweite Kaiserin (die Erste Kaiserin ist in den Seiryō-Palast gezogen, wo sie die Geburt ihres Kindes erwartet) kam zu mir und sprach mir in der schüchternsten und liebreizendsten Art, die man sich vorstellen kann, ihre Gratulation aus. Ich schreibe dies, weil ich um die Freude weiß, die es Euch und natürlich meiner Mutter bereiten wird. Bitte vergebt mir jedoch, wenn ich gestehe, daß ich noch erfreuter

darüber war, die Bekanntschaft der Dichterin Izumi zu machen, die ich schon lange bewundere. Ich glaube, daß ihr meine Arbeit gefällt, und sie wünscht, daß ich an einer Zusammenkunft von Dichterinnen in ihrem Haus teilnehme. Wie Ihr Euch vorstellen könnt, bin ich außer mir vor Dankbarkeit, daß ich ihre guten Dienste auf mich gelenkt habe, aber ich muß gestehen, daß ich auch ein bißchen besorgt bin, wie es mir wohl in einem solch ausgesuchten Kreis ergehen wird. Denn jeder Höfling mit dem Gehirn eines Spatzen kann seine erbärmlichen Gespreiztheiten bei der Zeremonie der Gedichttänze vortragen, während Izumi Shikibu, dessen bin ich mir sicher, das strenge Zepter der wahren Poesie führt und mit Kritik nicht zurückhält.

Eure Euch liebende Tochter
Onogoro

DAS HEXAGRAMM DER ARMEE

Yorimichi schleuderte den Bericht über den Traum der Dame Ochibu von sich und beschimpfte seinen ungeschickten Diener. «Ich habe dich gebeten, meine Fußnägel zu schneiden, nicht meine Füße!» herrschte er ihn an und stieß die Schüssel mit dem Rosenwasser um, in dem seine Füße gebadet hatten. Doch als er in das tiefbetrübte Gesicht des alten Dieners sah, überfiel ihn Reue. Sicher waren die Hände des alten Osamu zittrig und seine Augen nicht mehr so scharf wie früher, aber er hatte bereits seinem Vater aufgewartet und davor dessen Vater, und so verdiente er wohl Nachsicht.

Der wahre Grund für seinen bedauerlichen Ausbruch, das mußte er sich eingestehen, war nicht das Kneifen an seinem kleinen Zeh gewesen, sondern die nagende Sorge, die der Bericht des Wahrsagers in sein Herz gesenkt hatte – ein Dokument, das er zweifellos dem Papierkorb überantwortet hätte, wenn nicht Prinz Atsumichi darauf beharrt hätte, daß es dringend seine Beachtung verlange. «Um Himmels willen, beruhigt Euch, Osamu», flehte Yorimichi. «Beseitigt die Unordnung und sorgt dafür, daß Seine Exzellenz Prinz Atsumichi umgehend herbeigeholt wird.»
Als Atsumichi eintraf, winkte ihn der Regent mit der Rolle zu sich. «‹Hütet Euch vor Ehebünden zwischen Kriegsherren im Nordosten›», zitierte er in höhnischem Ton, der seine Unruhe verbergen sollte. «Wenn diese Verkündigungen wirklich so wichtig sind, könntet Ihr sie mir dann vielleicht auslegen?»
Atsumichi verbeugte sich untertänigst. «Das Amt für Divination beobachtet, Eure Hoheit, daß Ehen zwischen bislang verfeindeten Zweigen der Familie Taira zunehmen. Die Herren möchten Euer Augenmerk auf die sich daraus ergebende Möglichkeit lenken, daß sich die Taira-Ländereien nicht nur in den Provinzen Dewa und Mutsu, sondern auch in Hitachi und Shimosa ausdehnen könnten, und drängen darauf, daß Ihr die Vorkehrungen zur Verteidigung der Hauptstadt überdenkt.»
«Sind die Minamoto etwa ehrenwerter?» Der Regent betrachtete den Prinzen mit zusammengekniffenen Augen. Als Mitglied der von seinem Vater begründeten Administration hatte Atsumichi unverhohlen darauf hingearbeitet, die Interessen der Minamoto zu fördern. Dabei konnte jeder, der auch nur ein wenig über den eigenen Tellerrand hinausblickte, erkennen, daß die Hauptaufgabe der Staatskunst darin bestand, das Gleichgewicht zwischen

den großen Kriegerfamilien zu erhalten. Indem man Schlüsselfiguren wie General Taira Ämter in der Hauptstadt übertrug, versicherte man sich nicht nur ihrer Loyalität, sondern drosselte auch ihre Versuchung, irgendwelche entlegenen und gesetzlosen Provinzen zu erobern. Und da die Minamoto während der Regentschaft von Michinaga den Gipfel ihrer Macht erlangt hatten, konnte es wohl nicht schaden, wenn ihnen unter der Regentschaft seines Sohnes ein wenig die Flügel gestutzt wurden.

«Da die bösen Traumzeichen direkt von der Erstgeborenen Eures Bruders, der Dame Ochibu, stammen», wiederholte Atsumichi, «sind die Weissager der Meinung, daß Ihr sie als Angelegenheit von höchster Wichtigkeit betrachten solltet.»

«Ich weiß sehr wohl, daß General Taira no Motosukes Gemahlin meine Nichte ist», erwiderte Yorimichi ungehalten. «Ich weiß außerdem von Eurem Vorurteil ihrem Mann gegenüber.» Als Erster Ratgeber hatte sich Atsumichi von Anfang an gegen die Ernennung des Generals zum Oberbefehlshaber des Militärs gesträubt. Ein Mann, dessen Hauptinteresse in der Stärkung der Macht seiner eigenen Familie lag, dürfte doch keinesfalls mit der Befehlsgewalt über die kaiserliche Garde und deren Neuordnung betraut werden! War dem General nicht nur deswegen daran gelegen, ein zerfallenes und schwaches Heer zu führen, weil sein bewaffneter und mächtiger Klan, sobald die Zeit reif war, von Norden her einfallen und die Herrschaft der Fujiwara beenden wollte? Dies waren die Argumente des Prinzen. Dabei waren es vor allem die Gebrüder Minamoto gewesen, erinnerte sich der Regent, die zugesehen hatten, wie die Garde in Auflösung verfiel, und die Bedrohung durch die Familie Taira nutzten, ihre eigene Streitkraft aufzubauen. Yorimichi seufzte. Atsumichi war einer der älteren Staatsmänner, die er lieber nicht von seinem Vater geerbt hätte. «Ich darf Euch vielleicht daran erinnern, daß die Dame Ochibu außerdem auch eine Fujiwara ist», schloß er gereizt.

«Die Weissager weisen lediglich auf eine beunruhigende Entwicklung hin, Eure Exzellenz», sagte Atsumichi im allersanftesten Ton.

«Gut!» antwortete Yorimichi. «Nun wissen wir, woran wir sind.» Atsumichi räusperte sich. «Wenn ich dennoch», so fuhr er fort und blätterte die Papiere durch, «die Aufmerksamkeit Eurer Exzellenz auf die folgenden Orakel lenken darf, die mit Hilfe der chinesischen Methode erstellt wurden. Beim Werfen der neunundvierzig Schafgarbenstengel entstand das Hexagramm der Armee mit der Sechs an Platz drei und folgender Warnung:

Möglich, daß des Heeres Wagen
Leichen trägt.
Unglück.»

Mit Genugtuung bemerkte Atsumichi, daß die Wangen des Regenten ein wenig von ihrer Farbe verloren hatten. Er las weiter: «‹Da es in China Brauch ist, daß bei Bestattungen und Totenopfern ein Junge aus der Familie den Verstorbenen darstellt, daß also ein Kind den Platz des Toten einnimmt und stellvertretend geehrt wird, wird der Text diesem Brauch folgend dahingehend ausgelegt, daß ein ‹Leichenjunge› im Wagen sitzt oder, mit anderen Worten, die Macht nicht in den Händen der rechtmäßigen Herrscher liegt, sondern von anderen usurpiert wird.›» Erschüttert saß Yorimichi da und grübelte schweigend über den sich häufenden Beweisen gegen den General, einen Mann, den er sehr schätzte und der, soweit er dies beurteilen

konnte, seine Pflichten gegenüber Kaiser und Staat mit entschlossener und unerschütterlicher Loyalität erfüllt hatte.
«Soll ich weiterlesen?» fragte Atsumichi, und der Regent nickte resigniert. «‹Die Erstellung des Horoskopes Seiner Exzellenz ergab zusätzliche Gründe für äußerste Vorsicht, da eine unheilvolle Konjunktion von P'o Chūn, dem Stern des zerschlagenen Heeres, und dem Großen Bären auf Unheil im Palast des Lebens während des fünften Monats deutete.›»
«Was schlägst du also vor, Atsumichi», fragte der Regent, «da du ernsthaft glaubst, daß ich in Gefahr bin?»
«Ich schlage vor, den General unter Arrest zu stellen», sagte Atsumichi, ohne zu zögern.
Yorimichi zuckte angesichts der Unbedingtheit Atsumichis zusammen. «Keine Verhaftung», befahl er. «Ich untersage es!»
Atsumichi verbeugte sich ergeben. «Wenn Eurer Hoheit eine Verhaftung voreilig erscheint, bestehe ich darauf, daß der General zumindest überwacht wird. Mir liegt ausschließlich die Sicherheit Eurer Hoheit am Herzen.»
«Überwachung», überlegte der Regent, etwas beschwichtigt. Nun, das konnte nicht schaden, denn mit dieser Maßnahme ließe sich jede Verschwörung sofort im Keim ersticken, und wenn sich herausstellen sollte, daß der General doch unschuldig war, brauchte er nie zu erfahren, daß er verdächtigt worden war. «Sehr gut, Atsumichi. Laßt ihn Tag und Nacht beschatten. Aber findet jemanden, der sein Handwerk versteht. Ich meine, versichert Euch eines Mannes, der absolut diskret arbeitet. Ich wünsche keine peinlichen Vorkommnisse.»

Morgens, wenn Ihr in der Dämmerung
Von mir geht,
Recke ich schläfrig meine Glieder
Wie der Kranich
Am dunstigen Ufer des Sees.

Als der General Nachricht schickte, daß er wieder einmal Zeit habe, den Mandelblütenpavillon aufzusuchen, war Onogoro voller Freude. Der General begrüßte sie herzlich und empfing ihre Glückwünsche zu der Geburt seines Sohnes mit gebührendem Ernst und verbarg zugleich überaus taktvoll seine große Freude. Onogoro hingegen fiel es nicht leicht, sich würdig und liebevoll zu verhalten, und wenn gemeine oder neidische Gedanken sie aus der Fassung zu bringen drohten, so genügte ein kurzer Blick auf die reiche Ernte an Gedichten, die auf ihrem Schreibpult ausgebreitet lag, um sie davon zu überzeugen, daß sie keine Bettlerin, sondern im Gegenteil vermögend war und es sich daher durchaus erlauben konnte, ihren Segen auszuteilen und etwas von dem kindischen Verlangen nach Leidenschaft den Ansprüchen einer größeren und reiferen Liebe zu opfern.

Die Zeit verging, und Onogoro, die nicht vergessen hatte, daß Oyu schon lange hinter dem Wandschirm wartete, sorgte dafür, daß der General die Mahlzeit aus gewürzten Kastanienkuchen und den mit Pinienkernen aromatisierten Tee schnell hinter sich brachte, um ihn endlich zum Schlafpodest zu führen. Ihr Liebhaber jedoch blickte argwöhnisch wie jemand, der, obwohl angenehm überrascht von der Herzlichkeit, mit der er empfangen worden war, eigentlich Vorwürfe erwartete. Diese Zurückhaltung schien sich auch auf sein Glied auszudehnen, das zusätzliche Liebkosungen brauchte, bis es seine gewohnte Stattlichkeit erlangte, so daß Onogoro sich fragte, ob nicht vorwurfsvolle Frauentränen ihren Geliebten weit mehr erregt hätten als ihr vernünftiges Wohlwollen.

PÄONIEN

«IN DER Provinz Hitachi lebte einmal ein Prinz, der eine gefühlskalte Frau und eine leidenschaftliche Geliebte hatte. Seine Frau, die Prinzessin Tsunebo, trug ausschließlich perlmuttfarbene Gewänder, während die Garderobe seiner Geliebten Osaku ausschließlich aus roten Kleidern bestand, die in ihrem Glanz höchstens von den sagenumwobenen Päonienfeldern in Shimosa übertroffen wurden. So geschah es, daß der Prinz die Dame Osaku, als sie schwanger war, in seine Gemächer im Palast aufnahm, ein Ereignis, dem seine Frau mit einer kühlen Höflichkeit begegnete, die ihn völlig entwaffnete. Bald nach ihrer Ankunft aber begann Osaku über Müdigkeit zu klagen und fiel schließlich einem Fieber anheim, das sie in den ersten Tagen des dritten Monats, als die Kirschbäume in voller Blüte standen, hinwegraffte.
Der Prinz war darüber so außer sich, daß er statt des *shiishiba*-Trauergewands päonienrote Gewänder anlegte und die Palastkorridore auf und ab schritt, unfähig zu glauben, daß eine solch leidenschaftliche Seele so schnell aus ihrem Erdendasein abberufen werden konnte. So maßlos war seine Trauer, daß die Seele Osakus selbst nach Ablauf der Neunundvierzig Tage sich nicht aus ihren irdischen Bindungen lösen und zum Ruheplatz im Westlichen Paradies fliegen konnte, sondern statt dessen von Mitleid für den hinterbliebenen Liebhaber zurückgehalten wurde.

Während dieser ganzen Zeit blieb die Prinzessin Tsunebo in der Abgeschiedenheit ihrer Gemächer, denn sie hatte große Angst, daß man sie beschuldigen werde, Osaku Übel gewünscht und so den Tod über sie gebracht zu haben.
Als der Prinz viele Wochen später schließlich ins Schlafgemach seiner Frau zurückkehrte, in der Hoffnung, zumindest den Trost zu bekommen, den jahrelange Ehe bietet, fand er Tsunebo in tiefer Meditation über den Schriften. Mit blassem und reuigem Gesicht erzählte sie ihm, daß sie die Priester der Hasedera angewiesen habe, die Lotus-*sutra* für Osaku zu lesen, und selbst erwäge, in den geistlichen Stand zu treten. Ihre Reue war so offensichtlich, daß das Herz des Prinzen gerührt wurde und er sie unter Tränen bat, ihr vollkommen unangebrachtes Gefühl von Schuld zu vergessen und die Pläne, in ein Kloster einzutreten, aufzuschieben. Sie wolle doch sicher nicht, daß er doppelt beraubt sei, flehte er. Bei dem Gedanken an die Einsamkeit, die sein Los sein würde, weinte der Prinz noch bitterlicher, bis Tsunebos Mitleid über ihre Frömmigkeit siegte und sie ihn unbeholfen in die Arme schloß und kühle kleine Küsse auf seine Braue niederregnen ließ. Durch seinen Tränenfluß hindurch wurde der Prinz gewahr, daß seine Frau, wenn sie auch dünn und eher ätherisch war, in ihrem perlmuttfarbenen Gewand mit der taubenblauen Borte ausgesprochen reizvoll aussah, und zum erstenmal seit mehreren Monaten fühlte er wieder die Regungen der Leidenschaft in sich.
Als der Prinz aber unter den Decken den ängstlichen Körper seiner Frau umarmte, überkam ihn plötzlich ein schreckliches Verlangen nach dem kraftvollen Fleisch und der energischen Begierde seiner jüngst von ihm gegangenen Geliebten. Die gefangene Seele Osakus wiederum fühlte das Ziehen der Sehnsucht ihres Liebhabers, so wie eine vielbeschäftigte Mutter, die ein Zupfen an ihrem

Ärmel spürt und für einige Augenblicke nicht merkt, daß es ihr eigenes Kind ist, das nach Aufmerksamkeit verlangt. Geistesabwesend wandte sie sich ihm zu, so daß sie Hals über Kopf durch den Äther hinuntergezogen und in das Schlafgemach gezwungen wurde, wo der Prinz versuchte, mit seiner Frau zu schlafen, unter Seufzern von Kummer, die herzzerreißend anzuhören waren.

Die großmütige und leidenschaftliche Seele Osakus war von dem weltlichen Bedürfnis ihres Liebhabers zutiefst gerührt. Im deutlichen Bewußtsein, daß sie gegen die göttliche Regel verstieß und mit aller Wahrscheinlichkeit die Ufer des Jōdō niemals erreichen würde, hauchte Osaku ein hastiges Gebet und schlüpfte wie ein Wispern in die engen Nasenlöcher der Prinzessin Tsunebo und erlangte so Einlaß in ihren Körper.

Für den unglücklichen Prinzen war die Verwandlung so deutlich wie das Schaudern der Erde während eines Erdbebens. Es war, als ob unter der Perlenschale, die den Körper seiner Frau umschloß, auf einmal Lava brodelte. Hitze strahlte von ihrem Bauch und ihren dunkelwarzigen Brüsten, und sie stöhnte mit weit offenem Mund. Die erschrockene Prinzessin wehrte sich gegen den fremden Geist, der von ihr Besitz ergriffen hatte, aber der Kampf ließ die Wellen williger Lust, die von ihren perlmuttfarbenen Zehen bis in ihre weißgepuderten Schläfen hochstieg, nur noch höher schlagen. Zu ihrem Verdruß umklammerte ihre Hand das ungeduldige Glied ihres Mannes, und ihr Rücken bog sich, und sie warf ihren Körper gierig darauf und flog auf und ab, begleitet von den ungestüm schmatzenden Geräuschen, die ein Tier auf der Suche nach Befriedigung ausstößt.

Wie vom Donner gerührt, öffnete der Prinz seine Augen und sah, daß es wirklich seine Frau Tsunebo war, deren entfesselte Lust ihn zu solch außerordentlichem Genuß antrieb und nicht, wie er hätte schwören mögen, seine Geliebte Osaku. Er dankte den Göttern für sein Glück und schloß wieder die Augen, und so schauderten beide dem Höhepunkt ihrer Ekstase entgegen, die für die Prinzessin um so wollüstiger war, als sie sich hartnäckig dagegen gewehrt hatte, und ihr Schreie entriß, die so wild waren, daß der Prinz sich genötigt fühlte, ihr die Hand über den Mund zu legen, denn er fürchtete, daß die Diener ihr sonst zu Hilfe eilen würden.

Mit einem letzten Schrei gab Osaku von ganzem Herzen die Leidenschaftlichkeit ihres Wesens preis und vermachte sie auf ewig der Prinzessin, ihrer Rivalin. Ihr entfliegender Geist verursachte einen kräftigen Luftzug, durch den die Päonien in der Vase beim Bett ihre leuchtendroten Blütenblätter herabregnen ließen. Einige der Blütenblätter tobten durch das Haar der Prinzessin Tsunebo, während andere in Spiralen auf den befriedigten Körper des Prinzen niederwirbelten.

Wenn der Prinz hingesehen hätte, wäre ihm vielleicht noch der purpurne Streif aufgefallen, der die Dachbalken hinaufschwebte und wie ein Seufzer durch die Latten der Fensterläden entwich. Denn Unsere Heiligkeit Amida des grenzenlosen Lichts war beim Anblick der rosigen und glücklichen Gesichter des Prinzen und seiner Frau von Osakus Edelmut so gerührt, daß er ihr nicht nur ihre Überschreitung vergeben, sondern ihr volle und endgültige Entbindung von allen Bürden dieser Welt gewährt hatte.»

Als am nächsten Morgen die Sonne aufging, war sie so gewaltig und rot, daß Onogoro von dem Moment an, als sie ihre schlaftrunkenen Augen öffnete, fühlte, wie die Sehnsucht ihrer Seele, zu ihr zu gelangen, unerträglich wuchs, und sie wußte, daß all ihre guten Vorsätze so sicher einstürzen müßten, wie hastig zusammengezimmerte Holztempel dem ersten Erdbeben nicht standhielten. Sosehr sie dies auch versuchen mochte, sie konnte das Wesen einer Konkubine nicht entwickeln, dieses Schmeicheln und Buhlen, diese falsche, unterwürfige Dankbarkeit. Es war, als wollte der General sie in einer hübschen Schachtel aufbewahren, wie eine dieser Heuschrecken vom Markt, die man sich als Haustiere hielt und die mit einer Leine an einem Bein an Festtagen ausgeführt und dann bis zum nächsten Mal weggeschlossen wurden. Sie preßte ihre geballte Faust gegen die Wange und seufzte trotzig. Denn dort war die Sonne, rund und fruchtbringend am dämmrigen Himmel, und hier war Onogoro, mit ihrem wunderbaren Leib und einer großen Schar von Gedichten, denen sie das Leben schenkte. Und in der Halle der militärischen Tugend war ihr Liebhaber, der General, der Ingenieuren Anweisungen für die Anordnung von Umzäunungen und Wassergräben gab, um die Verteidigung der Hauptstadt zu modernisieren, und der gegen ihr Unglück ziemlich unempfindlich war. In Wahrheit wollte der General nicht mehr als ein kleines Häppchen von ihr – nur eben von ihrer Saftigkeit nippen. Und alles andere, dachte Onogoro mit wütendem Selbstmitleid – und empfand ihren Liebhaber jetzt geradezu als Verbrecher –, ihr ganzes Begehren, ihre intensive und vielschichtige Offenheit, die Worte, die aus ihr hinaussprudelten, all das könnte, wenn es nach ihm ginge, verrotten wie Melonenkerne auf dem Mist.

DER URSPRUNG VON LIEBESGESCHICHTEN

Ich befahl die Armeen meiner Wut
Und setzte sie in Marsch
Warum verließen sie nie
Das Große Nordtor
Der Hauptstadt?

Onogoro blickte in die Runde, die im Pflaumenblütenzimmer versammelt war. «Stimmt es denn etwa nicht», klagte sie, «daß Männer die Macht haben, uns zu gebrauchen und zu mißbrauchen, während Frauen keine haben?» Izumi Shikibu legte die *samisen* zur Seite und nahm Onogoros Hand in die ihren. Das Mädchen war hitzig, das Mädchen war hochfahrend, das Mädchen würde an sich selbst zerbrechen wie eine Lotusblüte, die gegen die Felsen von Ise gespült wird, wenn man nichts unternahm. Sie muß lernen, weniger von Männern zu erwarten, dachte Shikibu; sie muß lernen, diesen aufgeblasenen Taira-Kerl nicht so wichtig zu nehmen. Oder aber sie soll sich an ihm das Herz brechen und es härten: Sie wird bald merken, daß man das andere Geschlecht um so besser in der Hand hat, je weniger Zuneigung im Spiel ist.

Izumi Shikibu ging auf die vierzig zu, litt an Kurzsichtigkeit, war füllig, schön und hatte nicht nur ein ausgeprägtes Selbstbewußtsein, sondern war auch mit einem mühsam erworbenen und feingeschliffenen Sinn für Ironie begabt. Als sie aber dieses aufreizende und doch seltsam fesselnde Gedicht der jungen Onogoro hörte, mußte sie unweigerlich an ihre eigenen jugendlichen Wutausbrüche über die verknöcherten Sitten bei Hofe denken und fragte sich einen bangen Moment lang, ob sie nicht womöglich zynisch geworden sei. Aber paßten sich nicht alle Tiere um des Überlebens willen an, und war nicht das Überleben selbst ein ehrenwertes Ziel, wenn es auch Kompromisse verlangte? Als Kind konnte man Kaiser spielen, Ränge abschaffen, die Hierarchie auf den Kopf stellen. Man konnte den eigenen Puppenvölkern zu Recht und Gleichheit verhelfen, und weder Minister noch Patriarchen konnten einen daran hindern. Das richtige Leben dagegen war zu kurz, um es mit fruchtloser Rebellion zu vertun, und wenn es unwahrscheinlich war, daß die Spielregeln sich ändern würden, dann war die beste Strategie doch sicherlich, sie zum eigenen Vorteil auszunutzen. Zugleich aber fühlte Shikibu eine gewisse Bewunderung für Onogoros hitziges Wesen. Das Mädchen raubt einem wirklich den Atem, dachte sie.

Nachdem sie mitfühlend Onogoros Hand gedrückt hatte, kehrte sie zu den vertraulichen Themen zurück, welche die lebhafteste Debatte dieses Abends angefacht hatten. «Aber, meine Liebe», sagte sie eindringlich, «hast du schon einmal daran gedacht, dir andere Liebhaber zu nehmen? Ein Mädchen mit deinen Vorzügen braucht sich nicht lange umzuschauen, dessen kannst du gewiß sein.»

«Übrigens», rief Sei Shōnagon dazwischen und warf kokett den Kopf zurück, «es haben sich so viele Minister des dritten Ranges nach dir erkundigt, daß ich mich vor Eifersucht fast gekrümmt habe! Sieh her, wie ich mich für den Kampf gerüstet habe!» Sie teilte ihr Obergewand, enthüllte ein prächtiges, mit Eisvogelmotiven besticktes Unterkleid aus aprikosenfarbener Seide und lächelte so entwaffnend, daß Onogoro, die sich weit weniger selbstsicher fühlte, als sie nach außen hin wirkte, vor Dankbarkeit fast die Tränen in die Augen stiegen. Wie nett sie sind, dachte sie, erstaunt über den Empfang, den ihr diese vornehmen Damen bereiteten. Sie hatte Arroganz und Reserviertheit erwartet und weder mit solch offenem Überschwang noch mit der Aufmerksamkeit gerechnet, die ihr nun zuteil wurde – obwohl sie sich gewiß danach gesehnt hatte. Jetzt, da sie mit der ersehnten Aufmerksamkeit geradezu überschüttet wurde, fühlte sich die glückliche Empfängerin allerdings zugleich verzagt und unwürdig.

(Wir begreifen diese seltsame Verkehrung besser, wenn wir uns daran erinnern, daß für diejenigen, deren Begierden um so stärker schäumen, je mehr sie mißbilligt und eingedämmt wurden, Zurückweisung zu einer Art Geistesverfassung geworden ist, die sich durch das bloße Eintreten günstigerer Bedingungen nicht plötzlich ändern wird, denn sie wird es immer vorziehen, in den gewohnten Zustand zurückzufallen und weiterhin an die Tür der Anerkennung zu schlagen, als einzusehen, daß die Tür längst weit offensteht.)

Blind nach dem Grund für ihre Verwirrung umhertastend, erinnerte Onogoro sich plötzlich an den Traum, mit dem sie früh am Morgen im Angesicht der großen Sonnenscheibe erwacht war. Sie war von weiter, einsamer See umgeben gewesen, einer See, in der es so gut wie keine Inseln gab. In einem Venusmuschelboot tanzte sie auf der nackten Meeresoberfläche auf und ab und höhlte saures Mark aus einer Bambusstange, aus der sie – auf Geheiß ihrer Mutter – vergeblich eine Zither zu fertigen versuchte. Es war ohne Zweifel dieser traurige Traum, der sie so mitgenommen hatte, dieser unselige Traum, der alte Kindheitswunden aufgerissen und den Bodensatz unglücklicher Gefühle aufgewühlt und ihrem Herzen den Stoß der Erkenntnis versetzt hatte, nie gewußt zu haben, wie sie ihre Mutter dazu bringen könne, sie zu lieben, ja daß sie bei dieser Frage immer ganz und gar ins Schwimmen geriet.

«Entweder das oder ab ins Kloster, glaub es mir!» sagte

Shōnagons rechthaberische Cousine und riß Onogoro aus ihrer Selbstversunkenheit. Onogoro hatte im Laufe des Abends erfahren, daß diese elegante junge Frau, obwohl kaum über das Alter vom «Anlegen des Hemdes» hinaus, schon drei Liebhaber gehabt hatte und sich selbstbewußt daranmachte, einen Ruf als Dichterin zu erwerben. Sie zögerte auch nicht, ihr eigenes Lob zu singen – ein Charakterzug, über den Onogoro angesichts des jugendlichen Alters des Mädchens hinwegsah, denn es wäre kaum ehrenvoll gewesen, bloße Frühreife zu beneiden.
Wenn Onogoro, wie alle Menschen aus der Provinz, die ihr Herz an die Hauptstadt gehängt haben, die Welt durch die Scheuklappen des Selbstzweifels betrachtete und daher überall höchste Kultiviertheit witterte, der sie entweder mit kompromißloser Ablehnung oder mit ebenso unverhältnismäßiger Verehrung begegnete, so ergriff letztere von ihr Besitz, als sie sich mit niedergeschlagenen Augen erneut Shikibu zuwandte, während in ihrem Kopf hundert Fragen schwirrten, die zu stellen sie sich unfähig fühlte, aus Angst, für linkisch oder kindisch gehalten zu werden. Shikibu, dachte sie, wüßte sicherlich, wie man einen Liebhaber in die Schranken weist, wie man dafür sorgte, daß er treu blieb, oder wie man ihn von sich abschnitt wie einen verfaulten Zweig; sie wüßte, wann sie hartnäckig zu sein hatte und wann nachgiebig, wann sie ihre Gefühle gestehen konnte und wann sie ihre Meinung besser für sich behielt – kurz, sie wüßte alles, was eine erwachsene Frau wissen mußte...
Aber jetzt zeigte Shōnagon mit schelmisch drohendem Finger auf Onogoro. «Was immer du tust, werde bloß nicht so ein Tugendlamm wie Murasaki! Du würdest uns alle zu Tränen langweilen.»
«Pst, Shōnagon», schalt Shikibu. «Murasaki versteht es vielleicht nicht, zu leben, aber dafür schreibt sie mit der

Weisheit der Götter. Du dagegen weißt zuviel vom Leben, und wenn du schreibst, kannst du die charmante Kurtisane nicht verbergen.»

«Oh! Oh!» lachte Shōnagon und schlug mit dem langen Ärmel ihres Umhangs nach Shikibu. «Aber mit mir kann man sehr viel mehr Spaß haben!»

«Es ist richtig, liebe Shōnagon, daß ich bei deinem Begräbnis mehr Tränen vergießen werde...» In einem plötzlichen Anfall selbstvergessener Albernheit trommelte Shikibu mit den Fäusten auf den Tisch, so daß die Go-Spielsteine vom Brett sprangen und sich über den Fußboden verteilten. «Aber es ist so ungerecht», rief sie, «diese Frau ist ein Genie!»

Onogoro pflichtete ihr eifrig bei, denn wie konnte man die Autorin des brillanten *Genji*-Romans nicht bewundern? Aber Shōnagons junge Cousine, die zum Fenster gegangen war, um den Mondaufgang zu beobachten, und jetzt zusammen mit ihrer Freundin Yomiko dort stand und, den Arm um ihre Taille gelegt, zuhörte, mischte sich ein: «Jammerschade nur, daß sie frißt wie ein Karpfen», rief sie und stülpte in unverschämter Parodie die Lippen aus. Angesichts solcher Vulgarität fühlte Onogoro sich unbehaglich und verspürte den Drang, die ihr unbekannte Murasaki und ihre groben Manieren in Schutz zu nehmen. Wenn ich Shikibu wäre, dachte sie verärgert, würde ich dieser jungen Frau eine Abreibung verpassen. Aber ihre gutgelaunte Gastgeberin lachte nur, und nachdem sie Onogoro aufgefordert hatte, keine Notiz von «diesen schrecklichen Mädchen» zu nehmen, wandte sie ihre Aufmerksamkeit wieder ihrem neuen Schützling zu.

«Aber liebst du diesen Taira denn?» fragte Shikibu und fügte mit gedämpfter Stimme hinzu: «Ich meine, befriedigt er dich?»

«Ja», sagte Onogoro sofort, aber ihre Wangen färbten sich feuerrot. Vor ihrem geistigen Auge sah sie Oyu hinter dem *tsuitate* und den völlig ahnungslosen General, der unten seine Arbeit verrichtete. Sie brachte es nicht über sich, Shikibu zu erzählen, daß zwei Männer nötig waren, um sie zu befriedigen, obwohl ihr nicht zum erstenmal in den Sinn kam, daß darin eine gewisse Symmetrie lag, denn der General selbst schien ja sowohl Frau als auch Geliebte zu seiner Befriedigung zu brauchen. Auch ging ihr plötzlich auf, daß man sie beschuldigen könnte, Oyu zu mißbrauchen, mochte sie seiner Großmutter in den östlichen Bergen auch noch so viele Ballen Stoff und Kisten Tee schicken. Und obwohl sie annahm, daß ihre Gefährtinnen mit ebenso großer Wahrscheinlichkeit ihrem Einfallsreichtum Beifall zollen wie sie für ihren Mangel an Leidenschaft verhöhnen würden, durchflutete sie ein Gefühl der Erniedrigung bei der Vorstellung des Geredes, das Shōnagons unverschämte Cousine verbreiten könnte. Nein, entschied sie, das ist mir zu gefährlich. Wieder fühlte Onogoro sich wie auf dem Meer ausgesetzt, denn sie hatte weder den Wunsch, sich der Lächerlichkeit preiszugeben, noch wollte sie, daß diese welterfahrene Frau dachte, sie hätte keine Waffen in ihrem Arsenal.

Wie wir sehen, hatte das Leben in der Provinz Onogoro leider nicht auf die Aufnahme in einen solch illustren Kreis vorbereitet, einen Kreis, der zudem aus lauter Frauen bestand, die im selben Atemzug über Liebe und Literatur, Bildhauerei, Architektur und Geschichte reden konnten. Die Lehrer im Haus ihres Vaters waren provinziell und jämmerlich gewesen, Männer, denen sie sich stets überlegen gefühlt hatte, und erst jetzt wurde ihr klar, wie schmerzlich wenig sie ihr beigebracht hatten – gerade einmal die Grundbegriffe der Künste und Wissenschaften, keine Spur jedoch von der hohen und geheimnisvollen Kunst der Glückssuche, einer Vorstellung, die, so hatte ihre Mutter ihr eingeschärft, im Leben einer Frau keinen Platz hatte. Onogoro hatte sich heftig gegen diese düstere Verkündigung gesträubt, dennoch kam sie nicht umhin zu denken, daß Shikibu und ihre Gefährtinnen die Dinge ins andere Extrem trieben und das Leben zu leicht nahmen. War es denn nicht möglich, überlegte sie, daß die Affären, mit denen sie so geschickt jonglierten, nicht viel mehr waren als Bollwerke, hinter denen sie sich vor den tieferen – durchaus nicht immer angenehmen – Gefühlen verschanzten, die doch genauso Teil des menschlichen Wesens waren? Wenn wir Frauen dem Nadir wie dem Zenit der Gefühle den Rücken kehren müssen, dachte Onogoro mit wachsender Strenge, werden wir dann nicht genauso oberflächlich und falsch wie die Männer?

Sie blickte verwirrt in das kluge und schöne Gesicht ihrer Gastgeberin. Wie besserwisserisch war es andererseits, als diejenige dazustehen, die Leiden statt Vergnügen, Stürme der Leidenschaft statt Gleichmut predigte! Onogoros Gedanken rasten hin und her wie eine Schnepfe im Netz. Am allerliebsten hätte sie ihren Kopf an Shikibus Busen gelegt, wäre der Männerwelt völlig entkommen, in die Arme ihrer neuen Ratgeberin gesunken und hätte sich dort umsorgen und erlösen lassen. Aber diese ungestillten Sehnsüchte erschienen Onogoro so kindisch, gar rührselig, daß die Scham ihr Herz gegen sie verbarrikadierte, und während sie sich abwandte, um einen Schluck Wein aus ihrer Schale zu nehmen, lachte sie schamlos auf und hörte sich erklären: «Und wenn er mich nicht befriedigt, kann ich ja immer noch auf meine Geschichten zurückgreifen!»

Onogoro blickte in Shikibus fragendes Gesicht. Sie unter-

drückte ihre Bedenken und fuhr fort: «Geschichten, die ich mir selbst erzähle, um ... na ja, ihr wißt schon.»
Shikibus Augen leuchteten. «Um dich zu erregen?» Onogoro senkte den Blick, zuckte bescheiden mit den Achseln und brachte schweigend eine stille Bitte um Vergebung dar. Die Lüge hatte sie nicht einmal erröten lassen.
«Während du mit ihm schläfst?» Shōnagon klatschte vergnügt in die Hände. «Kommt, ihr Lieben, das müssen wir uns anhören!»
«Ein eigens für Frauen erschaffenes *shunga*», überlegte Shikibu und setzte ihr maliziösestes Lächeln auf. «Ich bin sicher, Shōnagon wünscht jetzt, sie wäre als erste darauf gekommen! Aber möchtest du uns nicht eine deiner Geschichten erzählen?» bat sie, als die anderen Damen sich neugierig um sie versammelten. «Ich bin sicher, daß wir keineswegs solche Tugenddrachen sind, daß wir nicht guten Gebrauch von ihnen machen könnten.»
Onogoro wurde von Panik ergriffen, denn sie hatte nicht geahnt, daß ein solcher Wunsch ihrer Prahlerei auf dem Fuß folgen würde, und konnte sich plötzlich nicht an ein einziges Wort aus Oyus Repertoire erinnern. «Sicher seid ihr alle zu müde», wehrte sie ab. Aber Shikibu bestand darauf, daß das Feuer noch einmal geschürt und der Wein noch einmal warm gemacht würde, und alle schworen, daß sie so gespannt auf Onogoros «Liebesgeschichten», wie sie sie nannten, seien, daß sie notfalls bis zur Morgendämmerung aufbleiben würden, und schließlich sah die glücklose Onogoro keine andere Möglichkeit, als zu beginnen.
In der Zwischenzeit hatte sich die Dame Omoto in den Raum geschlichen. Sie legte eine zarte Pfote auf Onogoros Knie und machte es sich auf ihrem Schoß bequem, wo sie, wie es ihrem Rang entsprach, mit hocherhobenem Kopf thronte und mit gespitzten Ohren zuhörte. Dieses edle Tier

war eine direkte Nachfahrin der Katze des ersten Kaisers Ichijō, der Dame Myōbo, und hatte das Recht, denselben adligen Kopfputz zu tragen, der ihrer legendären Ururgroßmutter verliehen worden war. Omoto war von stahlblauer Farbe, sie hatte goldene Augen, eine breite Stirn, eine schmale Schnauze, Beine so schlank wie ein Kranich und einen langen, dünnen Schwanz, den sie selbst dann, wenn sie saß, kerzengerade in die Luft streckte, so wie in diesem Moment, als die Gesichter aller Hofdamen sich ihr wie Chrysanthemen zuwandten.

Was die Katze aus der Tiefe ihres funkelnden chinesischen Gehirns erblickte, waren die Farben der Frauen, ihre violetten, irisblauen und pflaumenfarbenen Unterkleider, ihre blasseren Überwürfe mit kirschroter oder pfirsichfarbener Borte, ihre senf- oder fahlgelben *obis*. Ein prächtiger Damenduft lag im Raum, ein satter, fischiger Geruch nach Liebe und Blut, nach Muttermilch und frisch getöteten Sperlingen. Omotos Augen verengten sich zu goldenen Schlitzen, und ein sehnsüchtiges Liebesschnurren klang in ihrer Brust an, eine Hymne in Gedanken an die Kindheit und das köstlich duftende, glitschige Stroh des ersten Wurfes, eine Hymne auf das erste unbeholfene Schuppern und die erste weggeleckte Haut und den ersten Blick auf den ersten runden weißen Mond ihres Lebens.

Die, deren Schoß Omoto besetzt hielt und deren Stimme eine Elle über ihrem Kopf erschallte, deren Finger zärtlich ihre Ohren liebkosten, fuhr mit der Geschichte fort, und die leuchtend bunten Damen wurden erregt, lockerten ihre *obis* und die raschelnden, winzige Funken sprühenden Untergewänder aus Seide, so daß Omoto hier und da einen Blick auf den purpurnen Batist der Unterkleider erhaschen konnte. Dann wurde der flüssige Duft überwältigend moschusartig und süß, und die Fächer der Damen kamen aus

ihren weiten Ärmeln hervor, und ihre Hände bewegten sich in der Luft wie Kolibris.
Omoto wurde nun fast ohnmächtig vor Wollust, als sie dieses glückliche Gemisch von Erinnerungen, warmen Schößen und Feuchtigkeit in sich hineinsog, und sie streckte ganz unbewußt ihre Krallen aus und grub sie in Onogoros seidenes Knie. Und als ihre nervöse Gastgeberin aufkreischte und sie auf die *tatami*-Matte zurückschubste, wußte die promiske Omoto, die von Lerchenzungen und Schildkrötenfleisch lebte und nie Mangel gekannt hatte, doch sehr gut, daß in diesem Wurf Damen sechs andere ebenso geschmeidige Schöße waren und zwölf andere, genauso weiche und warme Hände, die ihre stahlblauen Pfoten streicheln und an ihren stahlblauen Ohren ziehen würden.

DER WEG DER YÜ HSÜAN-CHI

«IN DER Provinz Ch'ang in China lebte einmal eine Dichterin namens Yü Hsüan-chi und wurde die Konkubine eines niederen Beamten. Da die Sitten in China rauher sind als hierzulande, wurde sie von der Frau des Beamten, die eifersüchtig auf die neue Geliebte ihres Gatten war, gequält und aus dem Haus gejagt. Die obdachlose Yü Hsüan-chi wanderte kreuz und quer durch die Provinz, und alles, was sie hatte, um sich zu trösten, waren ein paar Verse von Li Po, die sie sich wieder und wieder aufsagte:

Ach, immerzu reisen
Ach, immerzu reisen
Der Wege sind viele

Doch welcher läßt mich
Den Gipfel des Berges erreichen
Und die schweren Wellen brechen?

Schließlich kam sie zu einem hoch auf einem ockerroten Felsen gelegenen Kloster, in dem die Mönche, was sie nicht wußte, für ihre Freizügigkeit bekannt waren. Als sie die steilen Felsenstufen hinaufkletterte, sah sie oben die Mönche, wie sie sich über die Brüstung lehnten und ihr Vorankommen mit Gelächter kommentierten. Als Yü an das mit Schnitzereien verzierte Tor klopfte, wurde eine Luke geöffnet, und zwei fröhliche identische Gesichter musterten sie. Bruder Li und Bruder Hu waren Zwillinge, und sie waren diejenigen, die sie einweihen würden – nicht nur in die taoistischen Schriften, sondern auch in weniger fromme Praktiken.

Die Brüder führten Yü in eine saubere kahle Zelle, brachten Waschwasser, Essen und ein härenes Gewand, das sie gegen ihre schmutzigen und zerlumpten Kleider eintauschen konnte. Dann ließen sie sie allein, und sie fiel in den gesegneten Schlaf der Erschöpfung.

Am Morgen hatte Yü ihre jugendliche Unverwüstlichkeit wiedererlangt, und sie sprang auf und machte sich neugierig daran, ihre Zufluchtsstätte zu erkunden, in der sie, wie ihr die Brüder versichert hatten, so lange würde bleiben können, wie sie es wünschte. Daß für ihre Unterkunft allerdings ein Preis zu entrichten war, erfuhr Yü erst im Laufe dieses Tages.

Bis zum Nachmittag, in den Stunden, die die Brüder mit Andachtsübungen verbrachten, hatte sie die kühlen Steingänge durchwandert, in den friedlichen Gärten gesessen und sich an dem scharfen Duft der Zypressen gelabt, und nun wartete sie ungeduldig darauf, ihre neuen Freunde

wiederzusehen und sie über Lao-tse und seinen Weg des Lebens auszufragen.
Beim Abendessen im Refektorium mußte Yü viele neugierige Blicke und viel Geflüster über sich ergehen lassen, aber nachher klopften die Brüder schüchtern an die Tür ihrer Zelle. Es gebe ein paar Formalitäten zu beachten, erklärten sie ihr: Initiationsriten, die durchlaufen werden müßten, bevor eine Frau als Novizin aufgenommen werden könne. Daraufhin brachten die kongenialen Zwillinge einen Krug Wasser, eine scharfe Klinge und einen ockerroten Tuschestein und Pinsel. Yü saß ruhig auf ihrer Pritsche und beugte ihren Kopf, denn sie war sicher, daß ihr Kopf geschoren werden sollte, und wollte bereitwillig ihr langes, schimmerndes Haar opfern, falls dies erforderlich sein sollte.
Doch Bruder Li schüttelte das Haupt, wurde rot bis zur Tonsur und gab seinem forscheren Zwilling Hu einen Stups, der seinerseits Yü aufklärte, daß nur das Schamhaar rasiert werden müsse, und wenn sie so gut sein möge, die entsprechenden Körperteile frei zu machen, wolle sein Bruder unverzüglich den reinigenden Ritus vollziehen.
Yü war überrascht, aber die Bitte wurde mit solcher Feinfühligkeit vorgebracht, daß sie gehorsam ihr härenes Gewand öffnete und ihre Schenkel spreizte, so daß Bruder Li ihre *hisho* rasieren konnte. Dies tat der junge Bonze mit großer Kunstfertigkeit, ohne ein einziges Haar auszulassen oder sie auch nur einmal zu zwicken, und obgleich er schlichte Worte des Wohlgefallens murmelte, als die kleine rosarote Knospe hervortrat, entschlüpfte ihm kein einziges sitten- oder glaubenswidriges Wort.
Als Li seine Aufgabe verrichtet hatte, wies sein Zwilling Hu Yü mit vielen sanften, ermunternden Worten an, sich auf die *tatami*-Matte zu knien und ihre Hände auf den Bo-

den vor sich zu stellen. Vertrauensvoll tat Yü, wie ihr geheißen, und drehte den Kopf, um Bruder Hu dabei zuzusehen, wie er die ockerrote Tusche mischte und weihevoll mit der Zungenspitze einen Pinsel anfeuchtete, und wenn Bruder Li ein Künstler mit dem Rasiermesser war, so übertraf sein Zwilling ihn noch hundertfach mit dem Pinsel.

Hu, der hinter ihr kniete, teilte ihre prallen Backen und enthüllte ihre gekräuselte Öffnung, während Bruder Li ihr beruhigend übers Haar strich und ermunternde Worte sprach. Obgleich Yü die Verrichtungen an ihrer Scham leicht schockierend fand, waren die neckenden Striche des Pinsels und die Kühle der Farbe doch alles andere als unangenehm. Bedächtig leckte Bruder Hu erneut seinen Pinsel und fuhr mit dem Werk fort, bis er einen vollendeten ockerroten Kreis um die sich nun erweiternde Öffnung gemalt hatte. Dann verbeugte er sich tief vor Yü und fragte sie, ob sie nun für den Abschluß der Initiation bereit sei.

Er fragte so schelmisch, und sein Bruder wiederholte die Frage so sanft, daß Yü sich erniedrigt hätte, indem sie dies verweigerte, so tief war ihr Verlangen, dem Weg ihrer Freunde zu folgen. Wenn alle Riten so angenehm waren wie die vorangegangenen, so konnte sie sich nicht vorstellen, warum jemals irgend jemand den Priesterstand verlassen wollte!

‹Unbedingt›, antwortete sie, und Bruder Hu verließ den Raum, um ein paar Augenblicke später mit zwei anderen Mönchen, die genauso sanftgesichtig waren wie er selbst, und mehreren Fläschchen aromatischer Öle, für die das Kloster in der ganzen Provinz berühmt war, wiederzukommen.

Bruder Hu öffnete eines der Fläschchen und goß ein wenig Thymianöl zuerst in Yüs Handfläche, dann in die ausgestreckten Hände der anderen Mönche. Yü beugte ihren

Kopf und schnüffelte fromm, aber Li erklärte, dies sei es nicht, was ihr strenger Glaube fordere.
Auf ein Zeichen von Bruder Hu knieten Li und die anderen Mönche, Bruder Chen und Bruder Yung, nieder und schlugen ihre Kutten zurück, so daß ihre erigierten Glieder zum Vorschein kamen, und Bruder Hu wies Yü an, jedes mit dem duftenden Öl einzureiben. Als Yü vor ihnen stand, wurde sie ihrerseits eingeölt, sowohl die rasierte vordere Öffnung als auch das perfekt gemalte O ihrer hinteren Öffnung, während die knienden Priester mit ehrfurchtsvoller Stimme eine obskure *sutra* sangen.
Bruder Hu, der das Zeug zum Anführer hatte, bedeutete seinem Bruder, sich auf die Pritsche zu legen; er führte die inzwischen lieblich duftende Yü zu ihm und hieß sie, sich rittlings auf ihm niederzulassen. Trotz der Ungeschicklichkeit ihres letzten und bisher einzigen Liebhabers verstand Yü schnell, was von ihr verlangt wurde. Sie glitt mit ihrer Öffnung über Bruder Lis rot anschwellendes, gut geöltes Glied und begann mit einiger Begeisterung ihre Hüften zu bewegen, bis Bruder Li ihr Einhalt gebot.
Hu legte seine Hände um Yüs schlanke Taille und hob sie hoch, bis die Spitze vom Glied seines Zwillings den Eingang zu ihrem knospenden Spalt kaum noch berührte. Währenddessen führte er einen eingeölten Finger in den einladenden runden Kreis ihrer hinteren Öffnung ein, bis sie knospte und dann in rückhaltlosem Blühen behende sein aufragendes Glied einließ, das sich eifrig wie eine Biene in das feuchte Innere grub. Nachdem er sich angenehm tief zwischen Yüs Backen eingepflanzt hatte, zog Bruder Hu sich langsam zurück, so daß unten sein glücklicher Zwilling die honigsüßen Tiefen von Yüs vorderer Öffnung wiederbekam, und so stießen sie, ein perfektes Tandem, der eine sich zurückziehend, der andere tief ein-

dringend und umgekehrt, in einer harmonischen Wippbewegung, die Yüs unerfahrene Sinne völlig betörte.
Und als wäre dies nicht schon genug, näherten sich nun auch Bruder Chen und Bruder Yung mit frommen Gesichtern. Breitbeinig über dem Körper des liegenden Li stehend, bot Chen sein Glied der keuchenden Yü, die diese Leckerei mit gieriger Lust verschlang, welche noch durch das Eingreifen von Bruder Yung verstärkt wurde, der mit fromm abgewandtem Blick seinen Kopf auf Lis Bauch legte und mit seiner Zunge treffsicher Yüs pulsierende Knospe leckte, die aufblühte und sich jetzt mehr denn je nach vorne streckte, bis sie fühlte, wie sie in himmlische Bereiche gezogen wurde.
Und Amida sagte zu ihr mit tönender Stimme: ‹Denn der, dem die Flügel sind des Mannes und des Weibes, ist selbst geworden ein Schoß dieser Welt, und der ein Schoß ist dieser Welt, wird gebären immerfort und in Ewigkeit.›»
Als Yü dies hörte, gab sie sich der Heiligkeit aller Dinge hin, und als sie schließlich, schwer von süßem Entzücken, zu dieser Erde zurückkehrte, hörte sie die Stimme Bruder Hus, der in den unsterblichen Worten von Lao-tse selbst ein Dankgebet sprach:

Vier Große gibt es in den Grenzen des Alls.
Der Mensch ist einer von ihnen.
Der Mensch nimmt zum Gesetz die Erde;
Die Erde zum Gesetz den Himmel,
Der Himmel zum Gesetz den Weg;
Der Weg nimmt zum Gesetz das eigene Weben.

Und dies waren die ersten zögernden Schritte der Dichterin Yü Hsüan-chi auf dem Weg zur Erleuchtung.»

WAS UNSCHICKLICH IST

Als der Applaus und das Gelächter verebbten, war schon das dritte Viertel der Wache des Tigers angebrochen und damit eine ungünstige Stunde, um den Abend zu beschließen, und so ließ man weitere Erfrischungen bringen, und Shōnagon wurde gedrängt, etwas aus ihrem skandalösen Buch vorzulesen, allerdings nicht bevor Shikibu von der glühenden Onogoro die Zusicherung erhalten hatte, beim nächsten Mal eine weitere Folge der Abenteuer von Yü Hsüan-chi vorzutragen.

Shōnagons Buch war offenbar ein altes Lieblingsbuch der Hofdamen, und deshalb hörte Onogoro, die gespannt war, ob ihre geborgte Geschichte oder das Kapitel «Was unschicklich ist» der anerkannten Tagebuchautorin den wärmeren Zuspruch finden würde, aufmerksam zu.

«Malvenblüten in krausem Haar», las Shōnagon, und die Damen kicherten und prusteten im Chor.

«Schnee auf dem Dach einfacher Leute», fuhr sie fort. «Wenn der Mond darauf scheint, ist's um so schlimmer.»

«Eine Frau, die, obwohl sie ihre Jugend schon weit hinter sich hat, schwanger ist und beim Gehen keuchen muß. Es ist unerfreulich, eine bejahrte Frau zu sehen, die einen jungen Ehemann hat, es ist höchst unpassend, wenn sie eifersüchtig wird, weil er eine andere besucht.»

Alle außer Shikibu nickten eifrig und schlugen vor gemeinsamem Abscheu mit ihren Fächern, aber obwohl Onogoro den Schwung in Shōnagons Vortrag bewundern mußte, konnte sie sich der Eitelkeit der Gefühle nicht anschließen. Wie überheblich, dachte sie. Ich kann wirklich nicht finden, daß Schnee auf dem armseligsten Dach weniger schön sein soll als auf dem Dach der großen Daigoku-Halle. Und was die alternden Frauen angeht, was

war denn Shikibu anderes, ganz zu schweigen von Shōnagon selbst? In dem Geplauder, das folgte, schalt Onogoro sich selbst in hohem Maße.
Hatte sie nicht, indem sie der Oberflächlichkeit nachgegeben hatte, den treuen Oyu betrogen und sich selbst für einen flüchtigen Augenblick des Ruhms als Dichterin verraten? Denn wenn auch der Applaus, den die chinesische Erzählung erhalten hatte, sich mit dem messen konnte, der Shōnagon zuteil geworden war, hatten ihre Gedichte dagegen etwa nicht bei allen, Shikibu ausgenommen, eine nur lauwarme Aufnahme gefunden? Beifallsdurst hatte sie in Versuchung geführt, ausgeklügelte Eleganz zur Schau zu stellen, und Rivalität hatte sie dazu angetrieben... so überschlugen sich die Gedanken der unglücklichen Onogoro, bis Selbstzweifel den Thron usurpierten, den vorher die Genugtuung innegehabt hatte. Unterdessen leitete die lebhafte Shōnagon, die keine Zeit mit solchen Selbstprüfungen verloren hätte, auf allgemeinen Wunsch hin zu dem Kapitel «Was Haß erregt» über.
«Ein Kavalier, der in der Morgendämmerung aufbrechen will, verkündet, er suche seinen Fächer und seine Schriftrollen. ‹Gestern hatte ich sie noch›, sagt er. Da es stockfinster ist, tappt er im Raum umher, stößt sich an den Möbeln und murmelt: ‹Komisch, irgendwo müssen sie doch sein!› Schließlich findet er die vermißten Dinge. Er stopft die Schriftrollen in sein laut raschelndes Gewand, und bevor er sich verabschiedet, öffnet er mit einem Schnappen den Fächer, um sich Kühlung zu verschaffen. Was für ein Rüpel! ‹Hassenswert› ist eine Untertreibung...
Unsere Zuneigung zu einem Mann hängt nicht unwesentlich von dem Geschick ab, mit dem er sich zu verabschieden versteht. Wenn er vom gemeinsamen Lager aufspringt, hektisch im Zimmer hin und her läuft, seine Hosenschärpe

fest verknotet, die Ärmel seines Hofgewandes, Umhangs oder seiner Jagdbekleidung aufkrempelt, seine Siebensachen an die Brust drückt und in Eile seine äußere Schärpe zubindet, fängt man wirklich an, ihn zu hassen.»
Shōnagon schloß mit einem so drolligen Gesicht, daß auch die in Selbstvorwürfe verstrickte Onogoro lachen mußte, und in dieser fröhlichen Stimmung nahm die Gesellschaft, angesichts der Tatsache, daß es jetzt das zweite Viertel der Wache des Hasen war, bedauernd Abschied von Izumi und zerstreute sich in der frostigen Morgendämmerung.

DEN TIGER REITEN

Onogoro hatte einen Termin erbeten, um Rat zu ihrem beklemmenden Traum einzuholen, und am folgenden Tag wurde der Großmeister der Weissagungen in ihren Gemächern angekündigt. Durch ihre Vorhänge konnte sie die Silhouette des Meisters erkennen, während sie ängstlich gespannt seinen Eröffnungen lauschte. Mit rauher Stimme, unterbrochen von häufigem Räuspern, verordnete ihr der Wahrsager, für einige Tage Wasser in jedweder Form zu meiden, keine Meeresfrüchte zu essen und auf Geschlechtsverkehr zu verzichten. Sie solle sich von Bachläufen und den Brunnen der Palastgärten fernhalten und auch den kaiserlichen Bezirk nicht verlassen, da sie dabei mindestens eine der hundert von Gräben gesäumten Straßen der Hauptstadt überqueren müsse.
Wir können uns also Onogoros Bestürzung vorstellen, als noch vor Ablauf der Tabuzeit aufgrund der ungünstigen Stellung der Tigergottheit, der die jahreszeitlichen Winde eine als gefährlich angesehene Machtfülle verliehen hat-

ten, über alle Bewohner des nordöstlichen Palastflügels ein *katatagae* verhängt wurde.

Als die anderen Hofdamen und ihre Zofen sich zu den besser geschützten Häusern ihrer Verwandten und Bekannten absetzten, sandte Onogoro, die sich nun in einer Zwickmühle befand, Tokiden zum Amt für Divination, damit sie den Großmeister zu ihrer verwirrenden Zwangslage befrage. Man sagte ihr, der Meister selbst sei nicht zugegen, und so flehte Tokiden einen Schreiber nach dem anderen um Rat an. Wie, fragte sie, könne Onogoro das *katatagae* befolgen und sich in Sicherheit bringen, wenn das Tabu ihr verbot, Wasser zu überqueren? Konnte die Tabuzeit nicht verkürzt oder das Tabu aufgehoben werden? Aber die Schreiber, die von niedrigem Rang waren und nicht das nötige Wissen hatten, wurden sich über das Protokoll nicht einig und konnten auch niemanden nennen, der die Autorität gehabt hätte, einen Dispens von der Art auszusprechen, wie ihre Herrin ihn verlangte. Man erwarte Seine Exzellenz den Großmeister nicht vor der Nachtwache des Affen zurück, erklärten sie der Zofe hochnäsig, aber sie wollten ihn sogleich nach seiner Ankunft von der Lage der Dame in Kenntnis setzen.

Von Stunde zu Stunde wurde der Nordwestwind stärker, und vor dem Mandelblütenpavillon klapperten trostlos die trockenen Bambusstangen. Drinnen warteten die Hofdame und ihre Zofe ängstlich auf den Meister. Die kaiserlichen Gemächer lagen inzwischen so gut wie verlassen, denn der Kaiser und sein Gefolge waren für diese Zeit in den Seiryō-Palast im ersten Distrikt umgezogen. Im zweiten Viertel der Wache des Hahns schließlich, als der Palast schon in tiefe Dunkelheit getaucht war, traf der Meister endlich ein, nicht ohne sich über die späte und ungünstige Stunde zu beschweren.

Nachdem er Onogoros Horoskop ausgiebig studiert hatte, verkündete der Weissager sein abschließendes Urteil: Die Bedrohung durch die Tigergottheit sei geringer als das mit dem Überqueren von Wasser verbundene Risiko. Die Dame solle daher in ihren Gemächern bleiben, schloß er, gab Onogoro ein Amulett aus Weidenholz und wies sie an, es als Schutz gegen den Tigerdämon bei sich zu tragen.
Ein stürmisches und unruhiges Temperament, wie es Onogoro eigen war, zieht nur zu leicht die Geister auf sich, wie wir wissen; kein Wunder also, daß Onogoro in ihrer aussichtslosen Lage nach der unerschütterlichen Stärke und dem bewährten Schwert des Generals verlangte. Und so sandte sie, nachdem der Meister sich verabschiedet hatte, Tokiden hinaus in die heulende Nacht, damit sie ihrem Liebhaber die Nachricht überbringe, daß seine Anwesenheit dringend vonnöten sei.

Die Jahreszeiten der Liebe
Sind so trügerisch:
Sind es weiße Mandelblüten,
Die im Winde treiben,
Oder Schneeflocken?

«Bitte kommt», schrieb sie. «Ich bin in Gefahr, kann aber das Haus nicht verlassen.»
Der General hatte Onogoro zwölf *inrō* geschenkt, eins für jeden Monat. Das *inrō* für den ersten Monat hatte zu Ehren des Neujahrsfests die Form eines Kreisels; im zweiten Monat symbolisierte eine kleine Laterne aus gehämmerter Bronze die Papierlaternen des Inarifests; für den vierten Monat, in dem zum erstenmal der Seidenfaden von den Kokons gehaspelt wird, waren in das *inrō* feine Kokons eingraviert, und so weiter. Da der erste Monat noch nicht vor-

über war, baumelte das Kreisel-*inrō*, das eine Kräutertinktur gegen Kopfschmerzen und ein oder zwei Taschentücher enthielt, noch immer an seiner Kordel von Onogoros Taille. In dieses Behältnis steckte sie jetzt das Weidenamulett und klappte den Deckel zu. Dann setzte sie sich hin und wartete auf die Antwort ihres Liebhabers.

Wenig später stürzte Tokiden in den Raum, mit welken Blättern im Haar und vom Staubgestöber geröteten Augen. Als Onogoro den hastig hingeworfenen Brief las, erstarrte ihr Herz zu Eis. Der General beschwor sie, ihm zu verzeihen, aber es sei der Jahrestag des Todes seiner Mutter, er trage selbst das Tabuzeichen und dürfe mehrere Tage lang nicht das Haus verlassen.

Der Gedanke, daß ihr Liebhaber im sicheren Schoß seiner Familie festgehalten wurde, brachte Onogoro zur Verzweiflung, aber die Stunde des *katatagae* rückte näher, und da sie sich ihrer Verantwortung für Tokiden bewußt war, entließ sie das Mädchen, damit sie zum Haus ihrer Tante im dritten Distrikt gehe und dort bleibe, bis die Gefahr vorüber sei.

Tokiden trocknete ihre Tränen und entfloh dankbar in die Nacht, und Onogoro war nun allein in dem hallenden Palast, in dem nicht einmal ein Hund oder eine Katze zurückgeblieben war. Sie wickelte sich fest in ihren Überwurf, umklammerte das Kreisel-*inrō*, setzte sich an ihr Schreibpult und harrte der Dinge, die da kommen mochten.

Da nun einmal jede dem Menschen bekannte Kultur ihren Geist der Finsternis besitzt, eine ständige Bedrohung für die Einheit der Nation und als solche den Konservativen ebenso dienlich wie jede kaiserliche Armee, brauchen folglich auch die parfümierten, erlauchten Herren unseres Landes ihren Tigergott, um den Anspruch zu untermauern, daß nur ihr dauerhaftes Dasein die Sicherheit des Volkes gewährleiste. Denn wenn die Gottheit sich gebieterisch ihren Weg gebahnt und eine einzige Spur der Verwüstung hinterlassen hat, steht der Palast noch immer felsenfest, in den Straßengräben fließt Wasser, Tag für Tag gehen Erlasse vom Allerheiligsten der Staatsverwaltung aus, und die gewöhnlichen Leute, die sehen, daß das Grundgefüge der Dinge beständig ist, gehen mit gestärktem Vertrauen ihren bescheidenen Geschäften nach.
Aber was hatte es mit dem Tigergott selbst auf sich, wie er im Geist der schutzlosen Onogoro erschien, mit seinem großen Kopf, der zwischen den Bambusstangen hervorlugte, mit seinen strohigen Schnurrhaaren, seinem wilden Streifenfell und seinem großen grünen Auge, das durch das Palmwedelgitter glühte? Als der Wind in den Mandelbäumen heulte und die Jalousien bauschte, warf Onogoro sich vor dem kleinen Fudoschrein nieder und betete, daß der Tigergott ihr gnädig sein möge, und sie fragte verzweifelt, was sein Wesen sei und was sein Begehr: Von dem rastlosen Elend befreit zu werden? Einen Gefährten oder eine Heimstatt zu finden? Vom Schicksal der ewigen Wanderschaft erlöst zu werden? Vom Fluch, verbannt zu sein? Oder gefangen?
Als Antwort auf diese Fragen erschien dem erschrockenen Herzen Onogoros die Gestalt des Gottes selbst in all seiner Majestät, in seiner Harmonie von Gelb und Schwarz, wie er Schatten warf, Funken versprühte, von der Nordkü-

ste die felsigen Hänge des Gebirges hinaufsprang, die Wasser des Biwasees aufpeitschte, Boote versenkte und Netze zerriß, die Haufen von Austernschalen auseinanderfegte, welche die Perlentaucher zurückgelassen hatten, Reisfelder überflutete und in die Totenfeuer fuhr, bis die aufgescheuchten Flammen nahe stehende Häuser verschlangen. Onogoros Geist kuschte vor diesem Dämon, der so rachsüchtig knurrte und sich nicht würde besänftigen lassen, bis er die Arme von ihren Schultern und den Kopf von ihrem Hals gerissen und sie wie ein Pfand ins Unterholz getragen hätte, damit sie zwischen den Geistern der toten und eifersüchtigen Frauen lägen.

Wie besessen stürzte die schaudernde Onogoro auf die Veranda, und unter dem wild wirbelnden Himmel fiel, ohne daß sie es merkte, das *inrō* von seiner gerissenen Kordel und rollte ins Bambusdickicht. Panisch, kaum fähig, Nord und Süd zu unterscheiden, stolperte das arme Mädchen durch den Garten, über umgeknickte Mandelbäume und an umgefallenen Bienenkörben vorbei, um die verstört die Schwärme kreisten, bis sie endlich die schützenden Stallungen erreichte.

Dort hatte Oyu alle Mühe, die aufgeregten Pferde zu beruhigen. Als Onogoro den Burschen im Halbdunkel sah, floh sie dankbar zu ihm und klammerte sich an ihn wie ein Kind, ganz außer sich und heftig um sich schlagend. Obwohl Oyus Herz bei dieser plötzlichen und schockierenden Nähe vor Freude klopfte, konnte er sich der Tatsache nicht verschließen, daß etwas unternommen werden mußte, bevor Onogoro nicht nur sich selbst, sondern auch seine nervösen Pferde zu Tode ängstigte.

Er suchte tastend nach einer rauhen Decke, warf sie ihr um und hüllte sie darin so fest ein, daß ihre Glieder gleichsam gebunden und bezähmt waren. Dann legte er sie auf einen

Strohballen, strich mit seiner Hand über ihre Brauen und beruhigte sie zärtlich, bis die Körperteile, die abgetrennt und zerrissen worden waren, wieder in ihre richtigen Gelenke und an den richtigen Platz zurückgefunden hatten. Onogoro begann leise zu weinen, wie ein Kind, dessen Mutter oder Vater, von einem weit entfernten Flügel des Hauses herbeigerufen, endlich in das dunkle Kinderzimmer geeilt ist, um es zu trösten.

Was den Zustand unseres jungen Exorzisten angeht, der an Weisheit seinem Alter voraus und doch kein Bonze war, so kann niemand diese Frage besser erhellen als die Stute Izanami, denn sie, die seine wohltätigen Hände gespürt hatte, war auch die einzige Hüterin seiner Geheimnisse und wußte daher viel. So erinnerte sie sich, als sie ein dunkles Auge dem Paar auf dem Strohballen zuwandte – Onogoro in Tränen und Oyu geduldig und sanft wie eine Amme –, wie viele Male Oyu Onogoro in seinen fiebrigen Gedanken auf den starken Rücken der Stute gesetzt hatte und Hals über Kopf zu den Pforten des Paradieses geritten war. Und Izanami wußte um den schicksalhaften Vertrag, der das Paar band, und sie kannte, was noch ungeheuerlicher war, die Namen der rund zwanzig Damen, die ebenfalls aus Oyus Geschichten Nutzen gezogen hatten und, da sie es vorzogen, einen Schleier über ihre wahren Vorlieben zu breiten, Oyu das feste Versprechen abgenommen hatten, seine Beziehung zu ihnen niemals preiszugeben. In einer Gesellschaft, die sich in vierunddreißig Ränge teilte, vom Obersten höchsten Rang des Ersten Ministers bis zum Niederen minderen gemeinen Rang des bescheidenen Gehilfen, war Oyu wohl der einzige, der weder Rang noch Beglaubigung hatte und so notwendig im verborgenen blieb. Aber diese strikte Anonymität – die schon ein Pferd hätte verbittern müssen, ganz zu schweigen von einem energischen und

begabten jungen Mann – amüsierte Oyu nur und förderte in ihm eine philosophische Neigung. Der blinde Sohn eines Landschullehrers mußte sich ohnehin oft genug in Demut üben.
Auf jeden Fall sei er davon überzeugt, hatte Oyu Izanami erklärt, daß seine Geschichten – von denen jede einzelne auf eine bestimmte Kundin zugeschnitten war und keine mehr als einmal erzählt wurde – ihre geheimnisvolle Wirkung verlören, würden sie dem grellen Licht der Öffentlichkeit ausgesetzt, so wie merkwürdige und zitternde Seewesen, die, aus den finstersten Tiefen emporgeworfen, von den trocknenden Sonnenstrahlen in bleiche Salzschlieren am Ufer verwandelt werden. Überdies könne er manchmal schwören, daß die Worte, die aus seinem Mund sprudelten, gar nicht seine eigenen waren, sondern ihn über eine spontane Eingebung erreichten, die ihren Ursprung in den unglücklichen Kundinnen hatte und sich bei ihm tastend ein Sprachrohr suchte. Wenn die Damen sich wunderten, wie gut die Geschichten paßten, so hatten sie, überlegte er, eigentlich nur sich selbst zu danken. Und wenn wir aus diesen wundersamen Überlegungen Oyus schließen, daß der junge Mann um einiges zu bescheiden war, werden wir ihn darum nur um so mehr mögen, gibt es doch mehr als genügend Menschen, deren einziges Ziel darin besteht, ihre Stellung im Leben zu verbessern, und die sich darum beeilen, Anerkennung einzufordern, wo keine geschuldet ist. Wie erfrischend dagegen, jemanden zu finden, der, statt mit seinem Schicksal zu hadern, das ihm Ruhm vorenthält, sich mit dem ersten verbündet, um letzterem zu entgehen. Was aus der Tiefe kommt, soll in die Tiefe zurückkehren, diesen Spruch hatte Oyu viele Male in Izanamis Ohr geflüstert, und Izanami hatte zustimmend mit ihrem weisen Haupt genickt.

Die Heianebene hinter sich lassend, stürmte die Tigergottheit schließlich in Richtung Süden, um die Ufer des Flusses heimzusuchen. Der Wind heulte nicht mehr, sondern seufzte nun in den Dachgesimsen, und Onogoro lag leeren Kopfes auf ihrem Strohlager, mit sich im Einklang, wie es sonst nur durch Mutterliebe möglich ist. Ihr Geist hatte sich wieder zu einem Ganzen zusammengefügt. War es eine Art Zauber, den Oyu spann, fragte sie sich, ein Zauber, der die friedliche Gewißheit in ihr aufsteigen ließ, daß es nichts zu erstreben gab, niemanden herauszufordern, niemanden, gegen den sie sich verteidigen mußte, ja nicht einmal einen Grund für Kummer?

Schon bald wich Onogoros Gefaßtheit allerdings einer ihr vertrauteren Regung, denn sie konnte sich Glück nicht als etwas Gegenwärtiges vorstellen, sondern nur als etwas weit Entferntes, und wieder wurden ihre Gedanken unruhig und huschten aus dem Stall, auf der Suche nach neuer Beute. Es verdroß sie, daß es Oyu war und nicht der General, der an ihrem Lager saß, denn war nicht der General derjenige, der sich ihrer Not hätte annehmen sollen, war nicht er derjenige, der hätte herbeieilen müssen, um ihr Beistand zu leisten? Und warum hatte er das nicht getan? Die Antworten kamen genauso drückend und schnell wie Sorgen. Alles lief darauf hinaus, dachte sie, daß sie nicht genug tat, um ihm zu gefallen, daß sie nicht gelernt hatte, wie sie es anstellen sollte, daß sie weder schön, gut, geduldig, schlau, gebildet, fügsam, leidenschaftlich noch mächtig genug war, den Widerstand zu überwinden und seine Liebe zu gewinnen. Niedergeschlagen warf sie die Decke, die sie gefangenhielt, zur Seite und ergriff die Hand des Stallburschen. «Du bist ein guter und freundlicher Zauberer, Oyu», sagte sie und dankte ihm herzlich.

«Stets zu Diensten, meine Dame», antwortete Oyu, aber

seine Wangen erröteten, und Izanami sah, daß der gutgelaunte Gleichmut, der den jungen Mann vor Bitterkeit und Neid schützte, kein Schild gegen die unziemliche Leidenschaft war, die ihm zusetzte. Als Onogoro aufstand, um sich zu verabschieden, und Oyu keine Anstalten machte, sie aufzuhalten, konnte Izanami, die zwar das Zeug zur Kupplerin, nicht aber das Werkzeug zu scharfzüngigem Rat hatte, ob eines solch enttäuschenden Ausgangs nur voller Abscheu schnauben.

EINE BIENENBESTATTUNG

Zwei Tage später, als das *katatagae* aufgehoben war, rollten die ersten Fuhrwerke wieder zurück in den kaiserlichen Bezirk, die Zofen griffen wieder zum Besen, und die Gärtner fingen an, die abgebrochenen Äste der Zierbäume zu verbrennen und die Wunden an den Stämmen zu verschließen.

Am Nachmittag kehrte die Prinzessin Saishō in ihre Gemächer zurück und bestürmte Onogoro, sie sollten sich unbedingt die Feuer in den Gärten ansehen. Die aufgeregte Prinzessin wollte unbedingt tote Zweige und Kiefernnadeln sammeln, um sie in die Flammen zu werfen. Als sie die toten Bienen sah, leere pelzige Körper mit steifen, vom nächtlichen Regen glitzernden Flügeln, die über den Boden verstreut dalagen, schrie sie vor Mitleid auf.

«Aber sie müssen doch einen richtigen Scheiterhaufen bekommen», rief die Prinzessin, und so schaufelten Onogoro und Saishō die Bienen zusammen, machten ihr eigenes Feuer aus Bambusblättern und sahen zu, wie die Flügel

aufflammten und im Nu verzehrt wurden, wie die Körper in den Flammen knisternd zu schwarzen Kügelchen zusammenschrumpften.
Die Luft war voller Rauch, der nach süßer Kiefer und nach Kampfer roch, in den Nasenlöchern kitzelte und ihnen das Wasser in die Augen trieb. Abgesehen vom südlichen Horizont, wo sich noch immer tigerhafte Wolken türmten, war der Himmel klar und hell, und die Gärtner foppten einander bei der Arbeit, und die ausgelassenen Rufe der Zofen schallten aus den Gemächern. Die Szene war herzerfrischend, und auch Onogoro hätte sich gern der allgemeinen Fröhlichkeit hingegeben, aber sie fühlte sich nicht im Vollbesitz ihrer Kräfte und wurde ein seltsames Unbehagen nicht los, das ihr aufs Gemüt drückte und an ihrem Körper zerrte.
Irgendwann sah Onogoro Izumi Shikibu gemächlichen Schrittes auf sie zukommen. Sie war in Begleitung eines hochrangigen Adligen mittleren Alters und balancierte die Katze Omoto behutsam auf ihrer Schulter. «O nein, nicht schon wieder diese langweilige alte Frau», sagte die Prinzessin grob, und kapriziös lief sie durch die Laubhaufen davon.
Da sie vermutete, daß der Mann an Shikibus Seite einer ihrer Liebhaber war, also entweder Prinz Tametaka oder sein Bruder, Prinz Atsumichi, verbarg Onogoro anstandshalber das Gesicht hinter ihrem Fächer. Shikibu lehnte solche Förmlichkeiten jedoch ab und bot, nachdem sie Onogoros Fächer beiseite gewischt hatte, ihre Wange zum Kuß dar. «Ziere dich nicht so, Onogoro. Ich habe dem Prinzen so viel von dir erzählt, daß er schon das Gefühl hat, du gehörtest zur Familie. Nicht wahr, Atsumichi?»
Onogoro errötete, als die hervorstechenden schwarzen Augen des Prinzen sie musterten. Atsumichi verbeugte

sich tief, wobei seine elegante Stirnlocke über seine ausrasierten Schläfen nach vorn wippte. «In der Tat. Übrigens versuchten Shikibu und ich gerade, uns an den Schluß jenes alten Gedichts von Mêng Hao-jan, dem Einsiedler, zu erinnern, und sagte ich nicht eben zu dir, Shikibu, daß Onogoro ganz sicher noch weiß, wie das Ende lautete. Nun, wie ging das noch mal...?

Leicht ist mein Herz an diesem Frühlingsmorgen,
Als mich das Lied der Vögel weckt.

Atsumichi hatte das chinesische Original zitiert. Onogoro, die merkte, daß sie auf die Probe gestellt wurde, nahm die Herausforderung an und ergänzte, ebenfalls auf chinesisch, ohne größeres Stocken die Schlußverse:

Doch ich entsinne mich des Sturmes in der Nacht.
Ob viele Blüten brachen?

«Ausgezeichnet», rief der Prinz und applaudierte.
«Siehst du?» Shikibu warf einen stolzen Blick auf Onogoro, die, in Verlegenheit angesichts ihres allzu leichten Triumphs, eine Hand ausstreckte, um die Dame Omoto zu streicheln. Aber die Katze, die graziös um Shikibus Schultern drapiert war, starrte sie an wie eine Fremde. «Mein tapferes Mädchen hat also mit dem Großen Kommandeur gewürfelt, der sogar Generäle in die Flucht schlägt», sagte Shikibu, denn sie hatte von Onogoros einsamer Wache in der Nacht des Tigers gehört. Sie schüttelte sich bei dem Gedanken. «Kannst du dir etwas Schrecklicheres vorstellen, Atsumichi? Selbst auf meinem sicheren Lager im dritten Distrikt habe ich mir die Decke über den Kopf gezogen und gezittert wie ein Blatt!»

«Kein Wunder, daß die Dame Onogoro so blaß ist», bemerkte der Prinz, «nach solchen Qualen.»
«Ich habe mich auch noch nicht ganz erholt», gestand Onogoro und erschauderte ein wenig unter dem durchdringenden Blick des Prinzen. Und in der Tat, ihre Gelenke schmerzten, ihre Rippen fühlten sich gedrängt und rebellisch an, und ihr Kopf war so schwer, daß sie ihn mit äußerster Behutsamkeit trug, als könne er ihr jeden Moment von den Schultern rollen.
In diesem Moment erhob sich die Dame Omoto, die Onogoro die ganze Zeit starr fixiert hatte, und sprang ohne Vorwarnung an ihre Brust. Onogoro strauchelte und wäre gefallen, hätte der Prinz nicht seinen Arm ausgestreckt, um sie zu stützen. «Was für eine Teufelin!» schalt Shikibu, griff nach der schweren Katze und befreite Onogoros Robe von ihren kaiserlichen Krallen. Der Prinz zupfte indessen mit schnellen Bewegungen an den Seidenfalten um ihren Hals, und dabei streifte seine Hand ihre Haut. Onogoro erstarrte bei dieser zufälligen Liebkosung und lief feuerrot an. Der Prinz hielt den pelzigen Körper einer Biene in die Höhe und betrachtete ihn mit Genugtuung.
«Tot und dahin, zum Glück. Unsere Omoto wird kurzsichtig mit den Jahren. Im Gegensatz zu unsereinem.» Sein Blick ruhte weiterhin wohlgefällig auf Onogoro, und wieder durchfuhr sie ein Schrecken. Atsumichi mußte sie für eine Frau von zweifelhaftem Ruf halten, wenn er beanspruchte, sich solche Freiheiten herauszunehmen, dachte sie bekümmert. Shikibu hatte sie doch wohl nicht verraten und die Geschichte von Yü Hsüan-chi weitererzählt, um ihren Liebhaber zu unterhalten?
Ihre Verdächtigungen zerstreuten sich jedoch und wurden ganz entkräftet, als Shikibu, nachdem sie die Katze weggescheucht hatte, den Arm um ihre Taille legte und mütter-

lich von ihr Besitz ergriff. Sie erklärte, sie werde dafür sorgen, daß Onogoro schnurstracks ins Bett gesteckt werde und dort bleibe, bis sie sich erholt habe. «Laß uns allein, Atsumichi», befahl sie, und Onogoro sah zu ihrer Überraschung, wie der große Adlige, weit entfernt, an solch einer brüsken Entlassung Anstoß zu nehmen, sich mit einem Achselzucken und einer gutgelaunten Verbeugung fügte.

«Meine besten Wünsche an Seine Exzellenz Taira no Motosuke», grinste er. «Den vorzüglichen Schwertträger!»

Onogoro begegnete dieser unverfrorenen Bemerkung mit einem eisigen Nicken, aber Shikibu tippte mit ihrem Fächer energisch auf Atsumichis Handgelenk. «Genug, Atsumichi!»

«Alte Wunden, alte Wunden», lachte der Prinz, legte seine Hand aufs Herz und verbeugte sich reumütig.

Shikibu drohte ihrem Liebhaber mahnend mit der Faust und führte Onogoro fort. «Atsumichi ist unverbesserlich», seufzte sie. «Edle Herkunft, und doch keine Manieren.»

Onogoro war dennoch verstört und bat Shikibu eindringlich, sie aufzuklären, was dieser Auftritt des Prinzen zu bedeuten hatte.

«Wenn du es unbedingt wissen willst – nicht daß es wichtig wäre –, es gab einmal eine Zeit, da hatte der Prinz sich in den Kopf gesetzt, der Dame Ochibu den Hof zu machen. Der Dame waren seine Aufmerksamkeiten jedoch unwillkommen. In meinen Augen hätte sie wie jeder halbwegs vernünftige Mensch selbst damit fertig werden können. Sie aber geriet in Panik wie ein Schulmädchen und erzählte alles ihrem Gatten – dem natürlich nichts anderes übrigblieb, als den Prinzen aus dem Feld zu schlagen.» Shikibu tätschelte Onogoros Hand. «Eine dumme Geschichte, alles in allem. Vergiß sie am besten – was Atsumichi selbst täte, wenn er sich nicht so gern über Kleinigkeiten aufregte.»

Onogoro schwirrte der Kopf vor Anstrengung, als sie die Treppe zur Veranda hinaufstieg, und dankbar lehnte sie sich an Shikibu. Als sie drinnen angelangt waren, ließ ihre Freundin sofort grünen Tee und Wasserkastaniensuppe bringen. Bequem auf ihre Kissen gestützt und bis zum Hals in wattierte Decken gewickelt, trank Onogoro begierig und fiel bei hellem Tageslicht in tiefen Schlaf, den Kopf an Shikibus starke Schulter gelehnt.

DER AUSSCHLAG

Die Hitze der Feuer stahl sich in die Träume von Onogoro, die sich in ihren schweißgetränkten Decken hin und her wälzte. Aber als der Morgen anbrach, fand sie sich im Bett, in ein frisches Gewand aus Batist gekleidet, und fühlte sich entschieden besser. Die Dame Izumi, teilte ihr Tokiden mit, habe darauf bestanden, die ganze Nacht bei ihr zu bleiben, und ihre Stirn und ihre Glieder mit Zitronenblütenwasser benetzt, bis das Fieber gesunken sei. «Nicht, daß dies nötig gewesen wäre», fügte sie hinzu, «ich habe ihr gesagt, daß ich gut allein zurechtkomme.»
Onogoros Herz füllte sich mit Dankbarkeit. «Wie reizend von ihr», rief sie aus. «Hat sie eine Nachricht hinterlassen? Ich muß heute noch zu ihr gehen und ihr danken.» Sie erhob sich langsam, mit wackeligen Knien, und stellte erleichtert fest, daß ihre Beine sie trotz allem sicher trugen. Tokiden protestierte zuerst gegen den Entschluß ihrer Herrin, schon das Bett zu verlassen, gab aber schließlich nach, holte Spiegel und Kämme und machte sich daran, Onogoros wirres Haar zu frisieren. Nun, da Onogoro ihren Willen durchgesetzt hatte, gab sie sich ganz Tokidens Aufmerk-

samkeiten hin und ließ sich sogar ein wenig herumkommandieren. Sie beugte gehorsam ihren Kopf nach vorn, als die Zofe die langen Strähnen aus ihrem Nacken hochnahm und über die verfilzten Spitzen schimpfte.
«Was ist denn das?» fragte Tokiden plötzlich mißtrauisch und hielt mitten in einem Kammstrich inne.
«Was meinst du, Tokiden?»
«Auf Eurer Schulter. Es sieht aus wie Schrift.» Die Zofe tränkte den Schwamm und wollte die ominösen Zeichen wegwischen, aber Onogoro bremste sie.
«Aber was steht denn dort, Tokiden?» Tokiden zuckte wütend die Achseln, und Onogoro verwünschte sich, denn sie hatte vergessen, daß das Mädchen nicht lesen konnte. Sie nahm der Zofe den Spiegel ab und hielt ihn schräg hinter sich: Tatsächlich war dort Schrift zu sehen, mehrere Spalten gestochen scharfer Zeichen, in dunkelbrauner Tusche auf ihre blasse Haut geschrieben. Spiegelverkehrt waren die Zeichen allerdings kaum zu entziffern. Onogoro dachte sofort an Shikibu und kicherte vergnügt in sich hinein. «Welch origineller Abschiedsbrief», dachte sie. «Aber da ich ihn nicht entziffern kann, muß die Verfasserin ihn mir selbst vorlesen.»
Tokiden schüttelte verständnislos den Kopf. Von allen Arten, einen Morgenbrief zu schreiben, war dies diejenige, die dem General am wenigsten entsprach. Sie erinnerte sich daran, daß der General, der immer noch unter dem Tabu stand, seit einigen Tagen nicht dagewesen war, und blickte ihre Herrin bestürzt an. Morgenbriefe wurden nur zwischen Liebenden ausgetauscht, oder sie wollte Kaiserin Sadako heißen. Aber zwischen Izumi und Onogoro? Also, diese freizügigen Hofdamen kannten offenbar wirklich keine Grenzen!
In einen azaleenfarbenen Kimono mit taubengrauer Sei-

denborte gekleidet, mit frisch gepudertem Gesicht, aber ungeschwärzten Zähnen – denn Zähneschwärzen war eine Mode, die sie nie reizvoll gefunden hatte –, ging Onogoro leichten Schrittes durch die Flure zu den Pflaumenblütengemächern. Shikibu war allerdings sehr besorgt, ihre Freundin schon so früh wieder auf den Beinen zu sehen, und tadelte sie: «Ich hatte doch deine Zofe angewiesen, dich bis morgen im Bett zu halten!»
«Aber es geht mir wirklich besser», sagte Onogoro mit einem schelmischen Lächeln, «wenn da bloß nicht dieser böse Ausschlag auf meiner Schulter wäre.»
«Meine Liebe», sagte Shikibu mit Schrecken im Gesicht, «du wirst doch nicht etwa Scharlach haben?»
Shikibu machte sich offenbar ernsthafte Sorgen, was Onogoro sehr erstaunte. Sie ließ ihr Gewand von der Schulter gleiten und enthüllte den seltsamen Ausschlag. «Aber wer außer dir könnte das geschrieben haben?» fragte sie entsetzt.
«Merkwürdig!» sagte Shikibu und hielt ihr Vergrößerungsglas über die winzigen Schriftzeichen. «Es sieht fast aus wie ein Gedicht. Laß mich sehen...»

War es Euer Blick, der mir folgte,
Den ganzen Weg zu den schützenden Bergen?
Nein, es war nur der Mond,
Der über meine Schulter spähte.

«Du *warst* es», zieh Onogoro sie. «Warum gibst du es nicht zu?»
Shikibu lachte laut auf. «Ich schwöre, daß ich es nicht war! Offenbar hast du einen heimlichen Verehrer, meine Liebe. Und sogar einen, der dichten kann!»
«So heimlich, daß nicht einmal ich selbst von ihm weiß!»

gab Onogoro aufgebracht zurück. Wenn Shikibu die Wahrheit sagte, wo sollte sie dann nach dem Schuldigen suchen? Sollte sie annehmen, daß irgendein Fremder sich in ihr Schlafgemach geschlichen hatte, in der Absicht, sie in Verlegenheit zu bringen?

Shikibu sah sie mit großen Augen an. «Was für eine seltsame Geschichte! Wir müssen ihr auf den Grund gehen. Wir werden Saishōs Kammerzofen fragen, eine nach der anderen. Vielleicht hat eine von ihnen den Eindringling gesehen.»

«Nein!» schrie Onogoro entsetzt. «Sie sind schreckliche Klatschbasen! Bitte hilf mir sofort, diese Zeichen zu entfernen!»

Shikibu zuckte mit den Achseln. «Wie du magst, meine Liebe.» Aber bevor sie sich mit Schwamm und Bimsstein ans Werk machte, bestand sie noch darauf, das Gedicht abzuschreiben, für den Fall, daß der geheimnisvolle Dichter doch noch entlarvt würde. «Wir brauchen doch ein Beweisstück, mit dem wir ihn überführen können», sagte sie mit Bedacht. Dann scheuerte sie an den Zeichen, aber vergebens, denn es erwies sich, daß die Tusche beim besten Willen nicht auszulöschen war. Mehrere Behandlungen mit Salz und Bimsstein erreichten nicht mehr, als daß die Schrift ein wenig verwischte und Onogoros Haut unerträglich gereizt wurde. Schließlich weigerte sich Shikibu, mit den brutalen Waschungen fortzufahren, und rieb statt dessen die nun wunde Schulter mit Salbe ein, und wenn sie im stillen auch fand, daß Onogoro aus einer Mücke einen Elefanten machte, tat sie doch ihr Bestes, um sie davon zu überzeugen, daß die Schrift aller Wahrscheinlichkeit nach in ein oder zwei Tagen von selbst verblassen werde.

Am nächsten Morgen untersuchte Onogoro besorgt die anstößige Schulter, aber die Zeichen waren so deutlich wie zuvor. Als der General sie wissen ließ, daß seine Tabuzeit um war und er am folgenden Tag zum Mandelblütenpavillon kommen wolle, schickte Onogoro Tokiden mit einem kurzen Brief, in dem sie ihn eindringlich bat, sie erst zur Nacht des Vollmondes in vier Tagen zu besuchen, weil sie unter einem Fieber leide.

Am Morgen des verabredeten Tages wachte Onogoro schon früh auf und blieb eine Zeitlang mit der Erinnerung an die seltsam friedlichen Träume liegen, die Frau Mond in ihrem knospenden Viertel oft in ihr anregte. Wie freundlich sie war, die hochsegelnde Mondin, wie sie die Bergspitzen in kühles blaues Licht tauchte und die Füße der Pilger über die erstaunlichsten Schneebrücken führte! Aber dann erinnerte sie sich mit sinkendem Mut an die entehrenden Stigmata, stand schnell auf und bat Tokiden, Aloeblätter und Zitronenschalen zu holen, die Tag für Tag ohne viel Wirkung angewendet worden waren. Sie löste ihr Gewand, um ihre Schulter zu entblößen, in der sicheren Erwartung, den bronzefarbenen Tuschefleck unverändert vorzufinden, aber als sie den Spiegel hochhielt, stieß sie einen erstaunten Schrei aus. Auf ihrer milchweißen Haut war weder ein Fleck noch sonst ein Makel zu sehen, und auch der letzte Buchstabe war restlos verschwunden!

«Welch ein Glück!» sagte Tokiden, die Rätsel nicht mochte und von diesem schon mehr als genug hatte. «Jetzt werdet Ihr für Seine Exzellenz wie neu geboren sein.»

Nun geschieht es gar nicht so selten, daß eine Dame, die sich von ihrem Liebhaber vernachlässigt fühlt, bei seiner Ankunft in ihrem Schlafgemach von einer plötzlichen Überdrehtheit ergriffen wird, die zu einem Gutteil auf uneingestandener Wut beruht, und daß sie mit flatterndem Herzen und rasendem Puls und fiebrig schwatzender

Zunge sozusagen kopflos vor Glück wird und alle Vorsicht in den Wind schlägt. So geschah es, daß Onogoro, die den Ehrgeiz besaß, in der kurzen ihr zur Verfügung stehenden Zeit möglichst viele unterhaltsame Erlebnisse zu erzählen, kaum darauf achtete, was klug war und was nicht, und ihr in ihrer Angst, die seltsame Krankheit zu verraten, die sie befallen hatte, unvorsichtigerweise ein Wort über das Gespräch mit dem Prinzen Atsumichi entschlüpfte.

Der General, dessen Frau zu einer Pilgerfahrt aufgebrochen war, um am Schrein von Ise Dank zu sagen, und der sich darauf gefreut hatte, die ganze Nacht mit seiner Geliebten zu verbringen, war zutiefst verletzt. Das lange Messer der Eifersucht, das so viele Jahre in der Scheide geruht hatte, bohrte sich in sein Wesen, und das Gefühl – die Verletzlichkeit, die pulsierenden Eingeweide, die Aufgewühltheit dieses wehrlosen und klaffenden Inneren – war so unerträglich, daß er es sofort von sich stoßen wollte und eine sichere Redoute suchte, von der aus er die unerwartete Attacke parieren konnte. Nachdem er sich selbst eingeredet hatte, daß eine Zurechtweisung Onogoro nur guttun könne, maßregelte er sie mit einem strafenden Blick. «Prinz Atsumichi ist eine verkommene Person», erklärte er, «und keineswegs jemand, mit dem du Umgang pflegen solltest!» Als Onogoro die Lippen öffnete, um etwas zu erwidern, gebot seine Hand ihr streng und unwiderruflich Einhalt. «Genug, meine Liebe. Belaßt es dabei. Ich hoffe, Ihr gesteht mir zu, daß ich in einigen Angelegenheiten am besten weiß, was richtig ist.»

Onogoro sah ihren Fehler ein und senkte kleinlaut den Kopf. Sie wurde mit einer feurigen Berührung der Lippen des Generals belohnt, zuerst im Nacken, dann am Brustansatz, bis er sie mit einem Seufzer, der leidenschaftlicher war als je zuvor, hochhob und zu ihrem Lager trug.

Oyu, der in seinem Versteck lauschte, wußte nicht, ob ihm zum Lachen oder zum Verzweifeln war. Es war amüsant, so überlegte er, daß schon der kleinste Funken von Rivalität einen dummen Mann so in Aufruhr brachte. Wieviel besser wäre es für Onogoro gewesen, wenn sie dies erkannt und zu ihrem eigenen Vorteil genutzt hätte. Die Lektionen, die Oyu hinter den *tsuitate*-Schirmen der Hauptstadt gelernt hatte, lasteten schwer auf seinem Herzen, denn obwohl er die verzweifelte Doppelstrategie, die seine Kundinnen verfolgten, um Macht über ihre Liebhaber zu gewinnen, nicht verdammte, konnte er sie auch nicht bewundern, und der Gedanke an eine Onogoro, die in dieser Hinsicht geschickt wäre, erfreute ihn nicht, denn er mochte Onogoro viel lieber so, wie sie war: planlos und sprunghaft, nicht naiv, aber ohne die ausdauernde Durchtriebenheit, die für ernsthafte Intrigen vonnöten ist.

DIE PHOSPHORESZENZ VON ISE

«ES BEGAB sich einst an der Südküste von Ise, daß sich eine Gruppe von Musikern, unterwegs zu einem Fest, in einer Dorfschenke betrank und entschied, die Reise zu verschieben, um den Sommerabend zusammen mit den Perlenfischern beim Tauchen zu verbringen.
Sie ließen am funkelnden Strand ihre Kleider fallen und tobten in den Wellen herum, bis die Sonne hinter den westlichen Horizont sank und der Mond leuchtend über der phosphoreszierenden See aufging. Erfrischt von der salzigen Luft, hechteten sie durch die Gischt und machten sich alle auf den Weg zurück zum Gasthaus, um ihren durch die Bewegung neu erwachten Hunger zu stillen.

Alle außer dem jungen *samisen*-Spieler Yoshito, heißt das, von dem wegen seines abwesenden Blicks und der klagenden Töne, die er seiner Laute entrang, gesagt wurde, daß er aus einer anderen Welt kam. Er jedenfalls äußerte den Wunsch, noch einen Moment zu verweilen und das Spiel des Mondlichts auf dem Wasser zu betrachten. Lachend zogen ihn seine Kameraden damit auf, daß er wohl ein Stelldichein mit einer der lederhäutigen Fischersfrauen habe, die splitternackt herumschwammen wie das Mannsvolk und dreist die weißen Körper der Musiker beäugten. Aber Yoshito, der ihren Sticheleien schon den ganzen Weg von Yamato her ausgesetzt gewesen war und langsam die Geduld verlor, drehte sich um und tauchte weg, so daß die Wellen die letzten Zoten aussperrten und er sich in der stummen Gesellschaft von Krabben und Korallen befand.
Hoch über ihm schien flackernd der Mond durchs Wasser und zeichnete Fischschatten auf den Meeresgrund. Yoshito schwamm friedlich im Seichten, betrachtete die stacheligen Seeigel und spiralförmigen Muscheln und bewegte sich so ruhig, daß ein Schwarm von Silberheringen ihn für einen der Ihren hielt und in einer sanften Liebkosung einschloß. Bezaubert hielt Yoshito den Atem an und trieb dahin, während die Fische an ihm vorbeiglitten, einem wellenden Gerstenfeld ähnlich, das der Wind durchkämmt.
Er entdeckte auch, daß seine Haut, wenn er untertauchte und seine Hand über die Oberfläche brachte, phosphoreszierend glühte, und so hielt er sich dicht unterhalb der Wellen und drehte seine Hand verträumt nach allen Seiten, so daß das Mondlicht auf seinen Fingern schimmerte und man hätte meinen können, er sei ein Wesen aus einem besseren Element und die Hand gehöre nicht seinem sterblichen Körper, sondern irgendeinem lachenden Wassergott.
Dieses Lichterspiel blieb auch am Ufer nicht unbemerkt.

Auf die Dame Omiki war das Los gefallen, in jenem Jahr als Priesterin am Schrein von Ise zu wachen, und um den nicht enden wollenden Verpflichtungen des Zeremoniells zu entkommen, machte sie um Mitternacht, wenn ihre Diener sie in tiefem Schlaf wähnten, Spaziergänge am Strand.

Als Omiki die Geisterhand über den Wassern schweben sah, erschrak sie zuerst heftig und stieß einen Schrei aus. Als dann Kopf und Schultern des Dämons über und über glitzernd aus den Wellen auftauchten, fiel sie halb ohnmächtig in den Sand.

Im flachen Wasser stehend, sah Yoshito, daß sie keine Fischersfrau, sondern eine Dame von Stand war, und rief ihr zu: ‹Habt keine Angst, meine Dame. Was Ihr seht, ist kein Geist, sondern ein bescheidener Musiker, dessen Laute neben Euch im Sand liegt.›

Als die Dame Omiki seine menschliche Stimme hörte und neben der *samisen* auf einem nahen Felsen auch die Kleider des jungen Mannes sah, faßte sie sich wieder.

Obwohl Omiki fromm war, entsprach die Enthaltsamkeit nicht ihrem Wesen, und sie vermißte ihren Liebhaber in der Hauptstadt schmerzlich. Darum erhob sie, als Yoshito durch das flache Wasser auf sie zuwatete, ihren Fächer und beobachtete hinter den Falten mit entschieden irdischem Interesse den geisterhaften Torso, der da aus der See auftauchte.

Darauf bedacht, die Dame weiter zu beruhigen, eilte Yoshito auf das Ufer zu, ungeachtet der Seeigelstacheln, die in seine Füße piksten, und der Herzmuschelschalen, die seine Fersen wund scheuerten. Aber plötzlich rutschte sein Fuß hinab in einen Spalt und saß fest, und sosehr er sich auch anstrengte, er konnte sich nicht befreien. Als er hinab ins Wasser blickte, entdeckte er die mächtigen Schalen

einer riesigen Muschel, die zugeschnappt waren und sein Bein nun wie eine Zwinge bis zum Knie einklemmten.
Am Ufer hatte Omiki ihren Fächer für einen Moment gesenkt, um ihre mondbeschienenen Gesichtszüge zu zeigen, und als sie nun sah, daß der junge Mann stehengeblieben war, fragte sie sich verzweifelt, ob das lange Jahr der Abstinenz ihr womöglich nicht nur die Kunst zu verführen genommen, sondern sie womöglich auch noch ihrer Schönheit beraubt hatte.
‹Meine Dame›, rief der glücklose Yoshito, ‹ich bin in einer Venusmuschel gefangen und flehe Euch um Hilfe an.›
Ihr Verdruß verwandelte sich rasch in Mitleid, und nachdem Omiki die zwischen ihnen liegende Wasserstrecke abgeschätzt hatte, war ihre Entscheidung gefallen. Sie zog ihr Oberkleid aus und legte es auf den Felsen, auf den die Kleider des jungen Mannes gehäuft waren, und schaudernd bemerkte sie, daß die Flut inzwischen gierig am Fuß des Felsens leckte. Omikis Unterkleid bauschte sich widerspenstig um sie, als sie tiefer und tiefer watete, aber sie zwang sich tapfer vorwärts.
Schließlich erreichte sie den gefangenen jungen Mann, der sein Bein umklammert hielt und ohnmächtig daran zerrte. Omiki sah sofort, daß sie der Muschel nur habhaft werden konnte, wenn sie tauchte, aber jedesmal, wenn sie dies versuchte, füllte sich ihr weites Unterkleid mit Luft und zog sie wieder nach oben – sie war machtlos.
Da die Situation inzwischen für Schamhaftigkeiten zu ernst war, drehte sie dem jungen Gefangenen den Rücken zu, und nachdem sie sich des letzten hinderlichen Kleidungsstückes entledigt hatte, tauchte sie splitternackt ins Wasser, so wie die Fischersfrauen, nur daß ihre Haut milchweiß war und es nicht Perlen, sondern Yoshitos Leben zu bergen galt.

Immer wieder tauchte Omiki hinunter und rang mit der Muschel, während ihre Kleider hinaus in die offene See trieben. Sie zog an den klammernden Kanten des Ungeheuers, riß sich die Hände an den Seepocken auf, die daran festsaßen, und jedesmal, wenn sie auftauchte, war das Wasser ein Stück höher gestiegen.

Schließlich neigte Yoshito, der mit verzweifelter Anstrengung gegen das Wasser gekämpft hatte, den Kopf und fügte sich in sein Schicksal. ‹Rettet Euch, gütige Dame›, bat er eindringlich. ‹Sonst werden wir zusammen ertrinken.›

Omiki umschloß Yoshitos Hand mit beiden Händen und weinte verzweifelt. Dann murmelte sie ein leidenschaftliches Gebet zu unserem Gott Amida, in der Hoffnung, daß während ihres Priesterinnendienstes ein geringes Maß Göttlichkeit an ihr haftengeblieben sei, wie die Phosphoreszenz, die nun auf ihrer Haut leuchtete, und um ganz sicherzugehen, rief sie die alten Götter an und bat Izanagi, den Gott des dampfenden Seewassers, um Hilfe.

Doch den beiden, die in der sie umschlingenden See verschwanden, wurde keine Antwort zuteil, zumindest keine himmlische. Inzwischen hatten die Wellen Yoshitos Kinn erreicht, und mit der Verzweiflung war auch die Schicksalsergebenheit gekommen.

Wenngleich aber Yoshitos Geist auch einsah, daß sein Schicksal unabwendbar war, rebellierte doch sein jugendlicher Körper, und mit wilder Zärtlichkeit klammerte er sich an das Leben, das für uns ein allumfassendes Gesetz ist, und fühlte, wie alle Sinne sich hellwach in ihm regten. Seine Nasenflügel weiteten sich, um den köstlichen Geruch der salzigen Seeluft einzusaugen, seine Haut gab sich den Liebkosungen der Wellen hin, und in seinen Ohren klang das melancholische Pfeifen der Meeresungeheuer.

Wie schön sie ist, dachte er, während sich seine Augen an der glitzernden Priesterin weideten. Wie schön diese erste und letzte Frau. Und wie die Flut, so schwoll auch Yoshitos Glied an, das nur widerwillig seine animalische Bestimmung aufgeben wollte, die so zwingend war wie die Mondphasen oder der Gezeitenwechsel und sich glühend ein Anrecht auf die Zukunft zu sichern wünschte.

‹Steigt an mir hoch, meine Dame›, bat er, ‹und nehmt meine Lippen.› Die Wasser trugen die gehorsame Priesterin anmutig, und weinend bestieg sie ihn von vorne, während ihre Tränen Kanäle in die Phosphoreszenz ihrer Wangen gruben, und sie versiegelte seinen Mund mit dem ihren, um ihn sicher vor dem Meereswasser zu verschließen. In der Zwischenzeit waren ihre Schamlippen über sein Glied hinabgeglitten und umschlossen es nun so fest, wie die Muschel seinen Schenkel umklammert hielt.

Ihre Füße auf den gezackten Lippen der Muschel abstützend, barg sie sein Kinn in ihren hohlen Händen, um seinen Kopf über Wasser zu halten, während sie sich voll Inbrunst auf ihn hinabsenkte. Denn eine Todesvision war in ihr aufgestiegen und entflammte ihr Wesen, und was als Opfer begonnen hatte und aus Mitleid geschehen war, strömte nun in ihren Muskeln und rollte wie Donner durch ihr fiebriges Inneres. Denn wann immer der Geist begreift, daß in jedem vorübereilenden Moment das Leben selbst stirbt, daß jene abgelebten Momente sich hinter uns sammeln wie leere Austernschalen am Strand, setzt uns dieses Wissen nackt den drängenden Winden des Universums aus, die gellend Freude und Zerstörung zugleich hinausschreien. Und es war diese jähe Freude, die nun in ihrem Körper dröhnte, die Freude, Kind und Mutter der Vernichtung, die diese anerkennt und zelebriert.

Die Priesterin umschloß Yoshito mit ihren leuchtenden

Schenkeln und bäumte sich auf und sprang wie ein schimmernder Lachs, der zum Laichen kopfüber den Wasserfall hinauf zur Quelle des Flusses schnellt. Ihre Wirbelsäule klatschte aufs Wasser, und der todgeweihte Yoshito fand in der Vereinigung so unbändige Geborgenheit, daß die Wellen, die seine Nase leckten, ihm wie Gekräusel auf der Dünung dieser furchtlosen Liebe erschienen, die in dem alleinigen Wunsch, sich zu verschwenden, aufbrandet, um uns in ihren tobenden Rhythmen zu ertränken.

Aber als das Liebeslied in ihm aufstieg und sein Mund sich von dem Omikis löste, um die letzte Kadenz auszustoßen, brach die wartende See über ihn herein, um sein ekstatisches Keuchen für sich zu fordern, und ließ an seiner Stelle leuchtende Blasen an die Oberfläche steigen.

In der blauen Höhle, die nun seine Welt war, fühlte Yoshito sein Bewußtsein verebben, aber zugleich füllte alles, was Knochen und Blut und Musik in ihm war, sein Glied mit einer grenzenlosen und unaussprechlichen Freude, die den Schwimmer mit einem abschließenden, elementaren Stoß zu seinen letzten und weitesten Ufern trug.

Omiki stieß einen Schrei aus und barst im sanften Mondlicht, als Yoshitos Gesicht unter Wasser sank und er sich bebend und triumphierend in ihr erschöpfte, bis nur noch eine kreisrunde, sich langsam ausbreitende Welle im Meer ihres Seins an sein Verschwinden erinnerte – und seine Laute, die glühend und phosphoreszierend in der Flut trieb wie ein schönes Geschenk an die Götter.»

Oyu, der hinter dem *tsuitate*-Schirm eingeschlafen war, schreckte mit einem Schnarchen hoch und hielt einen Augenblick den Atem an, in der festen Überzeugung, daß ein Auge das Dunkel durchbohrte. Der stickige Raum roch schwer nach Räucherstäbchen und Liebe, und schon bald drohte die Müdigkeit ihn erneut zu übermannen, aber er wagte nicht, sich dem Schlaf hinzugeben, denn ein weiterer unbeabsichtigter Laut konnte den General zur Besinnung und dessen Klinge an seinen Hals bringen. Der Mond hätte voller nicht sein können, das wußte er, aber in dem überhitzten Zimmer vermochte er auf seiner Haut weder Frost noch Feuchtigkeit zu spüren, die ihm hätten verraten können, ob die Nacht bewölkt oder klar war und was für ein Licht ihn treffen würde, wenn er aus dem Schutz des Schirms hervortrat.

Er war von der Anstrengung des Erzählens ausgelaugt, seine Lenden schmerzten vor ungestillter Lust, sein Bauch knurrte, und seine Liebe kam aus der Nacht wie Angst und packte ihn an der Kehle. Plötzlich rannen Tränen über das Schicksal des armen gefangenen Yoshito aus seinen Augen, und nicht einmal die Geißel des Stolzes konnte ihren Fluß beherrschen und dämmen. Denn Oyu, der die menschlichen Schwächen anderer akzeptieren konnte, betrachtete seine eigenen Fehler mit weniger Großmut, und auf der Rangskala der Gefühle war Selbstmitleid das ihm verhaßteste. Aber da war genau jene Regung, eine Bestie, zusammengekauert und widerwärtig, nachtblind und doch sichtbar für jedes vorbeischleichende Raubtier. Und er, der Onogoro vor dem Zorn des Tigers gerettet hatte, lag nun ohnmächtig in ihren Klauen, während eine lange Nachtwache der anderen folgte.

Als die ersten Vögel den anbrechenden Tag ankündigten, wurde der Atem des Generals endlich tief und volltönend, und Oyu, der nun sicher war, daß er unbemerkt bleiben würde, schlüpfte durch die seitliche Schirmtür, hinter der ein Korridor auf Shunes Reich in der Küche zuging. So vermied er es nicht nur, vom General entdeckt zu werden, sondern entging, ohne es zu wissen, auch dem Spion des Regenten, der unter der Veranda lauerte.

DAS KNIE

Als der Morgen kam, drehte Onogoro sich um und fand den General an ihrer Seite. Nie zuvor hatte sie die Glieder ihres Liebhabers so gelöst ausgestreckt gesehen, sein Gesicht noch nie so verletzbar und kindlich. Sein Haar war, wie sie erst jetzt bemerkte, grau, und sein Mund stand erwartungsvoll offen, wie bei einem Säugling, der an der Brust nuckeln will. Ein Lachen unterdrückend, beugte sie sich über das verträumte Gesicht und schob ihre Brustwarze zwischen die angebotenen Lippen, die sich im Schlaf spitzten, saugten und schmatzten.

Sofort riß der General die Augen auf und sah den süßen Eindringling für eine Sekunde erschrocken an, denn aus seiner dämmrigen Leere war der Horizont, der sich vor ihm auftat, eine riesige Kugel, welche die Zukunft ausfüllte und in den Tiefen der Vergangenheit pulsierte. Als er begriff, daß er überrumpelt worden war, packte er Onogoro und drückte sie nieder. «Schließt Eure Augen», befahl er, «so daß ich meinerseits Euch beobachten kann.» Onogoro tat wie ihr geheißen und fühlte, wie der Körper des Generals sich von ihr fortbewegte und seine Augen sie wie die Sonne aus einer großen Entfernung betrachteten. Seine Finger strichen indessen über ihre Haut und liefen auf ihrer Reise südwärts zu ihren Zehen auch für einen Moment die Häfen von Brüsten und Bauch an.

Onogoro lag in ekstatischer Hingabe da, diese neuartigen Aufmerksamkeiten genießend, und selbst die Dame Omoto hätte nicht glücklicher sein können. Als die Hitze der Hand ihres Liebhabers ein Haarbreit über ihrem Knie verweilte, prickelte ihre Haut seinen Fingern entgegen wie eine Flamme, die von dem Scheit, das sie gerade verschlingen will, aufwärts gezogen wird. Aber dann erstarrte der General. Er beugte ihr Knie, untersuchte es und stieß ein ärgerliches Knurren aus. «Ich nehme an, Ihr habt dafür eine Erklärung?»

Onogoro öffnete bestürzt die Augen. Der General stieß mit dem Finger auf die Stelle, wo die Rückseite ihres Schenkels mit der Kniekehle zusammentraf. «Wenn Ihr mir gesagt hättet, daß Euch das Schreibzeug ausgegangen ist», sagte er mit bitterem Sarkasmus, «hätte ich vielleicht Abhilfe schaffen können.»

Panik ergriff Onogoro. Sie streckte ihr Bein aus und drehte es hin und her, konnte aber nur die äußeren Ränder dessen ausmachen, was, wie sie im Innersten wußte, ein Gedicht war. «Ihr versteht nicht!» rief sie.

«In der Tat nicht», sagte der General schroff. «Aber da ich weiß, daß Ihr kein Schlangenmensch seid, kann ich meine eigenen Schlüsse ziehen!»

«Glaubt mir, ich weiß nichts davon. Die Gedichte kommen von ganz allein. Fragt die Dame Izumi, ich bitte Euch, sie wird es bezeugen!» Unter dem feindseligen Blick ihres Liebhabers verstummte Onogoro. Wenn sogar ihre gute Freundin Shikibu sie verdächtigt hatte, wie sollte sie dann einen Mann wie den General von der mysteriösen Her-

kunft der Gedichte überzeugen? Wo doch all die belastenden Indizien tatsächlich auf eine geheime Liaison mit irgendeinem schamlosen Schreiberling hindeuteten, der die Haut den Schriftrollen vorzog!
«Natürlich steht es Euch durchaus frei, andere Liebhaber zu nehmen», sagte der General, drehte ihr den Rücken zu und sammelte kühl seine verstreuten Sachen zusammen. «Wirklich seltsam, wie man immer glaubt, man habe ein Recht darauf, es zu wissen.»
«Geht nicht, ich flehe Euch an», rief Onogoro ganz außer sich. «Ich schwöre, es gibt keinen anderen.» Aber je verletzter der General war, desto stählerner wurde er, und alle Bitten Onogoros stießen auf taube Ohren, bis sie schließlich verzweifelt den Kopf sinken ließ. «Bitte lest mir vor, was dort steht», bettelte sie mit dem tauben Herzen eines Verurteilten, der zu seiner Hinrichtung geht.
Der General starrte sie erbittert an, denn obwohl er sehr versucht war, an ihre Unschuld zu glauben, war er im Grunde ein schlichtes Gemüt. Es sollte keinesfalls so aussehen, daß man ihn an der Nase herumführen konnte, und nichts garantierte ihm, daß diese letzte Bitte kein erneutes Täuschungsmanöver war. Aber schließlich gewann eifersüchtige Neugier die Oberhand über seine Skrupel, und er drehte Onogoro schnell um und untersuchte die Worte in ihrer Kniekehle.

Bescheiden wie die Nachtkerze
Leb ich des Tags im Verborgenen.
Nicht bei Sonnenlicht,
Sondern im Dunklen
Erkenne ich mich.

«Was für ein Rätsel ist dies?» wunderte er sich, und sein Mißtrauen flammte erneut auf. Wer wenn nicht ein geheimer Verehrer würde sich bis zum Sonnenuntergang verstecken und von Bescheidenheit plappern? Mit einem ungläubigen Schnauben band der General die Schärpe seines Hosenrocks fest, warf seinen Umhang über und stürmte in höchster Empörung hinaus. Während seine Kutsche ihn zu einem Haus zurücktrug, in dem keine Ehefrau auf ihn wartete, rang Stolz mit Wut, und da er dies alles in höchstem Maße kindisch und erniedrigend fand, erklärte er es für unzumutbar und lenkte seine Gedanken auf die kältere Raserei der Strategie. Wenn die Dame Onogoro unaufrichtig war, dann würde er es auch sein. Nichts war einfacher, als einen der Leibwächter abzustellen, der das Kommen und Gehen der Dame beobachtete und ihm täglich Nachricht über ihre Besucher brachte. Mit oder ohne Hilfe Onogoros – er würde der Sache auf jeden Fall auf den Grund kommen!

Wieder allein, lag Onogoro verstört auf ihrer Schlafmatte. Einen quälenden Moment lang dachte sie, daß der Jüngling, der die Nacht versteckt im Zimmer verbracht hatte, ganz offensichtlich der Schuldige sei, aber der gesunde Menschenverstand fegte diese Verdächtigung so schnell beiseite, wie Sommersonne die Morgennebel wegbrennt. Da Oyu weder sehen noch schreiben konnte, konnte er es unmöglich gewesen sein. Sie dachte an das fruchtlose Schrubben und Bleichen; sie dachte an den anonymen Dichter, der seine Worte heimlich auf ihrer Haut hinterlassen hatte, und Wut wallte in ihr auf. Welche Ungerechtigkeit! Gerade jetzt, da ihre Füße willig auf dem Weg zum Glück voranflogen, hängte sich das Unglück an ihren Rockzipfel wie ein quengelndes Waisenkind und zog sie zurück in den Sumpf! Sie versetzte dem unschuldigen Knie einen rachsüchtigen Schlag. Was mußte sie tun, um es loszuwerden? Mußte sie die Stelle vollständig herausschneiden, wie das wespenzerfressene Herz einer Birne?

DER ZÄHE BURSCHE

Onogoro drückte sich die Palastflure entlang wie ein geschlagener Hund, das quälende Brandmal des Gedichts in der Kniekehle und den quälenden Stich der Zurückweisung durch den General im Herzen. Sie war vom Schicksal verfolgt, dachte sie, und ihr Schicksal war mehr als traurig. Mißmutig und niedergeschlagen war folglich ihre Miene, als sie Shikibu grüßte, während diese die Schiebetür öffnete, um ihre Freundin einzulassen.

Kaum hatten die beiden Frauen sich umarmt, da lüftete Onogoro schon ihr Gewand, und nachdem sie vorwurfsvoll mit dem Finger auf das Gedicht gepocht hatte, machte sie ihrem Herzen Luft und erzählte die ganze unglückliche Geschichte. «Dein Verehrer hat jedenfalls eine merkwürdige Art, auf sich aufmerksam zu machen», sagte Shikibu, dem Schurken grollend, der ihrer Freundin solchen Kummer bereitete. «Er muß schüchtern wie eine Maus sein!»

«Schüchtern?» rief Onogoro. «Er ist ein Peiniger!»

«Tiger oder Maus, wir werden ihm schon noch auf den Schwanz treten. Und bis dahin wird es dem General nicht schaden, ein bißchen eifersüchtig zu sein. Er wird schon wieder angerannt kommen, du wirst sehen.» Shikibu jagte die Katze hinaus auf den Flur – denn ihre Hauseidechse Boku war soeben aus dem Winterschlaf erwacht und hatte Quartier auf dem Stützpfeiler bezogen, nicht ganz außer Reichweite der betagten, aber pfiffigen Omoto – und bat Ben, Lindenblütentee zu bringen. Als die beiden Frauen in wohltuender Vertraulichkeit zusammensaßen, sagte sie sanft: «Nun komm schon, beruhige dich und erzähl mir von deiner Arbeit.»

Onogoros Gesicht verzog sich wie eine Papierlaterne bei einem herbstlichen Wolkenbruch. «Nicht gut genug!» rief sie. «Ist das nicht der ewige Refrain der Dichter? Sind wir nicht wie Kinder, dazu verdammt, unablässig zu versuchen, lieblosen Eltern unseren Wert zu beweisen? Und mit diesen Versuchen zu scheitern, selbst wenn es uns gelingt, die ganze Welt mit unserem Werk zu bezaubern?»

Auf dem Pfeiler drehte Boku, der zähe Bursche, sein linkes Auge um 180 Grad und sah einen konvexen Raum und zwei gewölbte Damen auf dem Rand ihrer Lagerstatt: die, die ihm zu essen und einen Namen gegeben hatte, und eine andere, eine seltsam rot gekleidete. Ein Wasserfall flutete am Gesicht der roten Dame hinunter, und das versetzte Bokus Schwanz in ängstliche Zuckungen, denn Trockenheit war sein Element. «Nicht gut genug.» Das waren Worte, die über seinen Horizont hinausgingen, der eher Wendungen wie Gut-zum-Essen, Jetzt-schlafen oder Warme-Sonne-kommt umschloß. Er fragte sich, ob die Dame etwas Falsches gegessen hatte, etwas, das sie nicht vertrug. Sein Bauch krampfte sich in schmerzhafter Erinnerung zusammen, und seine Farbe wechselte von neutralem Bambusbeige zu einem besorgten Tiefbraun. Er wechselte die Stellung, so daß sein Kopf zur Decke zeigte, zog

sich hinter seine Augenlider zurück und versuchte, seinen Gleichmut wiederzufinden.
Shikibu konnte sich Onogoros Ausbruch nicht erklären. «Wie abwegig der Beweggrund auch sein mag», wagte sie sich vor, «kann er uns nicht dennoch anspornen, große Leistungen zu vollbringen?»
Onogoro beachtete sie nicht, riß die Arme hoch und schüttelte ihre Fäuste gen Himmel. «Ihr Mütter, wo seid ihr? Und wo sind die Mütter der Götter? Alle Frauen sind Waisen!» rief sie. «Alle Frauen werden verleugnet!»
Shikibu sah ihre zügellose Freundin an. «Aber hast du nicht selbst deine Mutter verleugnet, indem du dich zur selbstgerinnenden Dame stilisiert hast?»
«Meine Mutter hat mich gehaßt», erklärte Onogoro mit einem bitteren Zucken um den Mund. «Manchmal denke ich, daß sie den chinesischen Sitten gefolgt wäre, wenn das Gesetz es erlaubt hätte.»
«Aber Liebling», sagte Shikibu sehr verstört, «wie könnte sie ihr eigenes kleines Mädchen gehaßt haben?»
Onogoro begann noch herzzerreißender zu schluchzen. «Weil das Mädchen nicht gut genug war! Weil das Mädchen schlecht war!»
Auf dem Pfeiler wollte Boku den schlechten Wurm ausspeien, den die Dame geschluckt hatte, und seine Zunge wand sich in Krämpfen. Da die Gewänder der Dame rot und purpurn gefärbt waren, was entweder auf Wut oder Brunst hindeutete, kroch er ein Stück den Pfeiler hinauf, um einen sicheren Abstand zu wahren.
Shikibu nahm ein Tüchlein und versuchte, die Tränen aus dem verweinten Gesicht ihrer Freundin zu wischen. War Onogoros Mutter ein solches Ungeheuer, daß sie ihre eigene Tochter hungern ließ oder sie schlug, um sie fügsam zu machen? Natürlich hatte sie schon von solcher

Grausamkeit gehört. Zu oft hatte sie die Verlorenen und Verrückten auf dem Marktplatz umherwandern sehen, und wenn sie ihr endlos um sich selbst kreisendes Gestammel hörte, in dem auf Klagen die Selbstvorwürfe folgten, wie ein Hund, der seinen eigenen Schwanz jagt, hatte sie sich gefragt, ob sie wirklich von bösen Geistern besessen waren oder ob sie nicht vielmehr an der Erinnerung einer bösen Tat von der Hand derer litten, die uns nur Liebe und Vertrauen hätten einflößen sollen. Aber Onogoros Mutter? Nein, das konnte sie nicht glauben. «Das Mädchen ist doch aber gut genug, meine Liebe», sagte sie mit Nachdruck. «Und wenn du das nicht glauben kannst, wirst du immer uneins mit dir sein.»

«Gut-zu-essen?» dachte Boku, der zähe Bursche: «Die rote Dame will sie also essen?» Kampflustig blies er seine Backen auf und wurde vor dem matten Pfosten leuchtend orange, damit Shikibu seine Warnung beachtete.

«Ich wünschte, ich wäre als Mann geboren», schmollte Onogoro und zupfte an den langen Fransen ihres *obi*.

«Aber das bist du nun einmal nicht», hielt ihr Shikibu aufgebracht entgegen, «und ich bin es auch nicht, und wenn nicht ein Wunder geschieht, werden wir bleiben, was wir sind.» Menschen, dachte sie, hegten so viele unerfüllte Sehnsüchte, und Dichter bestanden mehr als die meisten von ihnen darauf, sich selbst zu quälen. Aber seine Gefühle derart zu verbannen war wirklich schmerzhaft. Da konnte man genausogut wünschen, aus der menschlichen Haut zu schlüpfen und flink und trocken und kaltblütig wie eine Eidechse zu werden!

DIE NACHT DES AFFEN

Alle sechzig Tage, wenn das obere Zeichen des Metalls mit dem des Affen zusammentrifft, rät das Amt für Divination unseren Bürgern dringend, die ganze Nacht wach zu bleiben, um sich vor den vielen Leichenwürmern zu schützen, die andernfalls in die Öffnungen ihrer schlafenden Körper eindringen und großen Schaden anrichten würden.

So geschah es, als die nächste *Kōshin*-Nacht kam, daß Shikibu, Onogoro und die anderen Damen sich versammelten, um sich die schlaflosen Stunden mit Buchstabenspielen und Geschichtenerzählen zu vertreiben. Die erste, die ein Spiel vorschlug, war die Gastgeberin selbst, die lässig in ein weites weißes Gewand mit kirschfarbener Seidenborte gekleidet war und dazu passende Satinpantoffeln trug. Shikibu hatte in ihren Gemächern rote und goldene Laternen aufgehängt, und jetzt holte sie eine bunte Affenmaske aus gewebten Palmwedeln hervor und regte an, daß diejenige, die eine Geschichte erzähle, erst die Maske der Narretei und der Weisheit aufsetzen solle.

«Oh, laßt uns bitte das Spiel der fünf Hiebe spielen», rief Umo, eine ziemlich exzentrische Dame, die sich ungeachtet der Jahreszeit stets in Grün kleidete.

«Später, Umo», erwiderte Shōnagons Cousine, die den Spitznamen Hime, die Prinzessin, trug. «Zuerst sollten wir einen Wettbewerb veranstalten, und die Gewinnerin soll die sein, die sich den passendsten Tod für einen treulosen Liebhaber ausdenkt.» Ohne viel Aufhebens ergriff Hime die Maske, schnürte die Bänder hinter ihrem Kopf zusammen und begann ihre Geschichte.

TOD DURCH PARFÜM

«ES WAR einmal ein treuloser Höfling, der seine Geliebte in einer Nacht mit drei verschiedenen Frauen betrog. Eine der Frauen, die Zofe der Dame, beichtete dieser tränenreich, und die Dame, die genug von den Frechheiten ihres Liebhabers hatte, schmiedete einen Plan, um sich seiner zu entledigen.

Als der Höfling sie das nächste Mal besuchte, becircte sie ihn mit gespielter Zärtlichkeit, doch mit in die Parfümmischkammer zu kommen, wo sie einen neuen Duft kreieren wolle, der nur ihnen allein gehören würde. Der Höfling, der sich schmeichelte, ein Kenner der Parfümeurskunst zu sein, folgte seiner Geliebten erwartungsvoll in die Marmorkammer, wo Mischbottiche dampften, Angelikablätter in langen Reihen zum Trocknen hingen und die Blüten von Schlüsselblumen unter dem Druck der großen Eisenpressen ihre Öle freigaben.

Nie zuvor hatte der Höfling eine solche Kombination von Düften gerochen, und die Harmonie von Erbsenblüte und Veilchen, von Geißblatt und Zitronenmelisse und wilder Hyazinthe ließ seine Nasenlöcher freudig erzittern. Als er am Mühlstein vorbeiging, drückte er Pulver von Muskatnuß und Gewürznelken zwischen Zeigefinger und Daumen zusammen und zerquetschte die weißen Kristalle, die aus der Rinde des Kampferbaumes stammten, wobei er Fetzen von Gedichten zitierte, die ihm dazu einfielen, denn mehr als an Fetzen konnte er sich nun einmal nicht erinnern.

Die Dame verbarg ihre Verachtung solcher Selbstgefälligkeit, umarmte ihren Liebhaber leidenschaftlich und versprach ihm einen völlig neuen Sinneseindruck. Der Höfling war so fasziniert, daß er sich ohne weiteres dazu überreden ließ, seine Gewänder abzulegen und sich auf der Robe niederzulegen, die seine Geliebte auf dem Boden ausgebreitet hatte.

Die Dame begann bei den Schläfen ihres Liebhabers mit Tropfen von Iris und Gewürznelken und bewegte sich weiter zu der weichen Vertiefung unten am Hals, welche die starke Tagetesessenz empfing. In die Achselhöhlen tupfte sie Schafgarbe und Enzian und fuhr mit ihrer zärtlichen Fürsorge fort, bis sie die Düfte über den ganzen entzückten Körper ihres Liebhabers verteilt hatte.

Allerdings, so wußte die Dame, genau wie ein Übermaß von Yin sich ins entgegengesetzte Yang verwandeln kann, so geschieht es auch, daß die sonst heilenden und stimulierenden Blumenessenzen in bestimmten Dosierungen plötzlich schädliche Auswirkungen haben.

Erneut hantierte sie über dem Körper des Höflings mit ihren Fläschchen, und der Senf stürzte ihren Geliebten in jene düstere Stimmung, die keinen Ursprung hat, die Gauklerblume erfüllte ihn mit Furcht vor Krankheit und ihren Folgen, die Lärche überzeugte ihn von seinem Versagen, die Stechpalme durchstach sein Herz mit qualvollem Neid, und das Geißblatt trieb ihm Tränen des Heimwehs in die Augen.

Heidekraut, in einem bestimmten geheimen Verhältnis hinzugefügt, machte aus Mücken Elefanten, der Stechginster entmutigte ihn, die Klematis verwirrte ihn, die Ulme überschüttete ihn mit Unzulänglichkeiten, und der Holzapfelbaum überzeugte ihn davon, daß er unrein sei. Die Kastanienknospe trieb ihn dazu, die Erinnerung an seine zahlreichen Fehler zwanghaft zu wiederholen, die Weide bewirkte, daß er seinen Mitmenschen ihr Glück mißgönnte, die Espe ließ ihn schwitzen und vor vagen Befürchtungen zittern, die Kirschpflaume überzeugte ihn, daß er

den Verstand verlieren werde, und die Wildrose überließ ihn der Apathie, so daß es ihn nicht mehr kümmerte, ob er lebte oder starb, nach Abwägung der Dinge aber eher letzteres vorgezogen hätte.
Befriedigt, weil sie ihn nun ausreichend vorbereitet hatte, gab die Dame noch zwei Tupfen Holzapfelessenz auf seine Schläfen, um seinen Selbsthaß zu vergrößern. Vor Selbstekel fast ohnmächtig, flehte ihr Liebhaber sie an, ihm eine tödliche Dosis zu geben, damit er den Preis für all seine Vergehen gegen sie bezahle. Als die Dame den Höfling machtlos in ihren Armen sah, erbarmte sie sich angesichts seiner Qualen und gab einen Tropfen Eisenhut auf seine wartende Zunge. Und so starb der treulose Liebhaber, vollkommen nackt und erlöst, und seit dem Tod des Glänzenden Prinzen hatte es keinen Leichnam gegeben, der bei seiner Beisetzung so geduftet hätte.»

DAS DRACHENBAD

Die Anspielung auf Prinz Genji aus Murasakis Erzählung hielten alle für höchst geistreich und weltgewandt, und das stilvolle Ableben des Höflings dem Ausmaß seines Betrugs völlig angemessen. Yomiko bat nun inständig darum, die Affenmaske in Besitz nehmen zu dürfen, und erzählte die Geschichte eines Arztes, der durch die Blumengelder, die er bei seinen Besuchen des Vergnügungsviertels in der Stadt ausgab, seine Familie an den Rand des Ruins brachte und entsprechende Vorhaltungen seiner Frau damit quittierte, sie wegen der Häufigkeit ihres Monatshemmnisses zu beschimpfen.

«IN WIRKLICHKEIT trat das *tsuki no sawari* bei der Dame nicht häufiger auf als bei gesunden Frauen üblich, aber es floß heftiger. Als Arzt hätte ihr Mann Mitgefühl für diese Beschwerden haben sollen, doch statt dessen weigerte er sich unerbittlich, sie zu behandeln, indem er sich auf das Shinto-Tabu der Unreinheit berief, weswegen er nichts mit der Sache zu tun haben wolle.

Der Arzt indessen war aufgrund seiner Besuche in den Freudenhäusern der Stadt jener besonderen Form der Ansteckung nicht entgangen, die wir *karyūbyō* nennen, die Blumen- und Weidenkrankheit, und als offenbar wurde, daß diese Krankheit von seinem zügellosen Körper auf ihren eigenen übergegriffen hatte, stieg gallenbitterer Zorn in seiner Frau hoch, und sie heckte einen Plan aus, um ihren Gatten loszuwerden.

Um diesen Plan auszuführen, besuchte die Dame ihre zahlreichen Schwestern, Cousinen und Tanten und bat sie, das Produkt ihres Monatshemmnisses für sie aufzubewahren, wobei sie einigen erklärte, die Flüssigkeit sei das beste Fixiermittel zum Färben, und anderen anvertraute, dies sei die geheime Zutat, die die wundersamen Chrysanthemen in ihrem Garten dünge.

Die Damen waren zunächst ein wenig schockiert, aber da die Frau des Arztes eine gute Seele hatte und anderen oft gefällig war, selbst jedoch selten um Hilfe bat, willigten sie schließlich ein.

Ein Jahr lang sprach die Dame jeden Monat bei ihren weiblichen Verwandten vor und trug die Flüssigkeiten in einer mit einem Seidentuch bedeckten Holzschüssel fort. Jeden Monat fügte sie ihren eigenen heftigen Schwall hinzu und bewahrte den kostbaren Schatz in einem Eichenfaß auf, das in besseren Zeiten Sake enthalten hatte. Als Verdünnungsmittel gab sie ein paar Tropfen Anistinktur hinzu, die sie aus der Apotheke ihres Mannes entwendet hatte.

Zum Jahresende war es der guten Frau gelungen, das große Faß bis an den Rand zu füllen, und am Vorabend des neuen Jahres aß sie einsam, aber zufrieden zu Abend, während ihr Mann es wie üblich vorgezogen hatte, das Fest in seinem Lieblingsblumenhaus zu feiern.

Als der Arzt von seinen trunkenen Ausschweifungen zurückgestolpert kam, brüllte er noch halb in der Tür stehend sein übliches Essen! Bad! Bett! Ohne ein Wort der Klage trug seine Frau ihm ein Abendmahl aus geröstetem Schweinefleisch und würzigen Klößen auf. Der Arzt spülte das schwere Essen mit Reiswein hinunter und fiel schließlich träge mit dem Kopf vornüber auf den Tisch.

In der Zwischenzeit wurde im Baderaum das Wasser heiß. ‹Laßt mich Euch ins Bad führen, mein guter Herr›, bat ihn die Dame.

Draußen war der Himmel von Feuerwerkskörpern rot erleuchtet, als die Dame ihren schwankenden Gemahl in den Baderaum geleitete und ihn pflichtschuldigst entkleidete. Als der berauschte Arzt das rostfarbene Wasser sah, dachte er einen Augenblick lang, daß das rötliche Licht ihm seine purpurne Schattierung gegeben hätte. Aber als er sich in die dampfende Flüssigkeit sinken ließ, schrie er entsetzt: ‹Was für ein Streich ist dies?›

‹Beruhigt Euch, mein Herr›, sagte seine Gattin und nahm den Schwamm, als wolle sie beginnen, ihn zu waschen. ‹Ich habe nur ein paar Tropfen Koschenille hinzugefügt, um Unglück abzuwenden. In meiner Heimatprovinz Higo müssen Männer, die kurz vor ihrem unheilvollen zweiundvierzigsten Lebensjahr stehen, als Vorsichtsmaßnahme immer in purpurrotem Wasser baden. Man nennt es das Drachenbad.›

In den dunklen Tiefen seines Bewußtseins erinnerte der Arzt sich daran, daß er tatsächlich an der Schwelle jenes unheilträchtigen Alters stand, und während er in ein düsteres Träumen über das Verrinnen der Zeit und das Nachlassen der Manneskraft geriet, versank er immer tiefer in der entkräftenden Hitze des Wassers. Und dennoch brachte die Farbe des Glücksbades in seinem angesäuselten Gehirn eine besänftigende Saite zum Klingen, denn die erste Farbe seiner Kindheitserinnerung war das Purpurrot der Unterwäsche seiner Mutter. Tränen stiegen ihm in die Augen, als er sich an die vollkommene Güte dieser schon lange verlorenen Dame erinnerte, und einen Augenblick lang bildete er sich ein, daß es ihre schlanken Finger waren, die Seifenschaum in sein Haar massierten, und nicht die ungeschickten breiten Hände seiner Frau. ‹Sachte, Weib›, flehte er in seiner selbstmitleidigen Stimmung, aber die Hände kneteten und knufften nur um so entschiedener, bis das Kinn des Arztes unter Wasser getaucht war.
Der Mann war von der Hitze und dem Dampf ganz benommen und konnte nur schwach gegen die rauhe Behandlung protestieren, die ihm zuteil wurde. ‹Habe ich dies verdient?› prustete er, als das rote Wasser salzig seine Lippen leckte.
Der darauffolgende Augenblick der Erkenntnis war furchtbar, aber dafür wenigstens kurz. Wie Izanagi, der, als er bei seiner Frau Izanami im Totenreich liegen wollte, schreiend vor dem Strom von Maden davonlief, der aus ihrem Körper floß, so schreckte jetzt der Arzt entsetzt vor den ekelhaften Ausflüssen seiner eigenen Frau zurück. Anders als der Gott jedoch war er von dem Wein in seinen Adern und den einschläfernden Dünsten des Bades wie gelähmt und konnte seine Glieder nicht zur Flucht rühren.
Mit einem Schrei, der dem jahrelang aufgestauten Zorn

Luft machte, stieß die Dame den Kopf des Arztes unter die rötliche Wasseroberfläche und hielt ihn dort, bis sie sicher war, daß sein wertloses Leben völlig ausgelöscht war.
Und so trat der glücklose Doktor seine Reise an die Ufer des Jōdō auf einem Fluß von Frauenblut an, und wenn es auch unwahrscheinlich war, daß er, auf diese Weise verunreinigt, jemals das Westliche Paradies erreichen würde, so können wir vollkommen sicher sein, daß es seine Gemahlin keinen Deut kümmerte.»

BLINDSCHLEICHEN

Yomiko beendete ihre Geschichte mit einem heiteren Grinsen, und die versammelten Damen, die in verblüfftem Schweigen zugehört hatten, fingen nach und nach an zu applaudieren. Aber dann begann Shikibu mit einem vergnügten Blick auf Onogoro, eine komische Geschichte zu erzählen, in der eine Dame eine Meute von Gassenjungen anheuerte, die ihrem aufgeblasenen Geliebten aus dem Militär nachlaufen sollten. Sie wies sie an, immer dann lauthals zu lachen, wenn er sich am würdevollsten gab, und so beschämten sie den armen Mann zu Tode. Dennoch waren sich alle einig, daß man sich keinen schrecklicheren oder raffinierteren Tod vorstellen könne als den, der dem Arzt zuteil geworden war, und so wurde Yomiko einstimmig zur Siegerin gewählt, und die Gesellschaft wandte sich anderen Belustigungen zu.
An ihren Schmerz erinnert, verlor Onogoro jegliche Lust zum Spielen und zog sich hinter ihren Fächer zurück. Seit ihrem Streit hatte sie kein Wort vom General gehört und fand es grausam von Shikibu, daß sie sich über ihn lustig

machte. Vielleicht hatte ihre Freundin bezwecken wollen, die Liebe auszutreiben und sie durch Zorn zu ersetzen, aber die Geschichte hatte genau die entgegengesetzte Wirkung erzielt, und weit entfernt davon, Onogoros Liebeskummer zu heilen, hatte sie ihre hoffnungslose Sehnsucht nur noch verstärkt.

«Hab dich nicht so, Onogoro», murmelte Shikibu, als sie sie von der Gesellschaft weg auf die Veranda führte. «Er kommt zurück, verlaß dich drauf.»

Die roten und goldenen Laternen schaukelten in der äquinoktialen Brise, während drinnen die Damen mit lautstarker Begeisterung das Spiel der fünf Hiebe begannen. Onogoro blickte unglücklich über den Garten hinweg zu den Ställen, wo kein Licht brannte, denn Oyu war ein einfacher Mann, und kein Leichenwurm der Erde hätte ihn um seinen Schlaf gebracht. «Manchmal glaube ich, du verstehst nicht, wie sehr ich den General liebe!» erwiderte sie scharf, ohne zu ahnen, daß der Adjutant des Generals in seinem Versteck in den Ästen des Glyzinienbusches unter der Veranda jedes Wort mithörte.

Der Adjutant, ein speziell zur Beschattung ausgebildeter Unteroffizier der Leibgarde des Kaisers, war schon seit Einbruch der Nacht dort, und das Entsetzen, aus dem Munde wohlerzogener Damen solch blutrünstige Geschichten zu hören, hatte ihm die Nackenhaare zu Berge stehen lassen. Jetzt, da er in den feuchten Zweigen kauerte, durchgefroren vom eisigen Wind und aufgeschreckt vom Rascheln leerer Saathülsen, wünschte er, er hätte kein Wort von alledem gehört. Die Geschichten waren nachgerade wie Leichenwürmer in sein Hirn gedrungen, und er konnte es sich nicht erlauben, bei solchen Kreaturen zu verweilen, so ungeschützt zwischen den sich schlängelnden dunklen Zweigen. Genaugenommen konnte er sich nicht erlauben, überhaupt an irgendwelche seiner Körperöffnungen zu denken, weder an seinen Mund, der zu einer feinen Naht geschlossen war, noch an seine Ohren, die er mit Tüchern verstopft hätte, wären sie nicht die Organe seines Berufes gewesen, noch an seine Nasenlöcher, die er brauchte, um zu atmen, noch an seinen juckenden Anus, denn das viele Herumsitzen im Feuchten und Kalten machte Hämorrhoiden zu seiner Berufskrankheit.

Doch je stärker er die unwillkommenen Gedanken unterdrückte, um so sicherer rückten die Armeen der Insekten und Kriechtiere in unsichtbaren Zügen durch die Gärten seiner Einbildung vor – zuerst die einfachen Regenwürmer, die die Infanterie bildeten, dann die kriechenden, gepanzerten Tausendfüßler, flankiert von den Glühwürmchen mit ihren grünen, verstohlen gedämpften Laternen. Auf der linken Flanke wogte eine Flut von weißen Maden, frisch aus dem Aas eines Kormorans, und hinter ihnen her glitten die verschlagenen Blindschleichen, während ganz zuletzt die Vipern kamen, die Köpfe erhoben wie Paradepferde und die Giftzähne zum Angriff bereit.

Aus dem Inneren der Mandelblütengemächer schlichen sich die Stimmen der Damen in die widerstrebenden Ohren des Adjutanten. «Der erste Hieb», rief eine, «geht auf die Armbeuge. Der zweite – auf die Fußsohle. Der dritte – auf die Augenlider. Der vierte – auf den Nasenrücken. Und der fünfte – die ganze Wirbelsäule hinunter.» Eine andere Stimme unterbrach keck: «Ich hätte natürlich gern alle fünf auf meiner *shiofuki*! Meiner gischtsprühenden Venusmuschel! Und dann würde ich dafür sorgen, daß ich noch fünfzig mehr bekäme!»

Ausgerechnet an dieser Stelle ließ sich eine Spinne von einem Zweig über dem Adjutanten herab und krabbelte über seine Hand, aber glücklicherweise wurde sein erstick-

ter Schrei vom vulgären Gelächter aus dem Inneren geradezu ertränkt. Trotz seiner Erregung bemerkte er – denn er war ein Experte auf seinem Gebiet –, daß sich die beiden Damen der dämonischen Heiterkeit nicht anschlossen, sondern sich in trüben Tönen unterhielten, bis die Dame, die zu beobachten ihm aufgetragen war, ihr Gesicht in den Händen verbarg und schwor, sie würde sich freiwillig auf jede erdenkliche Weise erniedrigen, wenn nur der General zu ihr zurückkäme. Der Adjutant schreckte vor einem Tropfenschauer zurück, der kalt und wurmgleich auf seine Stirn niederging. Aber dann verwandelte sich sein Schrekken in Mitleid, denn er merkte, daß die Tropfen, die ihn durchnäßten, nichts anderes waren als die aufrichtigen und salzigen Tränen der Dame.
Inzwischen war der Spion des Regenten, der eine ebenso unbequeme Nacht unter der Veranda des Generals verbracht hatte, nach Hause geeilt, um seinen Bericht für Atsumichi abzufassen. «Der General schien beunruhigt», schrieb er, mit vielen Schnörkeln und Verzierungen, von denen er glaubte, daß sie eine gute Erziehung bewiesen. «Sprach kaum mit seiner Frau nach ihrer Rückkehr von der Pilgerfahrt. Ging oft zum Fenster, als ob er auf jemanden wartete.» – «Empfing bei Sonnenaufgang Person, die ihm eine schriftliche Botschaft übergab. Schien danach sogar noch beunruhigter.» – «Dienstboten außerstande, mich über Identität besagter Person zu informieren. Schlage weitere Überwachung wg. möglicher Verschwörung vor.»

MATSUTAKE-PILZE

Als der General den Bericht des jungen Unteroffiziers erhielt, ging er zum Fenster und sah hinaus in das glänzende Licht der Morgensonne auf dem fernen Wasser des Biwasees. Er war in so tiefes Nachdenken über Onogoro versunken, daß er jegliches Zeitgefühl verlor und bei dem Gongschlag, der die Wache der Schlange ankündigte, hochschreckte. Genau im selben Moment kam Onogoros Zofe herein, die einen Brief von ihrer Herrin überbrachte, in dem diese ihn inständig bat, sie zu besuchen, und dem auch ein Gedicht beigegeben war:

Auf der gläsernen Schneebrücke,
Die die höchsten Zweige
Unserer Liebe vereint,
Muß der bescheidene Pilger
Leichten Schrittes gehen.

Nachdem er Tokiden gebeten hatte, im Vorzimmer zu warten, setzte sich der General hin und versuchte, ein Antwortgedicht zu verfassen. Sein Adjutant hatte ihm Onogoros von Herzen kommende Worte übermittelt, und er war in der Stimmung, sich von ihrer Unschuld überzeugen zu lassen. Aber immer wenn sein Pinsel das Blatt berührte, stieg ein seltsames Bild vor ihm auf, das ihn mitten im Strich zittern ließ und die Schriftzeichen elendig verpfuschte.
Letzten Herbst, erinnerte er sich, war er auf einer Besichtigungsfahrt zu den Ahornbäumen am Berg Ogura an einem reisenden Händler vorbeigekommen, der einen wertvollen Vorrat an *matsutake*-Pilzen mitführte, die auf einen Halm *susuki*-Gras gereiht waren. Da seine Leidenschaft für Onogoro gerade erst erblüht war, hatte er meh-

rere dieser Köstlichkeiten gekauft und sie ihr, in einen feinen Gazeschal gewickelt, geschickt. Aber jetzt, in seiner seltsamen Vision, verfolgte ihn genau dieser Pilzhalm, und die Pilze an ihm waren faltig und verschrumpelt wie alte Köpfe, und die Dame Onogoro selbst schwang den *susuki*-Halm so schwungvoll von ihrem Handgelenk.
Da der General die Geduld mit seinem totgeborenen Gedicht verlor, ließ er die Etikette außer acht und schrieb Onogoro kurz, daß er ihr am folgenden Nachmittag einen Besuch abstatten werde. Wovon er die Dame jedoch nicht befreien würde, bevor er nicht einen sicheren Beweis ihrer Unbescholtenheit erhalten hätte, war die Überwachung, die er unlängst befohlen hatte. In dieser Hinsicht unterschied sich der General in nichts von seinen Vorfahren, denn wie wir wissen, liegt den Taira das Mißtrauen im Blut: War es in der alten Erzählung schließlich nicht der noble Taira no Koramachi, der, als er sich einer verführerischen Schönheit gegenübersah, sie als bösartigen Dämon entlarvte und entschlossen überwältigte?

HONIGSORGEN

In der Zwischenzeit hatte der Adjutant des Generals aufgewühlten Herzens seine Pflichten wahrgenommen. Er fand es erniedrigend, Onogoro zu überwachen – ein Auftrag, der seiner Meinung nach so geschmacklos war wie der des Honigspions, der eifersüchtigen Frauen von den Besuchen ihrer Männer im Blumendistrikt Bericht erstattete –, und seit die Tränen der Dame auf seine Stirn niedergeregnet waren, hatte ihn auch die unbehagliche Überzeugung beschlichen, daß sie unschuldig war. Wie

auch immer, er hatte die Befehle seines Vorgesetzten zu befolgen, und so kehrte er auf seinen Posten im Mandelblütengarten zurück.
Kurz bevor der General zu seinem Rendezvous kommen sollte, schreckte der Adjutant hoch, da plötzlich Onogoro auf der Veranda erschien. Er sah mit Beklemmung, daß sie die Stufen hinuntergestiegen war und durch den Garten auf ihn zueilte. So gut er konnte, versteckte er sich hinter einem Bienenstock und griff nach der einzigen Verkleidung, die zur Hand war – dem breitkrempigen Imkerhut mit seinem verhüllenden Gazeschleier. Die Dame eilte mit einem flüchtigen Gruß vorbei und verschwand hinter dem Bogentor, das zu den Ställen führte, um kurz darauf mit einem jungen Stallburschen zurückzukommen, mit dem sie vertraulich flüsterte. Dem sich nähernden Paar den Rücken zudrehend, besah der junge Unteroffizier den Bienenstock, aus dem die lebhafte Musik der arbeitenden Bewohnerinnen tönte, und klopfte dagegen.
Was die Natur dieser Arbeiten angeht, so wollen wir einige Zeit dabei verweilen, ihr Wesen und ihre Aufteilung zu erklären, denn es gibt viele Menschen, die in trauriger Unkenntnis über die jahrhundertealte Kunst der Imkerei und die Lebensprozesse bleiben, die sie so gewinnbringend zu nutzen versteht. Dank einer für die Jahreszeit ungewöhnlichen Schönwetterperiode im dritten Monat waren die emsigen Arbeiterinnen schon ausgeschwärmt, um die verschiedenen Zutaten zu sammeln, die zum Honigmachen benötigt werden: den süßen Nektar der ersten Blüten, Honigtau, den sie aus pflanzenfressenden Insekten saugen, den Blütenstaub der ersten Frühlingsblumen und die harzige Propolis, die von den Knospen des Kastanienbaumes abgesondert wird. Mit dieser reichhaltigen Mixtur wurden die Eier genährt, welche die Königin in die sechsseitigen

Waben gelegt hatte, die von ihren Arbeiterinnen aus winzigen an der Bauchunterseite ausgeschiedenen Flocken von Bienenwachs gebaut worden waren. Da reichlicher Honigvorrat die Entwicklung der Eier beschleunigt hatte, waren gerade in diesem Augenblick zwei neue jungfräuliche Königinnen dabei, aus ihrem Brutnest auszuschwärmen und den tödlichen Kampf um die Nachfolge aufzunehmen. (Nach dem Wettkampf startet die Siegerin zu ihrem Paarungsflug, auf dem sie das Sperma von sämtlichen Drohnen aufnimmt, denen sie begegnet, worauf diese sterbend zu Boden fallen, aber das ist eine andere Geschichte, die uns hier, so faszinierend sie auch sein mag, nicht beschäftigen soll.) In diesem Jahr allerdings waren alle Abläufe im Bienenstock durcheinandergeraten, denn eine neue jungfräuliche Königin kann nicht ausschwärmen, bevor die alte Königin abgedankt und den Schwarm auf die Suche nach einer neuen Heimat geführt hat.

Genau zu diesem kritischen Zeitpunkt schaffte es der junge Unteroffizier kraft seines unprofessionellen Eingriffs, nicht nur seine Finger in die süß triefenden Honigwaben zu stecken, sondern außerdem die träge Witwe herauszujagen, die, als sie merkte, daß sie ausgestoßen worden war, mit zehntausend Arbeiterinnen in ihrem königlichen Gefolge wütend aus dem Bienenstock ausschwärmte.

Obwohl es durchaus vorkommt, daß schlecht genährte Bienen Honig aus einem benachbarten Stock rauben, sollte man daraus nicht schließen, daß sie denen, die ihre eigene Speisekammer plündern, gleiche Rechte einräumen. Als die herausgejagten Insekten wie ein Geysir unter der Nase des Eindringlings aufstiegen und lärmend seinen Schleier füllten, übernahmen es einige tausend Soldatinnen, den gestohlenen Honig von seinen Fingern zurückzuholen. Der Adjutant konnte von Glück sagen, daß ihm durch die summenden Gäste die Sicht genommen wurde, so daß er die nahrungssuchenden Bienen nicht sehen konnte, die an seinen Fingern hingen und drängelnd und saugend den schrecklichen Eindruck erweckten, seine Hände seien in Handschuhe aus braunem, ruhelosem Samt eingeschlossen. Ein Glück auch – denn wir müssen in seinem Fall schon für Geringes dankbar sein –, daß eine wohlgenährte Biene im allgemeinen nicht zum Stechen neigt, sondern eher mit zielstrebiger Eilfertigkeit ihrem Geschäft nachgeht, es sei denn natürlich, ihr drohte Gefahr, wogegen sie sich zweifellos zur Wehr setzen würde. Und daher opferten sich, als der Adjutant sich den Imkerhut herunterriß und damit auf den Schwarm um seinen Kopf einschlug, nur wenige Bienen zum Stechen, denn selbst die auf seinen Händen zogen es vor, den Honig, den sie geborgen hatten, zum Vorratsraum ihres neuen Palastes zu tragen.

Obgleich der Adjutant bei dieser Episode, von ein paar Bienenstichen abgesehen, keine größeren Verletzungen davontrug, nahmen doch die Würde und der Seelenfrieden des Herrn einigen Schaden. Sein Wesen, das ohnehin schon überempfindlich gewesen war, wurde nun so ängstlich, daß ihm selbst beim Anblick der klebrigen Finger seiner winzigen Tochter der Schweiß aus den Poren brach und er das Kinderzimmer sofort verlassen mußte. Über die langfristigen Auswirkungen dieser Krankheit auf seine ehelichen Pflichten sind keine Einzelheiten bekannt, die über das hinausgehen, was die Einbildungskraft uns auszumalen vermag.

EIN TAUBES OHR

Im Schlafgemach der Dame Onogoro sandte ein kleines Räuchergefäß auf einem roten Lacktablett Spiralen wohlriechenden Rauches empor. Seine Geliebte hatte nie schöner ausgesehen, dachte der General, als in diesem mit blühenden Nelken gemusterten Untergewand und dem Kimono, der aufs großartigste mit schwimmenden Karpfen verziert war. Dennoch suchte er, als sie mit niedergeschlagenen Augen und noch frischen Tränen auf den Wangen vor ihm saß, ihr Gesicht so sorgfältig wie ein Straßenphysiognom nach Zeichen für Untreue ab. Die Dame hatte ihre Unschuld beteuert, sie hatte ihre Liebe geschworen, sie hatte seine Leidenschaft – zu der sich jetzt ein dunkler innerer Widerstreit gesellte – entfacht wie nie zuvor. Und doch erbebten die Sinne des Generals in ängstlicher Wachsamkeit, als er seine Überkleider ablegte und seine Geliebte eilig auf das Mattenpodest hob. Er warf einen nervösen Blick durch die Gitter, geplagt von dem widersinnigen Verdacht, daß ein fremdes Auge auf ihm ruhe, ein Auge, das ihn völlig entblößte, das seine Taten festhalten und ihn später zur Rechenschaft ziehen würde. Wie wir inzwischen wissen, hatte der General allerdings wie ein Tyrann, der das drängende Flehen der Massen überhört, inzwischen nur noch ein taubes Ohr für seine eigenen vielfältigen Wahrnehmungen. Dementsprechend hatte er sich, da sein Adjutant strenge Order hatte, seinen Posten erst zu verlassen, wenn sein Auftraggeber sich sicher im Mandelblütenpavillon niedergelassen hatte, gesagt, daß seine Privatsphäre nicht gefährdet und seine Bedenken ohne Grund oder Substanz seien.

Auf Onogoros Kimono, der nun von dem *tsuitate* herunterhing, fraßen indessen die Karpfen mit ihren schnurrbärtigen Mäulern gierig von den aufgestickten Algen, und ihre geschmeidigen Schwänze streiften den Kopf des versteckten Oyu, der Onogoros aufrichtigen und bescheidenen Protest gehört hatte.

Onogoro hatte ihre Arme hinter dem Kopf ausgestreckt, und ihre geöffneten Hände lagen hingebungsvoll da, und an der Unterkante des Schirms streifte ihr Finger gedankenlos seinen Mund, so daß seine Lippen hätten saugen oder küssen können, wenn nicht Liebe ihn eingeschüchtert und Zorn ihn gezügelt hätten. Denn der vor Eifersucht ganz fahrige General legte ein Gebaren an den Tag, dem Oyu mit Gleichmut, sogar Befriedigung begegnen konnte, aber daß Onogoro sich vor einem Mann niederwarf, der ihrer so offenkundig unwürdig war, war mehr, als seine Selbstdisziplin ertragen konnte!

Als sein Atem Onogoros Finger wärmte, stammelten seine sprechenden Lippen, und sein Herz klagte, daß sie sich selbst so wenig liebe. Wenn sie sich selbst doch nur halb soviel Aufmerksamkeit gönnte, wie sie an den General verschwendete, dachte er bedrückt, dann würden wir sehen, wie lange sie diesen üblen Burschen ertragen würde! Er wußte natürlich, daß bei all seinen Kundinnen die Lust am Schmerz so tief verwurzelt war wie der Durst einer Biene nach Nektar oder der Hunger eines Bullen auf süßes Heu. Ihr Drang nach Lust wurde bedauerlicherweise nur von dem Wunsch nach Bestrafung aufgewogen, den jene Damen ausdünsteten wie eine dichte Giftwolke und der so lange formlos blieb, bis Oyu – und das, dachte er jetzt bitter, war seine Bürde – ihn in Worte faßte.

Wenn Oyu sich allerdings in einer Hinsicht über sich selbst täuschte, so vielleicht darin, daß er glaubte, selbst nicht anfällig für genau die Empfindungen zu sein, die Onogoro versklavten. Und so können wir uns, wenn wir sehen, wie er seine Pferde in ihrer ganzen Stärke vorführte und die strahlende Kavallerie seiner Liebe hinter ihr in Stellung brachte, nur darüber wundern, wie gern er selbst in den Ketten unerwiderter Liebe schmachtete, und uns fragen, warum der, der anderen beim Werben half, selbst nie der Werbende war.

DER KALTE FISCH

«AM HOFE des letzten Kaisers lebte einmal ein ungleiches Liebespaar. In ihrer Kindheit war die Hofdame Hanako ein leichtsinniger Tollkopf gewesen, der gern auf Bäume kletterte, Bäche aufstaute und dergleichen mehr anstellte, und ihre Mutter, die an den zerrissenen Kleidern und dem zerzausten Haar des Kindes schier verzweifelte, tröstete sich mit der Hoffnung, daß zunehmende Reife es von seiner gedankenlosen Unordentlichkeit heilen werde.
Zur Frau herangewachsen, war die Dame Hanako jedoch keineswegs damenhafter. Wenn sie einen Brief an einen Liebhaber zu Papier brachte, konnte man sicher sein, daß ihr Überschwang ihre Kunst übertreffen, Tusche auf das Blatt klecksen oder unbemerkt auf ihr Kleid tropfen würde. Wenn sie am Seerosenteich weilte, um die Fische zu füttern, stand von vornherein fest, daß ihre Kleider im Schlamm schleifen und ihre langen abgestuften Ärmel von den Algen grüne Flecken davontragen würden.
Hanakos Liebhaber dagegen war ein Mann von präzisem Geist und ebensolchen Gewohnheiten – wie es sich für einen Inspekteur im Amt für zentrale Angelegenheiten mit besonderer Verantwortung für die kaiserliche Garderobe eben ziemte. Wenn ein loser Faden vom Kleid seiner Ge-

liebten herabhing, riß er ihn gewissenhaft ab, und wenn das eine oder andere Reispuderflöckchen ihre Schultern bestäubte – denn Hanakos Toilette war oft nachlässig –, bürstete er es sofort ab. Der Inspekteur übertrug diese Pedanterie auch auf das Geschäft des Liebesvollzugs, wobei er sich der *iso-ginchaku* seiner Geliebten gerade mit den Fingerspitzen näherte, zu Hanakos Leidwesen jedoch nie mit den Lippen.

An einem heißen und schönen Abend im siebten Monat, als die Schwalben in den Dachvorsprüngen krakeelten und die Aprikosen fett an den Bäumen leuchteten wie tausend kleine Sonnentöchter, ertrug die Dame Hanako ihre langweiligen häuslichen Pflichten nicht länger und floh zum Seerosenteich in die Palastgärten, um ihren Lieblingskarpfen zu füttern.

Sie hatte dieses Prachtexemplar Yugure getauft, weil er am liebsten in der Dämmerung an die Teichoberfläche kam, um Algen und Seerosen abzuweiden, aber auch wegen seines ehrwürdigen Alters, das an die vierzig Jahre betragen mußte. Und doch zeigte sich dieser großartige Fisch, der vom Maul bis zum Schwanz so lang war wie ein junger Hirsch und ein wildes und männliches Gebaren an den Tag legte, alles andere als altersschwach.

Während sie das Wasser mit ihren Fingern kräuselte, summte Hanako ein Lied und wartete darauf, daß Yugure aus dem Schlamm des Grundes aufsteigen und zu ihr schwimmen würde, um sie zu begrüßen. Nach wenigen Augenblicken durchbrach der große Schmollmund mit seinen vier dicken Bartfäden die Wasseroberfläche, gefolgt vom grüngoldenen Kopf, den schimmernden Augen und den diamantartig gemusterten Schuppen auf dem Rücken. Hanako hatte gekochte Erbsen und Körner aus der Küche mitgebracht und bot nun ein wenig von dieser Mischung

den wartenden Lippen dar, die sich mit pulsierender Wollust um die Delikatessen schlossen und mit solch gieriger Hingabe an ihren Fingern saugten und schmatzten, daß sie vor Wonne gluckste.
Nachdem sie eine friedliche Stunde lang Zwiesprache mit ihrem Freund gehalten hatte, ließ Hanako ihn schweren Herzens wissen, daß sie in ihre Gemächer zurückkehren müsse, um den Inspekteur zu empfangen, der stets auf die Sekunde pünktlich war und auch bei anderen keine Verspätung duldete. Mit einem Schlag seiner Schwanzflosse zeigte Yugure ihr seine silbrigen Seiten, drehte sein goldenes Auge und sah ihr nach, ein wenig besorgt über die Schlammflecken auf ihrem Unterkleid und über die Samenwölkchen der Pusteblume in ihrem Haar, denn er wußte nur zu gut um die Pingeligkeit ihres Liebhabers.
Als Hanako ihn begrüßte, bekam sie zu ihrer Bestürzung kein einziges liebevolles Wort, sondern statt dessen eine regelrechte Schimpftirade zu hören. Der Inspekteur warf ihre schlammbefleckten Kleider auf einen Haufen und wies die Zofe an, sie wegzuschaffen. Dann schickte er Hanako ins Bad und bestand darauf, ihre Toilette selbst zu beaufsichtigen. Jede Körperöffnung müsse geschrubbt, auch das letzte Haar gezupft, jede einzelne trockene Hautschuppe mit Bimsstein weggerubbelt werden, befahl er. Eine abschließende Untersuchung brachte jedoch einen Rest von Fischfutter unter Hanakos Fingernägeln zum Vorschein, und diese säuberte der Inspekteur mit einem besonderen Bambuswerkzeug und unter vielem Getue und Geschimpfe höchstselbst.
Anschließend kletterte Hanako, der die Sauberkeit richtiggehend weh tat, entmutigt auf ihre Schlafmatten und dachte sehnsüchtig an das nasse Kitzeln des Karpfens, der den Schlamm liebte und sich nie verachtungsvoll von ihr

abgewandt hatte. Ihre Qualen waren jedoch noch nicht überstanden, denn bevor er sich ihrer *hoto* näherte, zog sich der Inspekteur erst einmal ein Paar Baumwollhandschuhe über, und dann begannen seine keimfreien Liebkosungen. Sobald ihr Liebhaber gewissenhaft seinen Verkehr beendet hatte und eingeschlafen war, kroch Hanako aus dem Bett, warf sich nachlässig ein Obergewand über und lief zum Fischteich, um Trost zu suchen.

Mondbeschienene Aprikosen platschten von ihren Zweigen und trieben auf dem Wasser, während die Dame in ihrem Elend am schlammigen Ufer lag. Da tauchte Yugure, der Riese der Dämmerung, vom traurigen Weinen aus der Tiefe gerufen, in all seiner gütigen Majestät an die Oberfläche.

Als er Hanakos weiße Hand auf dem Wasser erspähte, öffnete Yugure seine muskulösen Lippen und saugte mitfühlend an ihren Fingern, die unter seiner Berührung ihre Traurigkeit abwarfen und sich wie Jasminblüten öffneten.

Unter der Kuppel des nächtlichen Himmels witterte der Karpfen in der nach Aprikosen duftenden Luft noch eine weitere Köstlichkeit, nämlich den kleinen nackten Fuß der Dame, der wie vergessen im lauen Wasser baumelte. Die kleinen Häppchen ihrer Zehen füllten sein begeistertes Maul, und er huldigte jeder einzelnen, bis Hanakos Augenlider sich vor Zufriedenheit senkten und ihr langer Seufzer wie eine sanfte Brise die Wasseroberfläche kräuselte.

In einer spiralförmigen Wendung tauchte Yugure ab und strich mit seinem silbrigen Bauch die Wölbung ihrer Fußsohle entlang, dann kam er wieder an die Oberfläche, um ihre reizende Wade zu stupsen, die im Mondlicht glänzte. Jeder Gedanke an ihren pedantischen Liebhaber war jetzt verflogen, als Hanako sich auf den Rücken drehte und, sich im glitschigen Schlamm aalend, ihre Beine in das seichte Wasser streckte, bis ihr Gewand um sie herum auftrieb wie eine riesige Seerose. Yugure umkreiste die Dame verliebt, denn auf der Tafel des Wassers war das Festmahl für ihn angerichtet, und er wünschte nichts sehnlicher, als von ihrer Lust zu kosten.

Hanako ihrerseits fühlte, wie der goldene Kopf zart zwischen ihre Schenkel stieß, und sie schlang ihre Beine eng um seine massige Gestalt, denn seine glitschigen Schuppen fühlten sich längst nicht so kalt an wie die farblose Haut ihres Liebhabers. Ihre kleinen Brüste wippten wie Aprikosen auf dem Wasser, als die großen Lippen sich um ihren Kern schlossen, und sie rief Ah! Ah! Ah! und verbarg das Gesicht in ihrem zerwühlten Haar, als sie die Berührung der vier zärtlichen Bartfäden spürte, sanfter noch als der Atem einer Lerche. Mit größter Bedachtsamkeit nahm Yugure das Maul voll Wasser und spie es in sprudelnden Fontänen auf Hanakos zarteste Stellen, so daß seine Lippen, als sie zurückschwammen, um an ihr zu knabbern, auf eine fest in ihrer eigenen Lust verankerte Dame trafen, die sich weitete, um sie zu empfangen. Und wenn sich Yugures Herz ebenfalls weitete, wird es so gewesen sein, wie wenn ein Gärtner, der den ganzen Frühling hindurch liebevoll seine Erbsenpflänzchen bewässert hat, nun sieht, wie sie sich herrlich entfalten.

Während seine kitzligen Bartfäden ihre Spalte von außen neckten, umschloß der riesige Fisch sowohl die Erbse als auch die Schote mit seinen edlen Lippen. Mal sog er, mal blies er, und manchmal kugelte der delikate Happen in seinem Mund herum, als ob er sich aus seiner Vertäuung lösen wollte. Die Säfte der Dame flossen salzig, ihre Glieder bebten, ihr Bauch bog sich, und er wußte, daß er bald von ihrem herrlichen Platschen und Zappeln belohnt würde.

Endlich – ihre köstlichen Tore standen so weit offen wie nie zuvor – zerrissen Hanakos Schreie die samtene Nacht, und sie fütterte Yugure Schluck für Schluck mit ihrer quillenden Freude, und er trank ihre wohlschmeckende Essenz und hielt sie heiß im Beben seiner Flossen und im Diamantenmuster seines Bauchs, denn kann es eine passendere Begleitung zum üppigen Festmahl der Liebe geben als den berauschenden Wein der Seele?

Später legte sie ihre schlammbedeckte Hand auf seinen zuvorkommenden Kopf, und Karpfen und Dame suhlten sich in dem warmen flachen Wasser, sie mit schweren Lidern und zufrieden, er mit lidlosen Augen, die den neugierig musternden Blick der Sterne ungerührt erwiderten.»

ZÄHNE UND KLAUEN

Das Auge des Spions, das sich nur kurz von seinem Beobachtungsposten am Fenstergitter abgewandt hatte, um die überraschende Flucht des Imkers mit seiner Schleierschleppe zu beobachten, folgte dem Geschehen im verdunkelten Zimmer teilnahmslos.

Sofort nachdem der General gegangen war, sah der Kundschafter des Regenten mit gespanntem Interesse, das rein beruflicher Natur war, aus dem Dunkel hinter dem Bett der Dame eine Gestalt auftauchen. Zur Bedeutung dieses

Dreiecksverhältnisses konnte er nur zwei Vermutungen anstellen: entweder handelte es sich um den Liebhaber der Dame, der überrascht worden war und sich hinter dem Schirm verborgen hatte. Oder aber – und das hielt er für wahrscheinlicher – der General hatte unter dem sentimentalen Deckmantel eines Liebeshandels geschickt ein Stelldichein mit einer ganzen Kompanie arrangiert. Und so war es die zweite Erklärung, die er dem Prinzen Atsumichi vorlegte, welcher die Nachricht postwendend zum Regenten trug.

Yorimichi, der schon längst bei einer wichtigen Unterredung mit dem Kanzler hätte sein sollen, war für die Nachricht alles andere als dankbar. «Ein Liebeshandel?» kläffte er, während Osamu sich abmühte, seine schwarzgelackte Kopfbedeckung zu befestigen. «Warum behelligt Ihr mich mit diesem Geschwätz, Atsumichi?»

«Mit Verlaub, Eure Exzellenz, Heimlichkeit ist der sicherste Beweis für Schuld. Da unser Mann gemerkt hat, daß er unter Verdacht steht, wird er immer listenreicher.»

«Wir sprechen hier von unserem besten militärischen Befehlshaber», fuhr Yorimichi ihn an. «Ich will nichts von Euch hören, bevor Ihr nicht hieb- und stichfeste Beweise habt!»

Atsumichi war außer sich. Michinaga, Yorimichis Vater, hätte beim ersten Hinweis auf eine Verschwörung der Taira die Palastgarde entsandt. Aber das, überlegte er bitter, war noch eine Verwaltung mit Zähnen und Klauen gewesen, in Gestalt der unübertroffenen Minamoto-Hauptleute Yorimichi und Yorinobu. Dagegen war es nicht mehr zu leugnen, daß Yorimichi sich von den von seinem Vater ausgehandelten Bündnissen abgekehrt hatte und beabsichtigte, sich bei den Taira einzuschmeicheln.

Seine Feindseligkeit verbergend, nahm der Prinz mit einer

tiefen Verbeugung Abschied. Kaum war er aus der Tür, kam ihm jedoch eine Idee, und wie eine Schlange, die ihre vertrocknete Haut abstreift, um sich gleich darauf in einem neuen und glänzenden Kleid zu zeigen, strich er seine Stirnlocke glatt, richtete seine Hofrobe und eilte zu Izumi Shikibus Gemächern.

DAS JADESCHWERT

In dieser Nacht ertränkte Oyu auf den Strohballen in den Ställen seinen Verdruß in Wein und fiel in einen dumpfen, traumschweren Schlaf. Stolz auf Izanamis Rücken sitzend, führte er ein Regiment in die Schlacht, in der Hand ein Schwert aus durchscheinender Jade, mit einer rasiermesserscharfen Klinge, die dünn und grün war wie ein Irisblatt. Auf dem Schlachtfeld hieb er mannhaft nach rechts und links, und es gelang ihm, als er die Luft um sich herum durchmähte, Soldaten und Sonnenblumen gleichermaßen zu köpfen. Grüner Saft sickerte aus den dicken Hälsen der gefallenen Feinde und rotes Blut aus den Stielen der Sonnenblumen. Als jedoch der Siegesruf erscholl, schrie er seinem Regiment zu, daß er nicht sehen könne und man ihn deshalb nicht für sein blindes Mähen verantwortlich machen dürfe.

Dann kam die nach Rache dürstende Onogoro durch das Leichenfeld auf ihn zu und streckte ihre weißen Arme nach ihm aus. Angstergriffen gab er seinem Pferd die Sporen, aber sie kam immer noch hinter ihm her; wütend schwang er sein großes Jadeschwert, aber die Dame stürzte auf ihn zu und spießte sich selbst auf der schönen Klinge auf. Und jetzt war ihr Bauch ein Kürbis, der immer dicker wurde und sich mit Kindern füllte, und als sein Schwert goldene Wunden hineinschlug, sprang diese Nachkommenschaft heraus, um ihn mit gespannten Bogen und hundert auf seine Augen gerichteten Pfeilen zu umzingeln...

Oyu erwachte mit von Reiswein schwerem Kopf auf Izanamis Rücken, die Hände fest in ihre kastanienbraune Mähne geschlungen und seine heißen, feuchten Wangen gegen ihren Hals gepreßt. Erschrocken murmelte er eine Entschuldigung und sank auf den Striegelhocker nieder, den Kopf in den Händen und Unruhe im Herzen.

Doch Träume sind wie kokette Frauen, sie verbergen und enthüllen zugleich. Sie kleiden unsere Wünsche in ein anderes Gewand und geben sie als Verfolger aus, damit wir uns, wenn wir vor Furcht oder Abscheu zittern, die Taten, die wir sehnlichst zu begehen wünschen, nicht einzugestehen brauchen. Je größer die Masse der aufgestauten Gefühle, desto dämonischer ist die Gestalt, die sie annehmen, und desto mehr sehen wir uns dann als Opfer. Auf diese Weise weichen wir so lange wie möglich der Erkenntnis unseres wahren Schicksals aus und ziehen es vor, uns in trostlosen Phantasien zu verzehren, anstatt den lebensnotwendigen Schritt zu tun, der uns auf einen neuen Weg stoßen könnte. Und so trafen die Augen des Küchendieners Shune, als er dem Stallburschen seinen Morgenreis brachte, nicht auf einen endlich in Leidenschaft entbrannten, sondern auf einen niedergeschlagenen Oyu.

«Schon wieder Liebeskummer! Unter uns gesagt, mein Junge, du solltest nicht immer so nach ihrer Pfeife tanzen. Was dir fehlt, ist ein bißchen mehr Rückgrat. Setz ihr eine Frist. Klipp und klar. Du oder der General», schnaubte Shune, der betagt genug war, um mit Zauderern ungeduldig sein zu dürfen.

Oyu schaufelte mißmutig den Reis in sich hinein und sagte

nichts. Wenn der alte Mann noch immer unbedingt glauben wollte, er sei Onogoros Liebhaber, wie konnte er ihm dann auch nur ansatzweise die Ausweglosigkeit seiner Lage erklären?

«Es spielt keine Rolle, daß sie von edler Geburt ist und du von niedriger», betonte Shune. «Darauf kannst du dich nicht hinausreden. Laß es dir gesagt sein, letztlich zählt bei den Damen nur die Liebe!»

Daß Shune ihm immerfort seine Aussichten so rosig ausmalte, ärgerte Oyu maßlos. «Sag, was du willst, ich habe beschlossen fortzugehen», entgegnete er und winkte dem unverschämten alten Mann ab, «und damit ist die Sache erledigt!»

«Na, damit wirst du ja bestimmt sehr weit kommen», sagte Shune sarkastisch. Aber Oyu, dem der Gedanke erst in dem Moment gekommen war, als seine Lippen ihn geformt hatten, war schon auf dem besten Weg, sich zu überzeugen, daß dies nicht nur die einzig vernünftige Handlungsweise sei, sondern daß außerdem ein Besuch bei seiner Großmutter längst überfällig war. Tränen des Heimwehs stiegen ihm in die Augen, als er sich die grasbewachsenen Pfade der hohen Berge unter seinen Füßen vorstellte, und er roch den Duft der Azaleen in der klaren Luft und hörte den klagenden Ruf des Brachvogels. Sein Kopf füllte sich mit Bildern von Reisenden, deren grobgewebte Kleider den Adel ihrer Einsamkeit verbargen. Ja, entschied er und sah sich schon als Verwandten des Wandermönchs, nichts außer seiner Bettelschale zwischen sich und dem Himmel, oder sorglosen Spielmann, der seine gereimten Prophezeiungen an die Saite seines Bogens bindet und geht, wohin die vier Winde ihn tragen; ja, ich werde die Hauptstadt morgen verlassen.

«Mach doch, was du willst», blaffte Shune verärgert. «Ich

weiß auch nicht, was heutzutage mit den jungen Leuten los ist!» Er nahm die leere Reisschale und ging in Richtung Küche. Auf dem Flur jedoch hielt Tokiden ihn an, eine silberne Platte in den Händen, auf die sie die ersten Kirschen des Jahres gehäuft hatte. Sie befahl ihm, den Mund zu öffnen, und steckte eine hinein.

«Warum so bedrückt, Shune?» scherzte sie «An so einem schönen Morgen.»

«Deine Herrin weiß nicht, was gut für sie ist», knurrte Shune. «Sie hat diesen Oyu ganz schön in Bedrängnis gebracht, kann ich nur sagen. Und nun geht er auf und davon in die Ostprovinz und läßt nicht mit sich reden.» Wütend spie er den Kirschkern in die leere Reisschale. «Sich zieren und mit den Gefühlen eines armen Jungen spielen – das ist nicht recht, nein, das ist es nicht!»

Tokiden richtete sich zu ihrer vollen Größe auf. «Halt deine Zunge im Zaum, Shune!» warnte sie. «Es ist meine Herrin, die du da verleumdest.»

«Oh, ich bitte untertänigst um Verzeihung», sagte Shune mit einer frechen Verbeugung und schlenderte dann den Gang hinunter.

Tokiden eilte weiter zum Mandelblütenpavillon, aber auf der Schwelle hielt sie inne. Oyu geht weg, dachte sie und unterdrückte ein Kichern. Das konnte ja heiter werden! Sie steckte zwei Kirschen in den Mund und kaute verstohlen. Dann spuckte sie die Kerne aus dem Fenster, wischte sich den Mund am Ärmel ab und betrat den Raum.

Als der Adjutant des Generals seinem Vorgesetzten Bericht erstattete, bot er einen traurigen Anblick. Salbenfett glänzte auf seinen Beulen, und ein Auge war durch einen geschwollenen Stich auf dem Lid fast geschlossen. Er nahm die Anteilnahme des Generals mit steinerner Miene entgegen und trug mißmutig und ausdruckslos seinen Bericht vor. «Dann, kurz vor der Ankunft Eurer Exzellenz», schloß er, «ging die Dame zu den Stallungen und führte einen Stallburschen, mit dem sie auf sehr vertrautem Fuße zu stehen schien, in ihre Gemächer.»
«Vertraut?» brüllte der General. «Mit einem Stallburschen?»
Überzeugt, daß der Bericht wieder nichts enthalten würde, was Zweifel am Charakter seiner Geliebten aufkommen lassen könnte, hatte er den Unteroffizier leichten Herzens empfangen und sogar daran gedacht, der geschmacklosen Mission des Mannes ein Ende zu setzen und reinen Tisch zu machen. Jetzt allerdings geriet er aus der Fassung und hob seine Hand, als wolle er den Überbringer der schlechten Kunde niederstrecken. «Ich möchte schwören, daß Ihr Euch irrt!» Der Adjutant wand sich, nicht nur unter den andauernden Schmerzen der Stiche, sondern auch wegen der Beleidigung seiner Berufsehre. «Ich befürchte, nein, Eure Exzellenz», entgegnete er standhaft, denn eine Wahrheit, die durch solches Leid errungen wird, wie er es hatte erdulden müssen, gibt man nicht so schnell auf, mag sie auch noch so bitter schmecken.
Nachdem der General den Adjutanten barsch entlassen hatte, begann er im Raum auf und ab zu gehen. Eifersucht krallte sich in sein Herz und vergällte seine Seele, denn schließlich war er nicht irgendein Liebhaber, der sich

heimlich durch den Morgentau davonstehlen mußte – vielmehr hatte er mit Onogoro die Feier der drei Nächte begangen und die heiligen Reiskuchen mit ihr gegessen und war damit eine offene und formelle Bindung eingegangen. Indem er sie zu seiner zweiten Gemahlin gemacht hatte, hatte er sein Bestes für sie getan, doch statt Dankbarkeit oder Respekt zu zeigen, behandelte ihn die unglückselige Frau wie irgendeinen dahergelaufenen Kerl.

Stunde um Stunde schritt er auf und ab, bis das Bild des unbekannten Stallburschen ein Schwert wurde, das aus dem Dunkel auf ihn zukam und seinen Kopf vom Körper trennte, und Onogoro knüpfte ihn geschrumpft auf ihren *susuki*-Grashalm und schwang ihn mit weißer, sorgloser Hand verräterisch herum.

Beim Anblick unserer Liebe
Läßt selbst die ernste Mondin
Ihr Haar herunter
Und tanzt in den fröhlichen Röcken
Der Kirschblüten.

Onogoro indes saß benommen vor Glück an ihrem Schreibpult, und ihre Gedanken waren eher zärtlich denn grausam. Die Leidenschaft des Generals, so heftig und süß, hatte sie davon überzeugt, daß ihr Prozeß beendet und sie für unschuldig befunden worden war. Und so schwärmte sie weiter und träumte ihre Träume von Mondveranden und jenem freudigen Tag, an dem jedes ihrer Bedürfnisse an der freigebigen Brust des Generals gestillt werden würde.

Als Tokiden eintrat, stieß Onogoro beim Anblick der glänzenden Früchte einen Schrei aus. Sie biß mit gierigem Entzücken in eine Kirsche, aber Tokidens besorgtes Gesicht ließ sie innehalten. «Was ist, Tokiden?» fragte sie.

Tokiden ließ den Kopf hängen und beobachtete Onogoro durch ihre Wimpern hindurch. «Shune hat gesagt, daß Oyu fortgeht, meine Herrin. Er geht zurück in die Ostprovinz.»
Onogoro lachte erschrocken auf. «Aber das ist unmöglich! Er hat mir nichts davon gesagt.»
«Vielleicht geht es seiner Großmutter nicht gut», mutmaßte Tokiden, die es nicht lassen konnte, ein wenig dazuzudichten. «Obwohl Shune gesagt hat... Nein, ich sollte diesen Unsinn nicht wiederholen.» Sie zögerte und genoß die Wirkung auf ihre Herrin.
«Nun sag schon», drängte Onogoro, «du kannst offen sprechen.»
«Na ja, er hat gesagt, Oyu sei gekränkt, meine Herrin. Er hat gesagt, Ihr habt seine Gefühle verletzt.»
Onogoros Lächeln verblaßte. «*Ich* soll seine Gefühle verletzt haben?»
«Irgend so ein Unsinn», sagte die Zofe verschmitzt. «Ich würde kein Wort davon glauben.»
Onogoro schwirrte der Kopf. Was in aller Welt konnte sie ihrem guten Freund Oyu nur angetan haben? Einige Augenblicke lang war sie wie gelähmt. Doch dann durchfuhr sie die Erinnerung wie ein Blitz, und sie sah ihrer Schuld ins Angesicht. Sie hatte ihm wirklich unrecht getan; ja, es war ihr sogar fast gelungen, es aus ihrem Gedächtnis zu löschen! Um ihr Ansehen unter den Hofdamen zu erhöhen, hatte sie Oyus Geschichten gestohlen und sie als ihre eigenen ausgegeben; in der Tat hatte sie ihren Ruf als begabte Dichterin allein seinem Talent zu verdanken. Es war nur zu verständlich, daß Oyu über solche Perfidie erbost war! «Danke, Tokiden», murmelte sie, «du hast mir einen großen Dienst erwiesen. Bitte entschuldige mich jetzt bei allen Besuchern. Sag ihnen, ich sei unpäßlich und dürfe nicht gestört werden.»

Tokiden musterte das niedergeschlagene Gesicht ihrer Herrin mit einer Neugierde, die nicht frei von Genugtuung war. «Wie Ihr wünscht, meine Herrin.»

KLATSCH

Nach dem Liebesspiel ruhten Shikibu und Atsumichi eine Weile hinter den Vorhängen. Shikibu hatte ihre Arbeit unterbrochen, um den Prinzen zu empfangen, und wäre eigentlich gern an ihr Schreibpult zurückgekehrt, aber ihr Liebhaber hatte offensichtlich Lust, sie zu unterhalten. Und schließlich war der Himmel blau und der Tag heiß, und es war keineswegs unangenehm, Melone und Radieschen zu knabbern und sich mit politischem Klatsch zu zerstreuen.

Der Gouverneur von Echizen habe einen amüsanten Sieg davongetragen, berichtete Atsumichi vergnügt. Wegen einer Hungersnot in seiner Provinz habe er der fünften Kompanie der kaiserlichen Garde die ihr zustehende Ration Reis nicht liefern können, und die Gardisten hätten aus Empörung darüber die Residenz des Gouverneurs in der Hauptstadt besetzt. Atsumichi biß in ein knackiges Radieschen und erzählte kauend weiter. «Sie stellten ihre Feldstühle im Hof auf und blockierten alle Tore, so daß niemand ein oder aus gehen konnte. Schließlich kam der Gouverneur, der, wie du weißt, eine seidenweiche Zunge hat, heraus, um ihnen eine Ansprache zu halten, und brachte einen riesigen Kübel Sake mit, den seine Diener unter den Männern verteilten. Einige Stunden lang sprach der Gouverneur von der ach so mißlichen Lage und wikkelte sie mit Entschuldigungen ein wie mit Windelbändern. Aber dann wurden die heldenhaften Gardisten einer nach dem anderen bleich und erhoben sich von ihren Stühlen, um fluchtartig den Hof zu verlassen...!» Atsumichi lächelte verschlagen. «Es gab allerdings ein paar, die vom Drängen ihrer Gedärme geradezu überrumpelt wurden und es nicht mehr zu den Latrinen schafften...»

Shikibu war schockiert. «Ein Abführmittel?»

Atsumichi warf den Kopf zurück und lachte schallend. «Man sagt, daß es wirklich ein Anblick für die Götter war!»

Shikibu kicherte erschrocken und ärgerte sich sofort über sich selbst. Viele der Gardisten mochten ja Schurken sein, dem Suff und Schlägereien sehr zugeneigt, aber man mußte doch Gerechtigkeit walten lassen, und Tatsache war, daß sie allen Grund zur Empörung hatten.

«Natürlich lachte die ganze Hauptstadt über sie», sagte der Prinz befriedigt. «Und das war, wie du dir vorstellen kannst, das Ende des Streits!»

«Äußerst schlau vom Gouverneur», sagte Shikibu säuerlich und ärgerte sich über die Selbstverständlichkeit, mit der Atsumichi von ihr erwartete, daß sie sich auf seine Seite stellen würde. Sie hätte nur zu gern Streit angefangen, aber der Prinz winkte gelangweilt ab.

«Es ist viel zu heiß zum Streiten, meine Liebe», mahnte er. «Laß uns lieber unseren armen General bedauern, der diese Grobiane zurechtschleifen muß.»

Shikibu sah ihren Liebhaber durchdringend an. Sympathiebekundungen für den General gehörten nicht gerade zu den häufigsten Stückchen seines Repertoires! Sie hatte das sichere Gefühl, daß ein Komplott geschmiedet wurde, und wartete in verhaltenem Ärger darauf, daß Atsumichi seine wahre Absicht enthüllte.

«Seit einiger Zeit scheinen die Sterne für den armen Kerl nicht gerade günstig zu stehen», sinnierte der Prinz und

befächelte sich träge, «irgendwas mit Onogoro und ihren seltsamen Geschichten.»
Shikibu merkte auf. «Was für Geschichten?» fragte sie.
Der Prinz weitete seine Augen in gemimter Überraschung. «Aber der ganze Palast spricht doch schon darüber. Erzähl mir nicht, daß du davon nichts weißt!»
Shikibu war betrübt. Offenbar waren trotz ihrer eigenen Diskretion Neuigkeiten von Onogoros Heimsuchung durchgesickert, und die Sache mit den Gedichten war inzwischen allgemein bekannt. «Du solltest auf den Klatsch nichts geben», erwiderte sie. «Die Gedichte erscheinen auf ganz geheimnisvolle Weise auf ihrem Körper, wie ein Ausschlag. Das kannst du mir ruhig glauben!»
Atsumichi spitzte die Ohren und speicherte dieses faszinierende Detail für künftigen Gebrauch. «Gedichte?» sagte er zartfühlend. «Ich meinte doch den Liebhaber, den unsere gute Dame hinter dem *tsuitate*-Schirm versteckt hält. Den kleinen Kuckuck im Nest des Generals.»
Shikibu war aufgebracht. «Was für ein Unsinn!» rief sie laut, da der Boden unter ihren Füßen leicht schwankte. «Geheimer Liebhaber, also wirklich! Onogoro ist dem General treu ergeben, das ist ja das Schlimme!»
Atsumichi untersuchte seine Nägel mit gespannter Aufmerksamkeit. «Dann hat sie dir seinen Namen nicht gesagt?»
Shikibu schnappte ihren Fächer zu und setzte sich abrupt auf. «Jetzt ist es aber genug, Atsumichi! Es gibt keinen Liebhaber, verlaß dich drauf.» Sie schlang ihren Überwurf um sich und fügte knapp hinzu: «Und jetzt entschuldige mich bitte, ich habe zu tun!»
«Onogoro ist ganz schön gerissen, was?» sagte Atsumichi, als er sich verabschiedete. Dann spazierte er aus der Tür, zufrieden mit der Saat, die er ausgestreut hatte, denn die

Ernte würde in Kürze eingefahren werden. Shikibu, dessen war er sich sicher, würde so lange keine Ruhe geben, bis sie die Identität des Burschen festgestellt hatte; das mit den Gedichten war überdies eine unerwartete Zugabe, und zwar eine, die vielleicht in vielerlei Hinsicht weiterhelfen würde.

Shikibu ging hinaus auf die Veranda und atmete tief durch, als ob die frische Luft den giftigen Hauch von Atsumichis Anspielungen auflösen würde. Auf einer Liste mit verletzenden Dingen, so grübelte sie, stünde die Tatsache, einer Frau geglaubt zu haben und von ihr hintergangen worden zu sein, an erster Stelle.

SCHICKSAL

Onogoro verließ ihre Gemächer über die Balkontreppe und machte sich auf den Weg durch die Gärten. Sie hatte Oyu unrecht getan, und Melancholie und Gewissensbisse erfüllten sie. Denn obwohl sie fest entschlossen war, ihn zum Bleiben zu bewegen, war er vor ihrem inneren Auge schon gegangen, und sie hatte keine Macht, ihn aufzuhalten. Sie sah ihn mit seinem Bündel auf dem Rücken die Gebirgspässe hinaufstapfen; sie sah die Dunkelheit über ihn hereinbrechen und das kalte Mondlicht auf seine blinden Augen scheinen. Sie sah, wie die Krähen krächzend aufflatterten, während er durch die Reisfelder zog, und sich hinter ihm dann wieder zu einer schwarzen Fläche zusammenschlossen.

Ein Gefühl großer Verzweiflung überfiel sie, und voller Selbstmitleid fühlte sie sich wie eine armselige Hütte mit einem dünnen Strohdach, ein brüchiges Vogelhaus für Krähen, hoch und unsicher aufgehängt. Tränen rannen aus ihren Augen, als sie sich die jungen Vögel mit ihren schreienden Schnäbeln und ihren roten Schlünden und ihrem Hunger vorstellte. Ich kann es nicht ertragen, daß er mich verläßt, dachte sie – aber ich verdiene es nicht anders. Ich kann es überhaupt nicht ertragen, daß jemand mich verläßt – wie feige bin ich doch! Ach, ein Mann müßte man sein und stark und standhaft und nicht eine schwache und abhängige Frau, die gleich an zwei Männern hängt.

So schimpfte Onogoro über sich selbst und steigerte sich in wütende Selbstvorwürfe, während sie mit gerunzelten Brauen und schweren Schrittes zum Stalltor ging. Wenn es aber ein Mann gewesen wäre, der eine Geliebte am Kopfende und eine am Fußende seines Lagers gehabt hätte, würden wir, nachdem wir seine Phantasien verfolgt und von seinen Begierden Kenntnis erlangt hätten, uns vielleicht fragen, ob er wohl Zeit mit Selbstprüfung verschwendet hätte. Nein, viel eher hätte er sich dazu gratuliert, wie gut er das eingerichtet hatte, und es als weiteren Beweis dafür angesehen, daß der Mann die Umtriebigkeit einer Biene besitzt, während die Frau wie eine im Haus verwurzelte Blume ist.

So leben die Lehrsätze der Gesellschaft ohne unser Wissen in unseren Herzen und lenken den Blick, den wir auf unsere Handlungen werfen, so daß dieselbe Verbindung, je nachdem, welches Geschlecht sie betrachtet, sehr unterschiedlich aussehen kann. Denn wenn der stramme Junge, kaum daß er das Licht dieser Welt erblickt hat, dazu ermutigt wird, ein zustimmendes Publikum für jedes Gebrüll zu erwarten, braucht es uns nicht zu wundern, wenn er sich im späteren Leben unter diese wohlgesinnten Zuschauer einreiht und sich selbst Beifall zollt. Das Mädchen hingegen

muß sich sehr oft mit einer zurückhaltenden Aufnahme abfinden und kann eher erwarten, für ein bescheidenes Wesen und Verzicht belohnt zu werden. Und so rennt sie nur allzu häufig auf ihre Veranda und schenkt ihre Kraft der Mondin, und immer wird ihr ein Beschützer fehlen, jemand, der mehr Kraft hat als sie, jemand, der Segen spendet. Und wenn dieser vollkommene Mond, weit davon entfernt, ihre Wünsche zu erfüllen, sie mit unfreundlichen Botschaften niederdrückt, dann klammert sie sich so fest an das Gitter, als sei es ihr eigener Körper, und kommt mit gesenktem Kopf zu dem Schluß, daß ihr Unglücklichsein entweder daher rührt, daß sie die Fast- und Bußpraxis nicht streng genug befolgt hat, oder aber daß es als Bestandteil ihres unentrinnbaren Schicksals angenommen werden muß, welches durch frühere Leben bestimmt wird. Und wenn die Mutter nicht kam oder das Kind vor Hunger schrie oder die Mutter die Vergnügungen der Tochter einschränkte oder von ihrer Liebe kleine Stückchen abmaß, statt sie fließen zu lassen, wie es die Liebe aus einer niemals versiegenden Quelle tun sollte, und wenn das Kind seiner Mutter schuldbeladen, hoffend und bittend folgte wie ein Schatten und verschmäht wurde, dann sollten wir uns nicht wundern, wenn die Tochter sich im späteren Leben eher an einen kalten und verstockten Liebhaber klammert, als sich auf die Suche nach besseren Möglichkeiten zu machen, denn sie hat zwar sehr gut gelernt, elendig hinter der Tür zu warten, aber nicht, sie zu öffnen, wenn die Liebe anklopft!
Auch für eine junge Frau von Geist – die Onogoro zweifellos war – sind die Pfade zu ihren wahren Wünschen lang und gewunden und führen durch die Fährnisse des Selbstzweifels und das Dickicht der Selbstvorwürfe, und sie beschreitet sie in Schuhen, die bald an ihren Füßen drücken,

bald sie straucheln lassen, während ihr die ganze Zeit das Bitten und Fluchen ihrer Geschlechtsgenossinnen, die am Wegesrand gefallen sind, in den Ohren widerhallt.

DIE ENTSCHULDIGUNG

Am Stalltor sah Onogoro Oyu, der im staubigen Hof eine junge Stute longierte. Sie rief seinen Namen in das Hufgetrappel, aber er schien sie nicht zu hören und trieb das Pferd in einen lebhaften Kanter. Sie sah, daß sie wohl neben ihm herrennen mußte, wenn sie seine Aufmerksamkeit auf sich ziehen wollte, und das tat sie auch, während Oyu sein Tempo mal verzögerte, mal beschleunigte, aber nie ganz anhielt, und seine Stimme der Stute scharfe Kommandos zurief. Eine Runde nach der anderen drehten sie, der Jüngling, das Pferd und die in Seide gehüllte Dame, und sie rief atemlose Entschuldigungen in sein Ohr, von denen er kein Wort verstand und auch nicht gewußt hätte, für welches Vergehen er um Vergebung gebeten wurde.
Da ihr von dieser Strapaze immer heißer wurde, warf Onogoro Schicht um Schicht ab, und bald lagen ihre Unterkleider wie hauchzarte Libellenflügel im Staub. Schließlich konnte sie nicht mehr rennen und brachte das schäumende Pferd mit einem kräftigen Ruck am Zaum zum Stehen.
«Verehrte Dame», protestierte Oyu mit unbewegtem Gesicht und keuchender Brust, «morgen finden die Reitturniere statt! Das Pferd muß gut trainiert sein.»
Onogoro erinnerte sich, daß in der Tat am nächsten Tag das Irisfest war, bei dem für den Kaiser Rennen und Dressurwettbewerbe abgehalten wurden. «Aber ich muß mit dir sprechen», flehte sie, «nur einen kurzen Augenblick.»

«Also gut», sagte Oyu und legte beruhigend seine Hand auf den angespannten Widerrist der Stute.
Im Stall rieb er die Stute trocken, während Onogoro versuchte, ihre Fassung wiederzuerlangen. Nun, da sie sich direkt gegenüberstanden, durchflutete sie Scham, und sie bedauerte, ihn so leidenschaftlich bedrängt zu haben. «Man sagte mir, du willst mich verlassen!» sagte sie mit einem kurzen, kühlen Lachen, obwohl dies keine Angelegenheit zum Lachen war.
«Das stimmt, meine Dame», sagte Oyu gelassen, und er bat sie weder um Entschuldigung, noch gestattete er sich ein Wort des Bedauerns, aus Angst, in seinem Entschluß wankend zu werden.
Diese Aufsässigkeit trieb Onogoro Tränen in die Augen. «Natürlich ist es nur zu verständlich, daß du ärgerlich bist», sagte sie schnell.
«Ärgerlich, meine Dame?» sagte Oyu und rieb wütend die glatten Flanken der Stute, um die Hoffnung zu übertönen, die in seinem Herzen trommelte. Wenn sie seine Wut bemerkte, erhöhte sie dadurch nicht auch seinen Rang und ernannte ihn zum rechtmäßigen Rivalen um ihre Zuneigung?
«Was ich getan habe, ist unverzeihlich! Ich kann als mildernden Umstand nur die Schwäche einer Frau anführen, die immer zu sehr nach Anerkennung dürstete!» Sie nahm Oyus Hand, die nach Liniment roch, und hielt sie an ihre Wange, damit die Feuchtigkeit ihrer Tränen ihn vielleicht von ihrer Reue überzeugte. «Ich habe dich hintergangen, Oyu. Ich habe anderen gegeben, was rechtmäßig dir gehörte. Kannst du mir vergeben?»
Im Nachbarstall spitzte Izanami die Ohren und stampfte heftig auf. Und Oyu verschlug es fast den Atem, denn es war doch sicher ihre brennende Liebe, von der sie sprach!

Obwohl er sich über alles wünschte, sie an seine Brust zu drücken und seinen Mund in ihr nach Nelken duftendes Haar zu versenken, zauderte er noch am Rande des Glücks. Verzückt von freudiger Erwartung murmelte er: «Es gibt nichts zu vergeben, meine Dame.»
«Du bist zu gütig, Oyu!» rief Onogoro. «Mir keine Vorwürfe zu machen, obwohl ich deine Geschichten als meine ausgegeben habe!»
«Geschichten?» sagte Oyu, und das Blut gefror ihm in den Adern.
«Aber ja», sagte Onogoro reumütig, «ich habe sie den Hofdamen erzählt, als seien es meine eigenen.»
Oyu war untröstlich, als ihm die Wahrheit dämmerte. Onogoro hatte von etwas anderem gesprochen, als seine begierigen Ohren hatten hören wollen. Wie nah war er daran gewesen zu glauben, was sein verräterisches Herz ihm eingeflüstert hatte, wie nah daran, sich selbst zum allergrößten Narren zu machen! Betäubt sagte er: «Die Geschichten sind Eure eigenen. Ich bin nur das Sprachrohr.» Seine Stimme kam aus weiter Ferne, wie der kraftlose Schrei einer Möwe an einem Wintermorgen. Aber als die Worte in seinem Kopf widerhallten, sah er plötzlich das muskulöse Maul des Karpfens, und ein verbotenes und glitzerndes Verlangen stieg in ihm auf, und er wandte sich verzweifelt ab.
Onogoro schloß seine Hände in die ihren. «Dann gehst du also nicht!» rief sie erleichtert. Denn war er ihr nicht Musik und Stütze, Schlaflied und Wickelband? Und wenn er ihr nichts vorzuwerfen hatte, dann konnte er sie doch unmöglich verlassen. So rasen die fiebrigen Gedanken derer, die Ereignisse durch die Scheuklappen der Kindheit sehen und daher nicht glauben können, daß ihr beschränktes Verstehen nicht allumfassend ist. Man stelle sich daher die

Bestürzung der Dame vor, als Oyu sich aus ihrer Umarmung löste und sich abseits und verstockt, die Muskeln seiner bloßen Oberarme angespannt, mit trotzig vorgeschobener Unterlippe neben das dampfende Pferd stellte.
«Ich werde bestimmt gehen, meine Dame.»
Bis ins Mark getroffen, rief Onogoro aus: «Ich wußte, daß du mir nicht vergeben hast!» In einem Anfall geistiger Verwirrung sank sie auf die Knie, griff nach Oyus Waden wie die Venusmuschel in der Geschichte und ließ zerknirschten Schluchzern und Bitten um Gnade freien Lauf.

BLUT IM STROH

Und wie stand es mittlerweile um den General, dessen Herz von der unwillkommenen Nachricht, die er von dem Unteroffizier erhalten hatte, verwundet war? Als er sich endlich dazu durchgerungen hatte, die Dame aufzusuchen und die Angelegenheit mit ihr ins reine zu bringen, war ihm von Tokiden beschieden worden, ihre Herrin sei unpäßlich und könne niemanden empfangen.
Eine ganze Zeit lang war er, von Enttäuschung aufgewühlt, die Palastflure abgeschritten, bis seine Füße ihn wie von selbst durch die Gärten führten, um nach seinem geheimnisvollen Rivalen zu suchen. Im Reithof sah er die umherliegenden Unterkleider, und bittere Genugtuung erfüllte sein Herz. Hier endlich war der unanfechtbare Beweis, daß seine Geliebte treulos und falsch war und er schwere Schmach erlitten hatte! Er murmelte ein Gebet und legte die Hand an sein Schwert, denn folgte nicht Vergeltung ebenso selbstverständlich auf Verletzung wie die Nacht auf den Tag?

Als Izanami seine Schritte im Hof hörte, stieß sie ein warnendes Wiehern aus, jedoch vergeblich. Denn schon füllte der Schatten des Generals den Eingang, und seine Augen erfaßten die Szene in einem einzigen Augenblick, und sein Verstand zog daraus ebenso schnell seine eigenen Schlüsse. Hier war die schamlose Onogoro, mitnichten krank, sondern verliebt auf dem strohbedeckten Boden, und da war der elende Bursche, der sich über sie beugte, um sie sogleich in eine Umarmung zu ziehen. Sein Verstand preschte wie eine triumphierende Kavallerie voraus, während sein Herz unwillig hinterherzog, nüchtern vor Schmerz und mit wunden Füßen wie die gemeinste Infanterie. Denn in seiner Erregung hatte der General den Grundsatz der Heeresführung vergessen, der da lautet, daß eine Armee immer nur so schnell gehen soll wie ihr langsamster Mann, denn auf sein Jammern nicht zu hören wäre nur zu aller Schaden. Jetzt, da er zu lange Turnierkämpfe mit Phantomen ausgetragen hatte, begrüßte er das Erscheinen des Feindes mit leichtsinniger Freude und blies voller Lust zum Angriff. Vorsicht und Ritterlichkeit schwanden aus seinem Verstand, und so gab er dem Stallburschen keine Gelegenheit zur Verteidigung, sondern zückte sein Schwert und stürmte auf ihn zu.

Als Onogoro den Schlachtruf des Generals hörte und ihn von seiner kriegerischen Seite sah, mit gefletschten Zähnen und mit Augen, die noch röter waren als die von Hachimon, stieß sie einen Schreckensschrei aus und warf sich ihm zu Füßen, in dem Versuch, den wehrlosen Oyu zu schützen. Aber ihr rasender Liebhaber stieß sie zur Seite, und der fassungslose Stallbursche stand ausgeliefert da, denn sein inneres Auge, das diffus von Jadewaffen träumte und von Köpfen, die wie Sonnenblumen fielen, war dem Ansturm des Generals und seiner harten Klinge nicht gewachsen. Die Ratten schreckten in ihre stinkenden Heunester zurück, die aufgeregten Pferde erzitterten in ihren Boxen, und die Vögel flatterten erschrocken vom Dachfirst auf, um sich in einem zankenden Wirbelwind über dem Hof zu erheben. Die geschwätzigen Stare, deren eigener Ruf ein hohes, lautes Pfeifen ist, ahmten die dunkleren menschlichen Schreie nach, die Tauben brachen in ein besorgtes Gegurre aus, und die Krähen flatterten wie schwarze Flaggen in der Luft, bis sie in der Hoffnung auf Aas herabstießen und sich zielstrebig neben der Stalltür niederließen.

«Um Himmels willen!» schrie Onogoro, als das Schwert hochflog, über Oyus ahnungslosem Kopf schwebte und wieder niederfiel wie eine weiße Wasserfläche. Aber in dem langen Moment, in dem das Vorher und das Nachher wie eins waren, gab es einen Tumult an der Tür, die Schatten der Krähen flatterten auf, und es ertönte ein plötzlicher Schrei: «Mörder!» Jemand raste durch den Stall, und mit einem Schlag ins Kreuz brachte er den General aus dem Gleichgewicht und lenkte ihn von seinem Ziel ab. Die Klinge ging tatsächlich nieder und traf den wehrlosen Oyu, doch statt ihm den Gnadenstoß zu versetzen, traf sie ihn mit einem wuchtigen Hieb auf die Schulter. Blut schoß aus der Wunde, als Oyu ohne einen Laut umfiel und besinnungslos zu Onogoros Füßen liegenblieb.

«Entwaffnet ihn!» schrie der Spion des Regenten dem braven Gardisten zu, der den Angriff vereitelt hatte. Der Offizier, der erst jetzt seinen obersten Befehlshaber erkannte, wurde kreidebleich vor Angst.

«Eure Exzellenz», stammelte er und nahm Haltung an.

«Narr!» brüllte der General aus der überragenden Höhe seiner Raserei. «Wie kommt Ihr dazu, Euch in Privatangelegenheiten einzumischen?»

Der Spion des Regenten trat vor. «Ich stehe im Auftrag des Regenten», sagte er sanft. Und sich zu dem zitternden Gardisten wendend, brüllte er: «Verhaftet diesen Mann! Er ist seines Kommandos enthoben.»
Der General jedoch stieß den Gardisten zur Seite. «Erspart mir die Schmach von Fesseln», sagte er in schneidendem Ton. «Ich werde dies persönlich mit Yorimichi klären!»
Das Stroh zu Onogoros Füßen war rot, und der Geschichtenerzähler lag bewußtlos da, niedergestreckt vom eifersüchtigen Angriff des Generals. «Schickt nach einem Arzt!» bat sie eindringlich und versuchte vergeblich, den Blutstrom mit dem langen Ärmel ihres Gewandes zu stoppen. Ihrem gemarterten Geist wurde klar, daß der General ihr Täuschungsmanöver durchschaut hatte, aber nun hatte nicht sie den Preis zahlen müssen, sondern der unschuldige Oyu. So müht sich der Verstand tastend, der Erfahrung eine Form anzupassen, wie ein Schneider, der sich in Ermangelung der unentbehrlichen Maße seines Kunden aufs Raten verlassen muß und sein Schnittmuster nach Vermutungen anfertigt. Denn wir Menschen können den Gedanken nicht ertragen, daß die Götter ihre Augen vielleicht manchmal von uns abwenden, um ihren eigenen Angelegenheiten nachzugehen, und Fehler sich in die Ordnung der Dinge einschleichen und die Bösen ungestraft davonkommen, während den Unschuldigen Grauenhaftes zustößt.
Onogoro klammerte sich daher an das Gesetz von Ursache und Wirkung und suchte nach Gerechtigkeit, wo keine war, und da sich in ihrer Vorstellung Bestrafung zum Vergehen verhielt wie die Nadel zum Faden, brach sie in bittere Tränen aus. «Warum habt Ihr nicht *mich* niedergeschlagen?» rief sie, als der General abgeführt wurde. «Der Jüngling hat Euch kein Leid getan!»
Izanami rollte verzweifelt die Augen, denn sie roch Blut und

Verwirrung: das eine durch das Schwert des Generals vergossen, das andere eine Kraft, die die Luft zerriß und sich schmerzhaft durch ihren Magen wand. Denn sie hatte dem General mehrfach als Reittier gedient und wußte genau, welche Gefühle ihr Reiter verleugnete, um die Illusion aufrechtzuerhalten, ein Mann zu sein, der die Dinge fest im Griff hat. Wenn er aufrecht ritt, mit Bogen und Köcher bewaffnet, wußte sie allein um das Zittern seiner dunklen Eingeweide, um das ängstliche Kind in ihm, um seine Alpträume von Schwäche und seinen Ungehorsam. Da der General weder das empfindsame Wesen der Stute wahrnahm noch die dunklen Sprachen hörte, die zwischen der wilden Welt und seinem eigenen Herzen gesprochen wurden, verstieß er die eine Hälfte seines Ichs und drückte Izanami mit verdoppelter Dumpfheit nieder, indem er sie zum bloßen Lasttier machte, dem man die Sporen geben oder das man im Zaum halten mußte. Oyu dagegen hörte ihr zu und sprach mit ihr, aber was er verleugnete, war seine Herrschernatur, so daß die Stute, wenn er sie ritt, von einer Gewalt erfaßt wurde, die er zu seinem eigenen Schaden geächtet hatte, und wenn sie ihre Nüstern blähte und schnaubte, dann tat sie das mit seiner und ihrer Freude zugleich und mit seiner gebieterischen Lebenskraft, die sie pfeilgleich über Zäune und Gräben fliegen ließ. Es war der Mann der Tat, den Oyu aus tiefer Unwissenheit ablehnte, so daß Izanami keinen Weg gefunden hatte, ihm mitzuteilen, was er rechtmäßig zurückfordern sollte.

Inzwischen wurde Onogoro von der seltsamen Überzeugung ergriffen, daß sie all dies schon einmal gesehen hatte – die eifersüchtige Wut des Schwertes, den ohnmächtig erhobenen Arm, der es abwehren wollte, die Blumen aus Blut im Stroh – und sie taumelte angesichts der

Szene selbst, aber auch vor jener inneren Schablone zurück, die das alles so schaurig und lebendig verformte.
Ist der Frau das Schwert ein Freund? fragte sie sich, halb ohnmächtig im Stroh stehend. Wird der Arzt kommen? Warum berauscht der Geruch von Blut meine Sinne? Die Mondin verurteilt einen solch feigen Angriff, aber der rotäugige Gott verlangt, daß die Schwachen zertreten und vertrieben werden. Ihr Kopf verwirrte sich in widerstreitenden Gedankenblitzen, während sie neben dem getroffenen Oyu kniete. Denn der General hatte seinen Anspruch mit einem einzigen Hieb seiner Klinge geltend gemacht, und sie fürchtete die plötzlich in ihr aufwallende Energie, dieses blinde Verlangen, mit den Herrschenden zu reiten, wie böswillig sie auch immer sein mögen, und auf Zärtlichkeit und Reue herumzutrampeln.
So befriedigen die blutigen und unberechenbaren Taten der Sagenhelden unseren Atavismus, und Kwannon, die Göttin der Versöhnung, kann es in all ihrer Güte mit keinem von ihnen aufnehmen. Das Schwert des Helden macht reinen Tisch, und das Kind, das immer noch in uns schlummert, ist, nachdem es gleichsam stellvertretend gestraft hat, vom Toben der Rache befreit und kann sich erneut seiner idealisierenden und phantastischen Liebe widmen. Lange noch mag Kwannon ihre Kleider zerreißen, aus Verzweiflung über die Kriegswut, die an die Stelle ihrer milderen Herrschaft tritt, doch solange die Damen das Gewand der lähmenden Melancholie tragen, wird selbst die sanftmütigste unter ihnen sich ersatzweise für die Stärke des Soldaten oder Staatsmannes begeistern, denn die offene Gewalt seiner Taten erlaubt es ihr, sich selbst unmäßig ihrem heimlichen Ärger und ihrer Erregung hinzugeben.
So dürfen wir nicht übersehen, daß es Oyu war, der

diese Kräfte durch seine Einfühlungsgabe in Onogoro erkannt und sie wahrheitsgetreu in seinen Erzählungen von Grausamkeit und Lust widergespiegelt hatte. Sehnte sie sich, während sie für Gleichheit kämpfte, heimlich nach Tyrannen? Dann würde er sie liefern. Kochte sie, während sie einfach nur wünschte, unter den Liebkosungen ihres Liebhabers dahinzuschmelzen, vor furchtsamer Wut? Dann würde er einen sicheren Kanal für diese Wut schaffen, durch den die Liebe ebenfalls fließen könnte.

Laßt uns an dieser Stelle noch festhalten, daß gieriges Verlangen nach Lust nicht notwendigerweise die Fähigkeit zur Unterwerfung erzeugt, genausowenig wie Liebeshunger bedeutet, daß man Liebe annimmt, wenn sie gewährt wird, denn nur allzuoft erwächst der Hunger aus der paradoxen Überzeugung, daß man die Liebe nicht verdiene und es sicherer sei, gequält als beglückt zu werden.

Wenn es den Arzt des Regenten überraschte, einen Stallburschen behandeln zu müssen, so zeigte er dies in keiner Weise. Er erschien prompt, mit zwei Gehilfen, pflegte die Wunde mit reinigenden Tinkturen und legte Baumwollkompressen auf, um das Blut zu stillen. Er gab Onogoro Arnikasalben, um Infektionen abzuwehren, und ermahnte sie, sorgfältig zu beobachten, ob der Verwundete Anzeichen von Fieber zeigte. Onogoros Anweisung gehorchend, trugen die Gehilfen den bewußtlosen Jüngling in den Mandelblütenpavillon, wo Tokiden in einem Vorzimmer, das in Erwartung des Festes schon mit Irisblüten und Kräuterbällchen geschmückt war, mit zusammengepreßten Lippen ein Lager für ihn bereitete.

Den größten Teil der Nacht über hielt Onogoro ängstlich an Oyus Bettstatt Wache, bis Tokiden zur Stunde des Hasen ihre bleiche Herrin wegscheuchte und ihren Platz einnahm. Es versetzte der erschöpften Onogoro einen Stich, daß ihre Zofe zur Förderung der Gesundheit und um Unglück abzuwehren eine Irisblüte und einen Zweig Beifuß auf ihr Kopfkissen gelegt hatte. Wenn diese Irisblüten vom Gesims des Stalldachs gehangen hätten, dachte sie flüchtig, bevor sie, noch vollständig angekleidet, in einen bleiernen Schlaf fiel – hätten sie den armen Oyu vor Unheil bewahrt?

DIE MODISCHE DAME

Die Verhaftung von Taira no Motosuke ging ihm nicht aus dem Sinn, und so hatte der Regent Yorimichi eine unruhige Nacht verbracht. Er war erst gegen Morgen eingeschlafen und hatte vom Irisfest geträumt, von den Kutschen, die in langen Reihen auffuhren, um die Pferderennen zu verfolgen. In der Reihe, die den Damen vom dritten Hofrang an aufwärts vorbehalten war, erregte eine besonders elegante Kutsche seine Aufmerksamkeit. Der Etikette entsprechend war das Gesicht der Insassin hinter den Bambusstäben verborgen, aber die geschmackvollen Ärmel ihres Gewandes, sorgfältig drapiert, so daß die Musterung jeder einzelnen der vielen Schichten bestens zur Geltung kam, hingen fast bis auf die Räder der Kutsche hinab und schlugen kleine Wellen, wie ein Wasserfall in der Morgenbrise. Den längsten Ärmel schmückten Wolken aus blaugrüner Seide, während der nächste, aus allerfeinster weißer Seide, unter dem darüberliegenden – in einem zartvioletten Ton gehalten, den er nie zuvor gesehen hatte – hervorschimmerte und sich in entzückender Weise von einem kurzen flügelförmigen Ärmel in tiefstem Irisblau absetzte. Auf diesen folgte eine fingerhutfarbene

Schattierung und dann blasseste Austernschale mit einer Bordüre, die fliegende Kraniche zeigte, und ganz zuoberst lag ein *karaginu* aus hauchdünnem silbernem Brokat. Eine kleine Hand, weiß wie eine Herzmuschel, schimmerte zwischen diesen zarten Harmonien.

Geblendet beschloß der Regent, unverzüglich herauszufinden, wer die elegante Dame war, selbst wenn das bedeutete, die Etikette zu verletzen. Er befahl seinem Kutscher, an den Wagen heranzufahren, lehnte sich hinaus und flüsterte durch die Stäbe der Vergitterung: «Laßt mich Euer Gesicht sehen, ich flehe Euch an, und Ihr werdet die Liebe eines Regenten gewinnen.»

Er bekam keine Antwort, aber die Nasenlöcher des Regenten blähten sich, um den neuen und feinen Duft der Fremden zu genießen. Erneut flüsterte er: «Laßt mich nur Euren Nacken sehen, und Ihr werdet die Gemahlin eines Regenten werden.»

Wieder gab die Dame keine Antwort, aber ihre weiße Hand zitterte in dem Nest aus Ärmeln wie ein verängstigter Vogel, was seine Sinne noch heftiger entflammte. «Laßt mich meine Augen an Eurer Braue weiden», bat er, «und Ihr werdet die erste Gemahlin eines Regenten werden und Töchter gebären, die Kaiser heiraten werden!»

Daraufhin öffnete sich das Gitter ein Stück, und obwohl seine Augen die Dunkelheit des Inneren nicht durchdringen konnten, entstieg den Flammen seiner Phantasie die Vision außerirdischer Schönheit. Da winkte die kleine Hand zaghaft. «Kommt herein», sagte eine lautengleiche Stimme.

Von Leidenschaft erfüllt, stieg der Regent aus seiner Kutsche und glitt hinein. Die Insassin hatte sich hinter einem Fächer mit fünfundzwanzig Falten verborgen, der nur dem allerhöchsten Rang zustand. «Zeigt Euch, ich flehe Euch

an», bat er und umschloß ihre Hand mit der seinen, während der ungewohnte Duft ihn unerträglich reizte. Was konnte das sein? fragte er sich, denn er vermochte den Geruch nicht einzuordnen.
Die weiße Hand lag kalt und ruhig in seiner. Die säuselnde Stimme sprach. «Nur wenn Ihr mir ein Versprechen gebt», sagte sie.
«Jedes!» rief der Regent, völlig berauscht.
«Versprecht mir, daß ich nicht Eure erste Gemahlin, sondern die letzte sein werde...»
«Verehrte Dame, Euer Wunsch ist mir Befehl», sagte der Regent, obwohl ihm dieses Ansinnen etwas ungewöhnlich vorkam.
Die Fremde senkte ihren prächtigen, mit Drachen geschmückten Fächer. Zuerst konnten seine Augen in der Dunkelheit nichts erkennen. Aber dann sah er den weißen verschwommenen Fleck ihres Gesichts auf ihn zuschwimmen, ein Gesicht, das nicht geschminkt und gepudert, sondern hautlos und unheilvoll war, die Augenhöhlen leer, die Zähne blank, der Kiefer ein bleicher Knochen.
«Eure letzte Gemahlin heißt Euch willkommen», sagte der Mund mit einem entsetzlichen Grinsen. Der Regent, dessen Nase zu spät den Verwesungsgeruch erkannte, stieß einen Schrei aus und erwachte auf seinem zerwühlten Lager.
«Möge Buddha mich erhalten», klagte er in sein Kissen, denn es bestand kein Zweifel, daß er Frau Tod selbst gesehen hatte. Zitternd vor Angst dankte er dafür, daß es nur ein Traum gewesen war, wenn auch ein Traum, der schrecklich genug war, um ihn an diesem Festtag in der Sicherheit seiner Gemächer zu halten. Nun, da der fünfte Monat gekommen war, mußte er wieder an die unheilvollen Verkündigungen der Wahrsager denken, und die Dek-

ken über den Kopf gezogen, kam er in der Dunkelheit zu dem Schluß, daß es trotz seiner Bedenken klug gewesen war, den General verhaften zu lassen. Zum ersten Mal war er dankbar, daß er aus der Administration seines Vaters den weisen und weitsichtigen Atsumichi geerbt hatte. Nach einem Traum wie diesem, dachte er, konnte man einfach nicht vorsichtig genug sein!

TÄUSCHUNG

Onogoro öffnete ihre Augen an einem strahlend blauen Morgen und lag für einen Moment in völliger Zufriedenheit da, bis ihre Erinnerung wiederkehrte, gefolgt von einem Sturm von Gefühlen. Sie eilte an Oyus Lager und fand den Kranken errötet, aber gleichmäßig atmend, und zu ihrer Erleichterung stellte sie fest, daß die Wunden keine Anzeichen weiterer Blutungen aufwiesen. Da sie ihre Zofe nicht stören wollte, die auf der *tatami*-Matte eingeschlafen war und sanft schnarchte, holte sie ihr Waschwasser selbst und trug es in den Schlafraum. Aber so wie der Mond in der alten Geschichte sich im Eimer des Fischermädchens spiegelt, schienen ihr Bilder vom Schwert des Generals aus der Schüssel entgegenzufunkeln, und ihr Herz zuckte vor der scharfen Klinge zurück, und sie wußte nicht, was sie tun sollte. Sollte sie zum Haus ihres Liebhabers gehen und sich bei der Dame Ochibu erkundigen, wohin man ihn gebracht hatte? Oder sollte sie die Zähne zusammenbeißen und gar um eine Audienz beim Regenten betteln?

Sie trocknete sich hastig ab, und zuerst schenkte ihr umnebelter Verstand dem bräunlichen Fleck auf ihrem Oberschenkel keine sonderliche Beachtung. Betäubt schaute sie noch einmal hin und erkannte mit einem Gefühl von Verhängnis die Natur der Zeichen neben dem lockigen Haar ihrer *hisho*. Sie reckte den Hals und las:

Mein bescheidenes Haus
Ist mit Schilf gedeckt.
Schaut nur hinein,
Dort findet Ihr
Den Lotus der Ewigkeit.

Die Worte hinterließen ein schneidendes Vibrieren in ihr, wie die Sehnen der Bogenschützen, die in der Morgendämmerung die bösen Geister vom Palast abschrecken. Der Schwamm fiel klatschend in die Schüssel, und sie sank auf die Knie. War es der Lasten nie genug, die ihr aufgebürdet wurden? Ihr Liebhaber war festgenommen, ihr Freund schwer verletzt, aber dieser gewissenlose Schuft fuhr fort, seine Unverschämtheiten auf ihre geheimsten Körperstellen zu pinseln. Es war, als hätte das Schicksal, da es sie kampfbereit sah, beschlossen, einen zusätzlichen Dämon auf sie anzusetzen, um das Maß vollzumachen.
Dämonisch oder nicht, wieder einmal blühten selbstvergnügt Gedichte auf ihrer Haut und wurden aufgebracht abgewiesen. Und obgleich wir allmählich den Verdacht hegen könnten, daß Onogoro bis zu einem gewissen Grade blind sei, wollen wir uns für den Augenblick damit bescheiden zu erraten, was für eine Art Botschaft diese Gedichte überbrachten und ob ihr anonymer Verfasser weise oder mutwillig handelte!
Im Garten pfiff der junge Halbbruder der Prinzessin Saishō mit einem Lockruf seinen Hausfalken herbei, und tief im Bambusdickicht zirpten die *higurashi* ihre kratzige

Ode an die Sonne. Schließlich riß Onogoro sich zusammen und begann betäubt, die Gewänder anzuziehen, die Tokiden zu Ehren des Festes bereitgelegt hatte. Sie war so in ihr Elend versunken, daß sie kaum den achtlagigen *uchigi* aus durchscheinender Seide in abgestuften Chrysanthementönen wahrnahm, oder den Überwurf, auf den das Motiv einer sich brechenden Welle aufgenäht war, und zweifelsohne hatte sie keine Freude daran.

Nachdem ihre Hände sie mechanisch angekleidet hatten, trugen ihre Füße sie aus den Gemächern und den Gang entlang, wo die Sonne helle rechteckige Flecken auf die Fußbodenkacheln warf, so daß sie sich eine Sekunde lang vorstellte, jemand habe hier Briefe verstreut, die sie lesen solle, Briefe, die bessere Kunde brachten.

Shikibu hatte ihr Schreibzeug auf den Balkon mitgenommen und beobachtete mit dem Pinsel in der Hand die Gärtner, wie sie den weißen Sand glatt über die dunklere Erde harkten. Als Onogoro hereingeführt wurde, drehte sie sich um und runzelte die Stirn. «Ich habe gerade über Täuschung nachgedacht», sagte sie kühl, «und daran, wie jedes Ding sein Gegenteil verhüllt...» Als sie sah, daß Onogoro, obwohl so prachtvoll gekleidet, blaß war und zitterte, unterdrückte sie den beißenden Kommentar, der ihr auf der Zunge lag, und nahm sie bei der Hand. «Was ist denn nun schon wieder los?» seufzte sie.

Onogoro schüttete ihre Geschichte aus, hilflos weinend und dann wieder zerstreut an ihren schönen Gewändern

zupfend, und als sie geendet hatte, drehten Shikibus Gedanken sich im Kreis. Welchen Skandal und welch eine Intrige hatte das Mädchen da auf sich gezogen! Für so ungestüm hätte sie den General nicht gehalten. «Aber warum hast du mir nicht die Wahrheit gesagt?» fragte sie bestürzt. «Es war Atsumichi, der mir von deinem geheimen Liebhaber erzählt hat. Und ich, die ich deine Vertraute bin, habe es als letzte erfahren!»
«Atsumichi hat dir so etwas erzählt?» rief Onogoro in dem Gefühl, daß die Kette von Betrügereien kein Ende nahm. «Aber warum verbreitet er Lügen über mich?»
«Was bedeutet dir dieser Stallbursche denn nun?» fragte Shikibu außer sich, «wenn er den General vor Eifersucht rasend macht?»
In die Enge getrieben, verbarg Onogoro ihr Gesicht in den Händen. Oyus wahre Rolle in dieser Geschichte zu enthüllen hieße, sich vor Shikibu eine Blöße zu geben und ihrem Spott ausgesetzt zu sein. Beim Gedanken an ihre vernichtenden Worte schrak Onogoro beschämt zurück. Nein, das konnte sie nicht ertragen. Lieber hätte sie noch zehnmal dem Tigerdämon die Stirn geboten. «Bitte, glaub mir», sagte sie heftig, «Oyu ist nie mein Liebhaber gewesen.»
Die kluge Shikibu glaubte nicht, daß das die ganze Wahrheit war, aber was sie im Augenblick viel mehr beschäftigte, waren argwöhnische Spekulationen über die Rolle, die ihr eigener Liebhaber in diesem tragischen Debakel gespielt hatte. Wenn die Männer des Regenten den General festgenommen hatten, dann bestand kein Zweifel daran, daß Atsumichi an der Verhaftung beteiligt war. Sie hatte gemerkt, daß der Prinz etwas im Schilde führte, aber jetzt kam ihr der Verdacht, daß seine Motive über bloße Niedertracht weit hinausgingen.

Onogoro weinte leise. «Bitte, sag mir, wie ich den General retten kann», flehte sie.
Shikibu legte einen Finger auf ihre Lippen. «Sei ruhig. Wir müssen sorgfältig nachdenken, sonst könnte deine Stellung noch weiter gefährdet werden.» Es wäre unklug, überlegte sie, wenn Onogoro weiterhin einem Liebhaber verbunden bliebe, dem, wenn sie ihr Instinkt nicht täuschte, Verbannung, wenn nicht gar Einkerkerung drohte. Es wäre sehr viel besser, wenn es so aussähe, als habe das Mädchen die Verbindung schon gelöst und der Ausbruch des Generals sei der eines verschmähten Liebhabers gewesen. Möglicherweise eine brauchbare Strategie. Andererseits könnte es für eine Frau von Onogoros relativ niedrigem Rang schwer werden, einen neuen Gönner zu finden, wenn zuviel Skandalgeruch zurückblieb. Und wenn sie außer durch Selbstaufopferung das Unglück des Generals ohnehin nicht teilen konnte, warum sollte sie dann seine Schande teilen?
Aber während ihr Gehirn die verschiedenen Möglichkeiten erfaßte und ordnete, brannte in ihrem Herzen der Zorn gegen ihren hinterhältigen Liebhaber. Wie selbstsüchtig und unbesonnen der Atsumichi ihrer Jugend auch gewesen war, gleichzeitig hatte sie in ihm auch immer einen Mann mit glühendem Enthusiasmus und großzügigen Idealen gesehen, einen Mann, den man einfach lieben mußte. Was hatte ihn verdorben? fragte sie sich bitter. War es einfach nur sein mittleres Lebensalter oder der Verlust der Gunst jener kühnen Minamotohelden, die er so verehrte? Sie dachte einen bangen Moment lang an die leidenschaftliche Liebe, die sie verbunden, und an die zwielichtigen Umstände, die ihre Verbindung zerstört hatten. Wenn sie als seine Gemahlin im Palast geblieben wäre, wäre es dann anders gekommen?
Überlegungen dieser Art nachzuhängen war zu schmerz-

haft, und mit Gewalt lenkte Shikibu ihre Gedanken auf die drängenden Probleme der Gegenwart. «Du, meine Liebe, darfst gar nichts tun. Geh zurück in deine Gemächer und empfange niemanden, bis ich dich rufen lasse. Ich werde zu Prinz Atsumichi gehen und herausfinden, wo der General festgehalten wird.»
Zutiefst erleichtert, daß die einfallsreiche Shikibu die Bürde auf ihre eigenen Schultern genommen hatte, umarmte Onogoro sie unter Tränen und zählte sich zu den glücklichsten Frauen der Welt, da sie eine Freundin hatte, die um so vieles weiser und treuer war als sie.

EINE KOKARDE AUS IRISWURZELN

Auf ihrem Aussichtsplatz in Atsumichis Kutsche schenkte Shikibu der überaus anmutigen Vorführung des Schmetterlingstanzes und der Pantomime, die von einem chinesischen General erzählte, der so schön war, daß er in der Schlacht eine Maske tragen mußte, um seine Soldaten nicht abzulenken, wenig Beachtung. Sie hatte ihre eigene Unterhaltung, und die beunruhigendste stellte das gefällige Profil des Prinzen dar, dessen Kopfbedeckung mit einer flotten Kokarde aus Iriswurzeln versehen war und der bei jeder neuen Darbietung erfreut in die Hände klatschte, obwohl er jede einzelne schon fünfzigmal gesehen hatte. «Aber was geschieht jetzt mit dem General?» beharrte sie.
«Sollten wir das nicht dem Ministerrat überlassen?» sagte der Prinz mild. «Verbannung vielleicht? Unser erlauchter Yorimichi mag keine Gefängnisse, zartbesaitet, wie er ist. Aber ich kann mir vorstellen, daß er sich dafür gewinnen ließe. Schließlich müssen die Menschen lernen, daß sie

nicht ungestraft davonkommen, wenn sie versuchen, die Diener des Kaisers zu ermorden, oder? Ganz egal, wie niedrig ihr Stand ist.»

Ärger erfüllte sie, aber Onogoros wegen wagte sie nicht, ihn zu zeigen. Sie mußte einen kühlen Kopf bewahren. Wenn der unglückliche General, wie Atsumichi angedeutet hatte, eine ernsthafte Bedrohung für die Sicherheit des Staates darstellte, dann sagte die einfachste Logik, daß seine Verbannung in irgendeine gesetzlose Provinz, wo sich seine Truppen um ihn versammeln konnten, kaum die klügste Vorgehensweise war! Wenn Yorimichi die Verbannung befürwortet, überlegte sie, kann das nur bedeuten, daß es seine Hauptsorge ist, den Skandal einzudämmen und einen Bruch mit den Tairaverbündeten zu vermeiden. Denn ein verbannter Adliger konnte aus den Provinzen zurückgerufen werden und in der Hauptstadt wieder in Amt und Würden gesetzt werden, während ein eingekerkerter in aller Öffentlichkeit seines Ranges und seiner Reisfelder verlustig ging und zu dauernder Schande verdammt wäre – eine Schmach, die von den mächtigen Verwandten des Generals niemals geduldet werden würde.

Sie öffnete ihren Fächer und musterte den Prinzen verstohlen, und es fiel ihr auf, wie das Alter die Knabenhaftigkeit seiner Züge und seinen eigensinnigen Schmollmund gleichsam parodistisch betonte. Während man einem machtlosen Kind allerdings gewisse Possen nachsehen konnte, waren sie bei einem Erwachsenen zerstörerisch, da sie gestärkt von Willenskraft oder gemäßigt von Schlauheit das Ausmaß regelrechter Bosheit annahmen. Nichts würde ihm größeres Vergnügen bereiten, erkannte sie, als den General im Gefängnis zu sehen und damit eine Tairarevolte anzuzetteln, die seine alten Minamotoverbündeten endgültig auslöschen konnte!

Als die Kutschen den kaiserlichen Bezirk verließen und der Sänfte des Kaisers zur Hōgaku-Halle folgten, ballte Shikibu enttäuscht die Fäuste. So sind also die Männer von Verstand, die das Räderwerk der Regierung beherrschen, dachte sie grimmig. Aber was für Handlungsspielräume blieben ihr noch? Sie konnte keinen Einfluß auf den Ministerrat nehmen oder auf andere Weise Atsumichis Beweggründe öffentlich machen. Wäre sie ein Mann gewesen, so hätte sie sofort um eine persönliche Audienz beim Regenten nachgesucht; einer Frau dagegen, obwohl sie Herz und Verstand in gleichem Maße besaß und genauso fähig war, gestand man nicht mehr Einfluß auf die Staatsgeschäfte zu als dem gewöhnlichsten Sperling.

GESCHICHTE

Bisweilen hatten die Gärtner in den Palastgärten alle Hände voll zu tun, die zerstörerischen Spuren zu beseitigen, die die Maulwürfe in der Nacht hinterlassen hatten. Diese blinden Geschöpfe, die ohne jeden Zweifel so vertrauenswürdig und zielstrebig sind wie das Stachelschwein, hatten unweit ihrer mit Gras ausgelegten Wohnkessel nach Würmern und Larven gegraben und dunkle Hügel aufgeworfen, welche die glatte Vollkommenheit des Sandes störten. Darüber hinaus hatten sie, unbemerkt von den Dienern des Kaisers, ein ausgedehntes Netzwerk von Tunneln angelegt, das sich vom Nordflügel des Palastes zum Südflügel und vom Ost- zum Westflügel erstreckte, so daß die Fundamente auf Erde ruhten, die so locker und leicht war wie Reiswaffeln. Nicht ohne Grund wählte der berühmte Historiker Cho-iya den Maulwurf zum

Emblem, denn er wollte daran erinnern, daß ein weiser Mensch das Durchhaltevermögen ehren wird, dessen beharrliche Schnauze und schaufelnde Füße die Stabilität von mehr Reichen untergraben haben als je ein ungeduldiger Aufstand.

Wir aber wollen unsere Spekulationen über die Geschichte beiseite lassen und zum heutigen Tag zurückkehren, der lang und heiß war und so langsam dahinzog wie ein hölzerner Karren, der von einem schwachen alten Ochsen gezogen wird. Onogoro hatte an den vier Ecken von Oyus Lager reinigende Feuer von Mohnsamen entzündet, sie hatte die Stirn des Verletzten mit Lindenblütenwasser benetzt und an ihrem Eckschrein für seine Genesung gebetet, und da das alles war, was sie im Augenblick für ihn tun konnte, nahm sie sich die Maximen von Lao-tse vor und versuchte, durch Lektüre ihre Gedanken zu beruhigen.

Wer mit dem Leben treibt,
Braucht keine andere Kraft.
Sein Fluß erschöpft ihn nicht,
Er braucht nicht Rast noch Schlaf.

Wenn Shikibu doch nur Nachrichten über das Schicksal des Generals brächte, dachte sie; wenn ich ihm nur schreiben und ihm sagen könnte, daß ich ihm vergeben kann, obwohl er, indem er Oyu angriff, ein großes Unrecht begangen hat; wenn ich nur sein Unglück mit ihm teilen und die Tage seiner Ungnade durch Ergebenheit aufhellen könnte! Diese zwanghaften Gedanken brachten ihr jedoch nichts ein als Qualen, und sie versuchte erneut, sich auf den Text zu konzentrieren, diesmal, indem sie sich zwang, laut zu lesen.

Beug dich, und du wirst nicht brechen,
Gebeugt kannst du dich aufrichten,
Entleert kannst du dich füllen.

Weit davon entfernt, ihr Trost zu spenden, versetzten die Worte des Meisters ihrem Gehirn Nadelstiche und machten sie wütend. Was für eine Weisheit war dies? War sie nicht schon doppelt gebeugt unter dem Gewicht ihrer Bürde? War sie nicht schon leerer als eine Schüssel am Fastentag, seit sie alles verloren hatte? Und wer sollte sie füllen? Sie versank aufs neue in Grübeleien über ihr Elend und hörte kaum die leise Stimme hinter sich, die leise sagte:

Zerrissenes kannst du flicken,
Arm wirst du bekommen,
Reich dich verlieren.

Oyus Augen waren offen, und seine Finger flatterten aufwärts, um seine bandagierte Schulter zu betasten. Onogoro eilte zu Tokiden, um Eiswasser und Sorbet zu beschaffen, und kehrte zum Bett zurück, um ihn zu pflegen. «Wo bin ich?» fragte er stockend und leckte seine trockenen Lippen.
«Sicher in meinen Gemächern», antwortete Onogoro, «wo Tokiden und ich dich pflegen werden, bis du wieder ganz gesund bist.»
Oyu schreckte hoch, und der Schrecken war ihm ins Gesicht geschrieben. «Das Schwert», stammelte er, und seine Hand suchte fieberhaft die Decken ab, «wo ist das Schwert?»
Onogoro war zutiefst beunruhigt und versuchte, den Jüngling zurück in das Kissen zu drücken, das sie aus einem

wattierten Kimono gefertigt hatte. «Es ist vorbei», beruhigte sie ihn, «du bist in Sicherheit.»
«Du bist vom General verwundet worden», sagte Tokiden und hielt einen Löffel mit Eiswasser an seine Lippen. «Trink.»
Onogoro schossen bei dieser herzlosen Erwähnung ihres Liebhabers die Tränen in die Augen. Sie sah Tokiden vorwurfsvoll an, aber diese zuckte nur mit den Achseln und strich geschäftig die Decken glatt. «Er sollte jetzt schlafen», sagte die Zofe mit Nachdruck. «Der Arzt hat gesagt, Schlaf ist die beste Medizin.»
Aber obwohl Oyus Augen geschlossen waren und sein Körper bewegungslos lag, schlief er keineswegs. Und da er glaubte, er sei wieder hinter dem *tsuitate*-Schirm in Onogoros Schlafgemach, suchte und fand sein armes verwirrtes Gehirn die gewohnte Rolle, und seine Lippen begannen, eine Geschichte zu formen.

DAS PUPPENFEST

«AM FUSSE des Berges Yudono in der Provinz Echigo lebte einmal ein Schmied und Priester, der so fromm war, daß er die Klingen seiner Schwerter mit geweihtem Wasser härtete, welches er täglich aus dem kleinen Tempel im Vorgebirge, wo er seine Andacht verrichtete, in seine Dorfschmiede hinuntertrug.
Jokō, so hieß der Schmied, führte ein so untadeliges Leben, daß er die Dorfältesten mit heiliger Scheu erfüllte, denn sie glaubten, er müsse die Reinkarnation von Buddha selbst sein. Ein Strom von Dorfmädchen zog jeden Tag an seiner Tür vorbei, sie steckten ihre Köpfe in die Schmiede,

um ihn zu grüßen und vor allem einen Blick auf seine schwellende Brust zu erhaschen, die in der glühenden Hitze der Esse vor Schweiß glänzte, und obwohl einige so bezaubernd wie Mimosenblüten waren und saftig wie ein ganzes Feld von Kleeblättern, führten ihre Reize den Priester nicht ein einziges Mal von dem geraden Pfad ab, den unser Herr Amida ihm bereitet hatte.

Die in ihrer Eitelkeit verletzten Mädchen warfen ihre Köpfe zurück und sagten verächtlich zueinander: ‹Ach was, er ist viel zu heilig!› Die Vulgären unter ihnen mutmaßten, er sei ein Eunuch. Vielleicht war ihm eines Tages eine zu scharfe Klinge ausgerutscht und hatte seine edlen Teile abgeschnitten.

Aber der Dienst des Priesters wurde allerorten so hoch in Ehren gehalten, daß die Mädchen es nicht wagten, ihn in Hörweite ihrer Eltern zu verleumden. Jahr für Jahr leitete Jokō die Begräbnisfeierlichkeiten, segnete Neugeborene und trieb Dämonen aus, und es gab kein einziges Fest, das er nicht feierlich in seiner Bergkapelle beging.

Als der dritte Monat wiederkehrte, wurde der *Hina-Matsuri*, das traditionelle Fest der Mädchen, im Dorf abgehalten. Als die Festgelage und die Spiele beendet waren, trug man Puppen von majestätischen Ausmaßen in vergoldeten Sänften den gewundenen Pfad zur Kapelle hinauf und reihte sie auf dem Altar auf, damit sie dort verwahrt würden, bis der Monat vorüber war.

Sämtliche Künste des Töpfers und des Webers, des Färbers und des Spitzenmachers waren aufgeboten worden, um eine lebensechte Wirkung zu erzielen, und gemessen an der Größe des Dorfs hatte man keine Ausgabe gescheut. Die viellagigen Roben der Puppen bauschten sich wie Wolkenbänke bei Sonnenuntergang, und der silberne Faden ihrer *obis* schimmerte in den Sonnenstrahlen, die

durch das winzige Fenster lugten. Ihre glänzenden Perükken waren aus echtem Haar, ihre Kämme aus echtem Schildpatt und ihre leuchtenden Augen aus tiefschwarzen Gagatstücken geschliffen.
Sämtliche Finger und Zehen waren einzeln liebevoll gestaltet und vollkommen wie Eierschalen, und jedes Paar karminroter Lippen war geöffnet, um Zähne aus edelstem Perlmutt zu enthüllen.
Der Kontrast zwischen der schmucklosen Kapelle und der üppigen Puppenversammlung hätte nicht größer sein können. Der Duft der Haare überlagerte den gewöhnlichen Geruch nach Sandelholz und Weihrauch, und ihre Röcke machten den schwindelerregenden Eindruck eines Kirschbaumgartens in voller Blüte. Die Blätter dieser Blüten jedoch schlossen sich nicht bei Einbruch der Nacht, sondern zeigten sich Sonne und Mond gleichermaßen schamlos geöffnet, wobei sie überdies die nüchterne Steinstatue des Buddha völlig verdeckten.
Als er in grobem Kittel und Strohsandalen vor dem Altar kniete, versuchte der Asket Jokō, den Widerwillen zu unterdrücken, den solche Ausschweifungen bei ihm hervorriefen. Die Dorfbewohner hatten ihm immerhin die Verantwortung für die Puppen übertragen, und wer war er schon, daß er sich zum Richter über ihre uralten Bräuche hätte aufspielen können? Der gewissenhafte Priester spähte durch das kleine Fenster hinüber zu der klaren Bergkette und lenkte seufzend seinen Blick zurück auf das beklemmende Innere. Er hatte sein Gewissen erforscht und es hatte ihn ermahnt, geistlicher Stolz sei in der Tat eine Sünde, die nur durch strenge Buße gesühnt werden könne. Er beschloß deshalb, von seinem Widerwillen abzusehen und seine unwillkommenen Gäste für die Dauer ihres Besuches mit äußerster Höflichkeit zu behandeln.

Jokō warf sich vor dem Altar nieder und sagte Dank für den geistigen Rat, und als er den Kopf hob, betrachtete ihn eine Reihe staubiger Gesichter. Der junge Priester schämte sich sofort. Wie schmuddelig die Puppen geworden waren – durch seine Nachlässigkeit! Unter heftigen Selbstvorwürfen füllte er eine Schüssel mit Wasser und machte sich daran, die schmutzigen Wangen inbrünstig mit einem Lappen zu schrubben.

Jokō war gezwungen, auf den Altar zu klettern, um die oberste Reihe zu erreichen, und dabei mußte er bemerken, daß die Puppe am Ende der Reihe größer und geschmeidiger war als die anderen. Der Schwung ihrer Augenbrauen war zudem so fein wie der Bogen des Neumondes, und ihre hochgezogenen Mundwinkel verhießen Schalk.

Als es ans Füßewaschen ging, sah sich der Priester genötigt, zwischen den parfümierten Kleidersäumen auf Hände und Knie niederzugehen, und trotz seiner eisernen Vorsätze wurde seine Phantasie von lüsternen Gedanken bedrängt. Er konnte sich nicht von der Vorstellung eines Hundes befreien, der seine Schnauze unter die Kleider unvorsichtiger Mädchen stößt und seinen Opfern so manchen beängstigenden Schrei entlockt.

Er war wieder am Ende der Reihe angekommen und stellte überrascht fest, daß die Füße der großen Puppe so schmutzig waren wie die eines Gassenjungen. Fast im selben Moment hörte er ein Geräusch, das eindeutig wie Kichern klang, und er fuhr erschreckt herum. Wie peinlich, bei einer solchen Arbeit entdeckt zu werden, egal, wie untadelig sein Motiv auch sein mochte! Doch nicht die Spur eines Besuchers war zu sehen, weder im düsteren Innern noch draußen auf dem sonnigen Hof. Der Priester schloß, daß der Kampf mit seinem Gewissen zu anstrengend gewesen war und seine Nerven überspannt hatte, und beeilte sich, den Schmutz von den Füßen der Puppe abzuwaschen. Dann sperrte er erleichtert die Tür der Kapelle hinter sich zu und machte sich auf den Weg hinunter ins Dorf.

Nachdem er in der Nacht gut geschlafen hatte und den Tag mit rechtschaffener Arbeit in der Schmiede verbracht hatte, fühlte sich Jokō viel gefestigter und kehrte abends in die Kapelle zurück, fest entschlossen, seiner Gemeinde demütig zu dienen, selbst dann, wenn ihm lästige Pflichten auferlegt wurden.

Nachdem er die täglichen *sūtras* gelesen hatte, untersuchte er seine Schützlinge eine nach der anderen, glättete hier die Falte einer Robe, bürstete dort eine Spinnwebe von einem eleganten Kopfschmuck. Was jetzt? fragte er sich, in Habtachtstellung, das Putztuch in der Hand und die Brauen pflichtbewußt zusammengezogen.

Genau in diesem Moment blickte er auf die Puppe am Ende der Reihe und sah, daß ihr Rock sich irgendwie über dem Knie verhakt hatte und zwei perfekt geformte, aber äußerst schmutzige Waden enthüllte. Wie hatte er dies vorher übersehen können? Jokō geißelte sich selbst für seine Nachlässigkeit, kletterte auf den Altar und begann zu schrubben. Und wiederum beschwor seine würdelose Krabbelei zwischen den Röcken die unziemliche Erscheinung des Hundes herauf, und dem erregten Priester brach der fiebrige Schweiß aus. Um die Vision zu vertreiben, schrubbte er noch heftiger, und wütende Worte drängten sich ihm über die Lippen. Was hast du nur angestellt? schimpfte er. Man könnte glatt annehmen, du hättest die Nacht in einem Fuchsbau verbracht! Denn wahrhaftig, die Puppen waren so lebensecht, daß man sich leicht vorstellen konnte, wie sie hinter jemandes Rücken kicherten oder in einem unbeobachteten Moment ihre Röcke hoben und allen erdenklichen mitternächtlichen Lastern frönten.

Plötzlich tropfte etwas Nasses auf die Tonsur des Priesters, und erschreckt ließ er den Lappen fallen. Er wagte kaum, in das Porzellangesicht über sich zu blicken, für den Fall, daß dort echte Tränen zu sehen waren. Aber die Wangen waren glatt und trocken, und die Gagataugen sahen ihn mit leerem Blick an. Jokō tadelte sich für seinen Aberglauben und zwang sich, die Arbeit zu beenden, die er begonnen hatte. Dann warf er sich, befriedigt darüber, daß seine strenge Selbstdisziplin gesiegt hatte, vor dem Altar nieder und sagte Dank.

Wie jedoch jeder halbwegs gescheite Mensch weiß, hat es die hinterlistige Bisamratte um so gemütlicher, je fester die Garben gebunden sind, in denen sie ihr Nest baut. Und während die Reisboote ihre Zehnten flußabwärts zu den Zählhäusern der vornehmen Gutshöfe tragen, kommt es also vor, daß der blinde Passagier heimlich an der Fracht knabbert und es, wenn die Garben zum Dreschen aufgebunden werden, so manchen Herrn gibt, der sich seiner Opfergaben beraubt findet.

Auf dem kalten Boden ausgestreckt, sah Jokō, als die Bouquets der Röcke über ihm wogten, daß er vergessen hatte, den Saum der größten Puppe loszuhaken und ihren Rock ordentlich und glatt über die Knöchel zu ziehen. Als er sich dieser Aufgabe widmete, kam ihm jedoch ein Gedanke. Wenn er zuvor nicht bemerkt hatte, daß die Waden schmutzig waren, wer sollte ihm garantieren, daß die Schenkel nicht auch seine Aufmerksamkeit erforderten? Wenn du schon etwas machst, so mach es auch richtig! sagte ihm sein Handwerkerherz. Geize ich etwa mit Zierat im dunklen Inneren der Scheide, fragte er sich, nur weil das Tageslicht es nie erreichen wird? Und so schob er den Rocksaum hoch, um die durchscheinenden Schenkel der Puppe zu enthüllen, und fand sie zart geschwungen und wunderbar gearbeitet und, soweit er sehen konnte, gänzlich unberührt wie den Mondaufgang.

Aber was war dies? Mit angehaltenem Atem hob Jokō den Saum ein wenig höher und starrte auf einen schimmernden Tropfen an der Innenseite ihres Oberschenkels. War es vielleicht Leim, der aus der Naht der Puppe leckte? Der Tropfen kullerte hinunter und fiel, als er das Knie erreichte, mit einem leisen Platsch auf den Altar. Jokō starrte auf den Fleck, als wäre er ein geflügelter Fisch, oder ein Käfer mit dem Vogelschnabel, oder eine Schimäre aus den Seiten des *Kojiki*. Ein zweiter Tropfen erschien nun ganz oben am Schenkel der Puppe und fiel, dem Beispiel seines Vorgängers folgend, zwischen ihre Füße.

Da er außerstande war, die Naht zu entdecken, aus der die Flüssigkeit drang, warf Jokō den seidenen Rock über den Kopf der Puppe und sah sich dem Anblick roter Batistuntergewänder ausgesetzt, die so liebevoll bestickt waren wie eine Brautaussteuer und obendrein einen offenen Zwickel hatten, eine praktische Sache, die zu entdecken Jokō im Laufe seines zölibatären Lebens keine Gelegenheit gehabt hatte und die ihn daher übermäßig schockierte. Na so was, jeder x-beliebige Herumtreiber könnte hier eindringen, dachte er, wie ein Fuchs, der das Loch im Hühnerstall wittert und ihn nach Herzenslust ausplündert! Aus dem Schlitz im scharlachroten Stoff sahen überdies einige schwarze und naturgetreue Haare hervor. Wie bewundernswert der Künstler doch ist, sagte er sich wie vom Donner gerührt, er scheut keine Mühe, um Vollkommenheit zu erreichen! Da glitt ein Tropfen klarer Flüssigkeit von einem der schwarzen Haare und fiel vor Jokōs Füße. Hier war also die fehlerhafte Naht, das Leck, die Quelle des tropfenden Leims!

Mit zitternden Händen schob der Priester den weichen roten Stoff beiseite und untersuchte die Stelle gewissenhaft, bis er den verhängnisvollen Fehler gefunden hatte. Eine warme Nässe überzog seinen Finger, und er führte ihn gedankenlos an die Lippen, wie ein Kind, das kosten wollte, ob es salzig oder süß schmeckte. Dies ist kein Leim! rief er und schreckte zurück. Er starrte die Puppe an, die so unverschämt auf dem Altar stand, den Rock über dem Kopf, und ihre *hisho* blitzte dämonisch durch den offenen Zwickel ihrer Untergewänder, und wieder hätte er schwören können, daß ein Schauer der Belustigung durch die reglose Luft der Kapelle ging. Du hast dich mit jemandem eingelassen! schrie er und ordnete wütend die Kleidung der Puppe, bis sie wieder halbwegs anständig aussah. Ihr alle seid nichts anderes als ein Haufen Huren!

Dann floh er den Pfad ins Dorf hinunter, und trillerndes Mädchengelächter schallte in seinen Ohren. In jener Nacht warf er sich auf seiner Pritsche in der Schmiede hin und her, sein Geist war sein Feind, sein Körper dessen bestialisches Gefolge. Bei Tagesanbruch jedoch kehrte seine Vernunft zurück, und wieder einmal machte er sich Vorwürfe, denn hatte er die Sorge für seine Schützlinge nicht genauso vernachlässigt wie ein Vater, der es versäumt, die Ehre seiner Töchter zu schützen?

Der Priester ließ die Esse kalt und die Schmiede verlassen, schnappte sich sein schärfstes Schwert und eilte zur Kapelle, entschlossen, an der Tür Wache zu halten und es jedem räuberischen Eindringling heimzuzahlen.

Den ganzen Tag lang saß er im Lotussitz vor dem Altar, den Rücken standhaft dem Puppenpublikum zugewandt, die Augen auf die Tür gerichtet und das Schwert gezückt. Hinter ihm raschelten die Röcke seiner Schützlinge wie Mäuse in der Zugluft, und ihr Duft drang in seine empfängliche Nase. Am späten Nachmittag, als er ungelenk und träge wie eine Herbstwespe war, ging er hinaus, um frische Luft zu schöpfen. Mit Adleraugen suchte er den Hang ab, aber kein Reisender bewegte sich über den gewundenen Pfad, und das trostlose Moor war eine rote Wüste in der sinkenden Sonne. Er ließ sein Schwert bei der Tür und erleichterte sich schnell über die niedrige Mauer, die den Hof umgab.

Als er jedoch an seiner Robe herumnestelte, um sie wieder zu befestigen, fiel sein Blick auf die Stelle, wo sein Strahl niedergegangen war, und für einen Moment ruhte seine Hand an seinem Glied, während er verständnislos dastand. Denn war dort unten auf dem schlammigen Abhang nicht ein Fußabdruck und daneben noch einer? Tatsächlich, da waren zwei Spuren, eine, die sich näherte, und eine, die fortführte und ihn, folgte er ihr, sicher zum Versteck des Eindringlings bringen würde. Sein Glied richtete sich ungebetenerweise auf, witterte steif wie ein Schwert die Fährte und wies ihm den Weg. Zornesrot stopfte der Priester es mit strafender Hand zurück in die Robe, und nachdem er seine Waffe aufgenommen hatte, eilte er davon in die Dämmerung.

Bald folgte er der Spur über rauschende Bäche, bald hieb er einen Pfad durch dorniges Stachelschweingras; ein leidenschaftlicher Verfolger, war der Krieger durch nichts aufzuhalten, selbst wenn er auf Händen und Knien und mit der Nase am Boden kriechen mußte.

Aber was um alles in der Welt war das? Der fanatische

Priester blieb plötzlich stehen und starrte auf die Erde. Der Mond war kaum aufgegangen, und es war viel zu früh für Tau. Aber dort zwischen den Fußabdrücken war eine taufeuchte Spur zu sehen, eine Pfütze sündhafter Tropfen, die wie Tränen schimmerten.

Da es sich um diejenigen Abdrücke handelte, die in Richtung der Kapelle führten, und nicht jene, die von ihr kamen, erschien dem Priester eine gräßliche Vision. Auf dem Weg, die Unschuldigen auszuplündern, kann der Verworfene seine Begierde nicht zügeln! dachte er, und sein Schwert in gerechtem Zorn gepackt, sprengte er voran durch die zunehmende Dämmerung.

Schließlich hielt er in einer tiefen Schlucht, die von quarzgesprenkelten Felsnasen flankiert war. Hier stellte er überrascht fest, daß die Fußabdrücke vor dem Eingang eines ziemlich großen Lochs an einem schlammigen Abhang endeten.

Jokō schwindelte. Was für ein Dämon war das, der in einem Erdloch leben und in menschlicher Form aus der Unterwelt hervorbrechen konnte? Zitternd vor Angst verbarg er sich hinter einem Felsblock und stählte sich, um den Kampf gegen das Böse aufzunehmen, ganz gleich, ob sein Widersacher in der abscheulichen Gestalt eines zähnefletschenden Wolfes oder eines Keilers mit Hauern oder eines Bären mit langen Krallen erschien.

Der Priester kauerte einige Stunden hinter dem Felsen, die Hand auf seinem Schwert, sein Körper steif von der Kälte des Berges und sein Hirn erfüllt von Erscheinungen. Um seine Entschlossenheit zu festigen und sich wach zu halten, hielt er sich das Bild seiner hilflosen Schützlinge vor Augen, wie sie auf dem Altar der Kapelle aufgereiht waren, und begann, jedes Gesicht und jedes Merkmal zu verzeichnen, wie ein besorgter Ziegenhirt, der seine Herde durch-

zählt. Er ging die Reihen von rechts nach links durch und fand anfangs alle an ihrem Platz und fehlerlos. Am Ende der obersten Reihe jedoch hielt er inne, und sein Herz schlug schneller, denn eine dunkle Lücke markierte die Stelle, wo die große und geschmeidige Puppe gestanden hatte!
In jenem Augenblick enthüllten die Wolken den Mond, und wie in einem Traum erschien genau jene Puppe am Eingang der Schlucht, prächtig gekleidet, mit rabenschwarzem Haar und schmutzigen Füßen wie ein Gassenjunge.
Mit ungläubigem Staunen beobachtete der Priester, wie sich das Mädchen anmutig über die unebene Erde auf den Eingang zur Höhle des Dämons zubewegte, wo sie sich hinunterbeugte und ein leises Pfeifen ertönen ließ. Aus dem dunklen Loch erschien eine rote Schnauze, und dann schlüpfte der ganze lange Körper eines Fuchses ins Mondlicht hinaus und umkreiste sie auf tapsigen Füßen, während der niedrige Federbusch seines Schwanzes auf dem Boden nachschleifte.
Jokō umklammerte kampfbereit sein Schwert und wäre losgestürzt, das hilflose Mädchen zu retten, aber mit einemmal waren seine Glieder unerklärlich bleiern, und sein Geist bewegte sich wie durch einen schlammigen Sumpf. Welche Hexerei hält mich hier wie angewurzelt? dachte der junge Bonze in panischer Angst. Der Dämon wird sie bestimmt in tausend Stücke reißen, und ich kann nichts tun, um sie zu retten. Was für ein erbärmlicher Beschützer ich doch bin!
Denn nun wurden die Kreise immer kleiner, und die Schnauze schnupperte hungrig am Saum ihrer blütenförmigen Röcke. Und doch wirkte das Opfer nicht im geringsten davon beunruhigt; sie schien vielmehr bezaubert, kicherte hinter vorgehaltener Hand und ließ ihren Rock hin und her fliegen, um das Ungeheuer zu necken.

Der Fuchs wich zurück und setzte sich auf seine Hinterbeine, um sie geduldig zu beobachten. Bald zogen ihre Hände den Saum über die Knie, und bald ließ sie ihn mit einem vulgären Lachen fallen. Mal drehte sie Pirouetten und wedelte ihren Rock bis zur Hüfte hoch, mal beugte sie sich nieder, um das rote Fähnchen ihrer Unterkleider zu zeigen, und mal öffnete sie den Schlitz, um das weiße Fleisch ihrer Hinterbacken zu entblößen.

Als sie schließlich ihren Tanz beendet hatte, stand sie schweigend vor dem abwartenden Tier. Der Fuchs schlich knurrend auf sie zu und hob mit seiner lüsternen Schnauze den Saum. Aufseufzend spreizte sie die Beine, während der Dämon, derartig ermutigt, seinen Kopf vollständig unter ihren Rock stieß, den Schwanz nun erhoben und buschig vor Erregung.

Die Unschuldige steckte einen Zipfel ihres Gewandes zwischen die Zähne und kaute lüstern daran, wobei sie gleichzeitig ihre Unterkleider teilte, um die sich spreizenden Lippen darunter zu entblößen. Die lange rosa Zunge des Fuchses begann zu lecken, und es dauerte nicht lange, bis sein Opfer anhaltend und leidenschaftlich stöhnte. Plötzlich fiel sie auf die Knie und bot ihrem wollüstigen Vertrauten ihre drängenden weißen Hinterbacken dar.

Mit maßlosem Entsetzen sah der junge Priester, daß der Dämon gut genug ausgestattet war, um dieses schamlose Angebot auszunutzen. Aus seinem Bauch wuchs ein Glied, das dünner war als das eines Mannes, dafür jedoch länger und von einer eindrucksvollen Knolle gekrönt. Der Fuchs verlor keine Zeit, sein geiles Weibchen zu besteigen, und bald, als Puppe und Dämon ihrem mondbeschienenen Höhepunkt entgegenbebten, hallte ihr Wolfsgeheul durch die Schlucht.

Danach sprang das unanständige Mädchen auf, als sei

nichts gewesen, strich den Rock wieder glatt und eilte aus der Schlucht, wobei es eine verräterische Spur glänzender Tropfen hinter sich ließ.

Der junge Priester wurde von Krämpfen des Ekels geschüttelt, die ihn aus seiner Lähmung befreiten, und sprang aus seinem Versteck. Der Fuchs wandte den Kopf nach ihm und fixierte ihn mit seinem gelben Auge, zeigte jedoch keine Furcht. Er ist ganz gewiß ein Dämon, dachte Jokō, der sich in Sicherheit wiegt, weil er weiß, daß man gleich das Schwert gegen ihn ziehen und ihn töten kann, er sich jedoch heil erheben wird, um erneut zu schänden! Dennoch erhob er sein Schwert und, ein kurzes *nembutsu* an den Buddha ausrufend, trennte er den Kopf des Tieres von seinem Körper.

So, sagte er zu sich. Es ist vollbracht. Jetzt werde ich mich um das Mädchen kümmern. Und Rechtschaffenheit durchfuhr ihn wie ein Windstoß und trug ihn auf ihren triumphierenden Flügeln zurück zur Kapelle.

Auf dem Altar brannte hell die Öllampe, und die Puppen standen aufrecht da, züchtig und leblos. Mit der Spitze seines Schwertes deutete er anklagend auf die große am Ende der Reihe. Steig herunter, befahl er, und zeig deine Füße! Die unfolgsame Göre bewegte sich jedoch nicht, und der Priester sprang auf den Altar, in der festen Absicht, sie ein für allemal zu entlarven und so an ihr ein Exempel zu statuieren. Denn ein verfaulter Apfel in einer Tonne wird, wie jedermann weiß, sehr bald auch seine makellosen Gefährten verderben.

In der Erwartung, den schlammigen Beweis ihrer Schuld zu enthüllen, warf der Priester den Saum ihres prächtigen Rocks hoch, aber die Worte der Verdammung erstarben auf seinen Lippen. Denn siehe da, die kleinen Füße waren blütenweiß und rein, die Schenkel makellos, und die ganze

Gestalt hatte nicht mehr Leben in sich als eine Vase aus feinstem Porzellan!
Der verblüffte Priester starrte auf die Zehen, die ihn verhöhnten, und durch die winzige Kapelle zog ein Geräusch wie Mädchenlachen. Schließlich sprang er vom Altar, seine Eingeweide verkrampften sich vor Angst, und hundert Augen waren auf ihn gerichtet. Worauf starrten sie so hämisch, die Münder hinter den Händen verborgen? Und warum hob sich sein grobes Gewand so lüstern vor seinem Bauch, wie von einer Zeltstange aufgespannt?
Von Kopf bis Fuß errötend blickte der glücklose Priester hinunter und sah, wie aus den Falten nicht etwa das menschliche Glied hervorkam, das er so unbeirrbar gezüchtigt hatte, sondern zu seinem Erstaunen die zielstrebige Schnauze des Fuchses, sein arrogantes gelbes Auge und in der Tat sein ganzer lüsterner Kopf, den er zuvor abgeschnitten hatte.
Da fiel der harte Mantel der Rache von ihm ab, und er stand vollkommen demütig in seiner Fuchsbegierde vor den vergnügten Augen seiner Schützlinge, während die Kapelle vom betäubenden Echo ihres Lachens widerhallte.»
Wenn sich der besinnungslose Oyu weiterhin bemühte, seine Geliebte zu unterhalten, so war es gut, daß ihm die Wirkung seiner Geschichte auf die Dame Onogoro entging. Denn was ihr in glücklicheren Zeiten wohl Erleichterung verschafft hätte, wirkte unter den jetzigen Umständen lediglich wie Salz in der Wunde ihrer Qual, so daß sie sich die Ohren zuhielt und weinend aus dem Krankenzimmer floh.

Shikibu kehrte mit traurigem Gesicht von den Feierlichkeiten zurück und erzählte Onogoro, was ruchbar geworden war. «Der General ist unter Hausarrest», sagte sie. «Der Staatsrat wird in ein paar Tagen das Urteil fällen.»
Onogoro war außer sich. «Aber wie kann ich ihm helfen?» rief sie.
Shikibu schüttelte ihren Kopf. Von der Zentnerlast ihres Wissens niedergedrückt, fühlte sie sich lahm und steif und älter als die Berge. «Es gibt Kräfte, gegen die wir machtlos sind. Kräfte, die auch dich hinwegfegen werden, wenn du nicht außerordentlich vorsichtig bist.» Sie warf einen flüchtigen Blick auf den Vorhang, der den schlafenden Oyu verbarg. «Sorge gut für deinen Kranken. Es könnte für den General besser sein, wenn er sich schnell erholt.»
«Ich muß ihm sofort schreiben!» rief Onogoro.
Shikibu sagte in ernstem Ton: «Meine Liebe, es wäre weitaus sicherer, wenn du dich von jetzt an aus den Angelegenheiten des Generals raushieltest.»
Trotzige Tränen stiegen in Onogoros Augen. «Niemand hat das Recht, das von mir zu verlangen.»
Shikibu ergriff ihre Schultern und hätte sie beinahe geschüttelt wie ein aufsässiges Kind, konnte sich aber gerade noch bremsen. Gegenüber dem Ungestüm der Liebe konnte ein Ratschlag aus Erfahrung ebenso wenig ausrichten wie ein Weidenzaun gegen eine Flutwelle, aber nackte Gewalt war auch keine Lösung. «Denk an deine Zukunft», flehte sie. «Wir Frauen müssen für uns selbst sorgen, so gut wir können.» Sie wandte sich rasch ab, verabschiedete sich und eilte mit dem Fächer vor dem Gesicht, um ihre innere Aufregung zu verbergen, zurück in ihre Gemächer.
Als sie aber das alte Tagebuch öffnete, konnte sie ihre

Trauer nicht länger zurückhalten, und als sie von diesen weit zurückliegenden Tagen las, wurde sie von heftigem Weinen geschüttelt. Wie jung waren sie gewesen, sie und Atsumichi, und wie feurig ihr Verlangen! Sie erinnerte sich daran, wie sie sich gesträubt hatte, in den Südpalast zu ziehen und der Feindseligkeit seiner Frau zu begegnen. Bereits verletzt durch ihre Weigerung, hatte der Prinz auch noch falschen Klatsch über ihre vermeintlichen Liebhaber gehört.

Heute morgen ein schrecklicher Brief vom Prinzen. Darin schreibt er: «Ich war ein Narr, an Euch zu glauben.» Es ist auch ein Gedicht dabei, das mir ins Mark schneidet:

Ihr seid treulos,
Aber ich will nicht klagen.
Tief wie die stille See
Ist der Haß in meinem Herzen.

Als ich dies las, zitterten meine Glieder unerträglich, und ich vergrub mich in den Kissen. Lange, elende Stunden verbrachte ich damit, mich zu fragen, was ich getan hatte, das solche Anschuldigungen rechtfertigte. Hatte ich zu herzlich mit einem Höfling gesprochen? Hatte ich hinter meinem Fächer dem Kanzler zugelächelt? Oder ist es, weil dieser Flegel Yukinari, der sich bei jeder Dame am Hof unbeliebt macht, versuchte, während der heiligen Lesungen eine Nachricht in meinen Ärmel zu stecken?
Es gibt so viele abwegige Gerüchte über mich, daß ich nur vermuten kann, jemand aus dem Gefolge des Prinzen will mich verleumden, weil er glaubt, ich würde seinem dringenden Verlangen nachgeben und in den Palast ziehen. Dann gibt es wieder Nächte, in denen das Mondlicht durch die Kie-

fern scheint und den weißen Sand in Schnee verwandelt, und dann bin ich guten Mutes und kann nicht glauben, daß unsere Liebe von falschen und nichtigen Gerüchten vereitelt wird. Wenn der Prinz nur wüßte, daß mein Herz so treu ist, daß meine Vertrauten sich gähnend von mir zurückziehen, weil ich sie nicht mit lustigen und prickelnden Geschichten versorge. So treu, daß es in meinen Ohren nicht verführerischer klänge als das Grunzen einer alten Sau, sollte der ruhmreiche Prinz Genji persönlich unter meinem Balkon die Laute schlagen.

All das möchte ich ihm gerne sagen, aber ich kann ihm nicht schreiben, denn es verbittert mich, daß der Prinz beim leisesten Hauch von Klatsch hierhin und dorthin schwankt wie eine Weide im Sturm und daß er mich solcher Niederträchtigkeit für fähig hält. Eines Mannes Herz ist wahrhaftig ein schändliches Ding, wenn es wankelmütig und ohne Vertrauen ist!

Da ich mich nicht rechtfertigte, schrieb der Prinz wieder: «Warum antwortet Ihr nicht? Ich hörte etwas, das ich nicht glaubte, und schrieb Euch in der glühenden Hoffnung, daß Ihr über meine Verdächtigungen lachen und sie aus meinen Gedanken verbannen würdet! Aber dieses Schweigen schmerzt mich über alle Maßen. Soll ich glauben, daß Euer Herz sich so schnell gewendet hat? Seid behutsam mit mir, oder ich fange an, den Gerüchten Glauben zu schenken.»

Plötzlich wollte ich wissen, was er gehört hatte, und ich schrieb ihm: «Wenn Ihr mich doch nur in diesem Augenblick sehen könntet! Mich dürstet danach, Euch zu sehen, aber wie kann ich Euer Haus betreten, wenn ich unter Verleumdungen begraben bin?»

Aber der Prinz zürnte mir und beschuldigte mich, zaghaft zu sein. Er schrieb grausame Worte und türmte Beleidigungen auf Verletzungen. Hier ist das ganze Ausmaß seines Arg-

wohns: «Ich sage mir, ich will nicht mißtrauen, ich will nicht grollen, aber mein Herz folgt meinem Willen nicht.»
Ich bin in Gift getaucht, als hätten mich die tausend Stacheln des Seeigels gestochen. Es scheint, als würde seine Feindseligkeit mir gegenüber nie ein Ende haben.

Shikibu wußte, daß es närrisch war, über Vergangenes nachzugrübeln, aber sie konnte nicht anders, als weiterzulesen.

Heute fielen die letzten Blätter vom Ahornbaum vor dem Fenster. Es ist jetzt wahrlich Winter, und obwohl der Himmel klar und hell ist, gibt es keinen Trost ohne den Prinzen an meiner Seite.
Eigensinnig bestimmt er: «Es gibt keinen andern Weg, als daß Ihr Euch entschließt, zu mir zu kommen.» Wie selbstsüchtig Männer sind! Er verläßt sich grenzenlos auf mich, aber er weigert sich einzusehen, daß das, was er von mir verlangt, große Gefahren für mich birgt. Lautstark zweifelt er an meiner Liebe, aber er weigert sich anzuerkennen, daß auch ich Gründe zum Zweifeln habe!
Zu verbittert, um ihm zu schreiben, schicke ich statt dessen ein altes Gedicht von Ono no Komachi, die im Gegensatz zu mir niemals von ihrer Beredsamkeit im Stich gelassen wurde.

Euch nachgeben –
Könnte es das sein, was Ihr sagt?
So wie Wellen auf dem Wasser
Dem dahinstreichenden Wind nachgeben?

Trüber Mond, beklemmende Tage. In verhangenen Nächten, wenn der Gong zur Schlafenszeit schlägt, liege ich dick in Ziegenfelle eingepackt am kalten Kohlebecken; keine

Kraft, die Glut anzufachen, machtlos, meine Tränen zurückzuhalten. Doch in jedem Traum schließt der Prinz mich freudig in seine Arme!
Heute morgen war der Frost am Boden sehr weiß, und ein Diener des Prinzen kam mit ängstlichen Fragen nach meinem Wohlergehen. Er brachte einen Fächer mit einer Zeichnung von Tau auf Bambusblättern und einer Nachricht, die mich tief berührte: «Wenn ich mich hinsetze, um zu schreiben, zerstäuben meine Gedanken unter dem Gewicht der Liebe. Ihr geht mir nicht aus dem Sinn.»
Aus Qual erwächst Wahrheit, unaufhaltsam wie der Frühling. Darauf weiß ich keine Antwort, und alle Sturheit fällt von mir wie ein abgetragener Mantel. Den ganzen Tag über bin ich reich an Tränen und Freude gewesen, am Fenster, an der offenen Tür, selbst als der Wind den ersten Schnee des Winters gegen meine Ärmel schleuderte. Wenn er um Vergebung bittet, habe ich ihm schon vergeben.
Weise, töricht – die Worte können mich nicht länger vor dem wilden Verlangen, ihn zu sehen und von ihm gesehen zu werden, bewahren. Worte dienen uns wahrlich schlecht, indem sie falsche Grenzen durch das Unteilbare ziehen; genausogut könnte man versuchen, die bewegte See in Streifen einzuzäunen wie Reisfelder. Ich sage ‹er›, ich sage ‹ich›, doch zwischen seinem Herzen und meinem gibt es keine solche Unterscheidung.

Shikibu klappte das Tagebuch zu und hielt es in ihren Händen. Sie war am Ende in den Palast gezogen, aber die Unfreundlichkeit, mit der ihr die Dame und ihr Gefolge begegneten, würde sich nie wieder aus ihrem Gedächtnis löschen lassen. Der rücksichtslose Prinz hatte ihre Proteste beiseite gefegt und sie unter Verletzung des Protokolls im Nordflügel des Hauses untergebracht, der von Rechts wegen der ersten Frau hätte vorbehalten bleiben müssen, und diese Dame, zu Tode getroffen, war in das Haus ihrer Eltern zurückgezogen und hatte so einen großen Skandal verursacht. So viel Schmach und Schande wurden auf Shikibus Haupt gegossen, daß sie im Schutze der Nacht fluchtartig den Prinzen und den Palast verließ und ihm erst viele Jahre später, als sie den ehrenwerten Yasumasa geheiratet hatte, wieder unter die Augen trat.

So traf sie ihre Wahl und entkam, und obwohl sie und Atsumichi nach dem Tod ihres Gatten wieder ein Liebespaar geworden waren, hatten sie in Chaos und Verwirrung ihre entscheidenden Wege beschritten, und das Schicksal hatte verfügt, daß ihre junge und eigensinnige Liebe die Trennung nicht überleben sollte.

Die Sonne ging unter. Shikibu trocknete ihre Tränen und zündete traurig die Lampen an. Sie konnte nichts tun, um Onogoro vor ihrer Leidenschaft zu bewahren, vielleicht sollte sie es auch gar nicht. Aber immerhin konnte sie endlich das Ende ihrer Zuneigung für Prinz Atsumichi erklären.

CHINESISCHE OPER

O wenn es doch nur Neujahr wäre,
Ich könnte Himmel und Erde
In eine seidene Schatulle nähen
Und sie Euch als Glücksbringer senden...

«Bitte glaubt mir, daß der Stallbursche unschuldig ist», schrieb Onogoro mit schnellen Pinselstrichen. «Um mich selbst sorge ich mich nicht und erwarte auch keine Vergebung. Ich wünsche nur Eure sichere Entlassung aus dem Gewahrsam.»

Ohne ihn zu unterschreiben und ohne zu wissen, ob ihr Liebhaber ihn je erhalten würde, ließ sie den Brief durch Tokidens jüngsten Bruder zu seinem Haus bringen.

Schließlich hebt sich der Vorhang der Nacht, und da steht der General auf der Balkontreppe und hat die lavendelfarbige Dämmerung zum Zeugen. Die Arme um die Knie geschlungen, starrt er ohne zu sehen in den Nebel, der über dem künstlichen See aufsteigt, und auf die dahingleitenden Enten und auf die Schildkröte, die kaum merklich am Ufer kriecht. Wie ein Sänger in einem alten Stück sitzt er mit zusammengekniffenen Augen reglos da und schaut den Horizont und sein Verderben, als werde er im nächsten Moment den Garten mit den schwebenden Tönen eines düsteren Klagelieds füllen. Aber dieser Sänger hat kein Lied, und die Stille wird nur von einem leisen Flüstern in seinem Kopf gestört, einer Stimme, die an ihm zerrt und seine Aufmerksamkeit will. Doch warum hört er nicht, was die Stimme sagt? Sicher, weil der elende Hahn, der farbenprächtig durch den dämmrigen Garten stolziert, angefangen hat, ohrenbetäubend zu krähen. Den Hals zum Bogen gekrümmt und den Kamm steil aufgerichtet wie einen kaiserlichen Kopfputz, schreitet er die Grenzen seines Reviers ab und treibt seine Hennen zusammen, und seine Kasernenhofstimme erstickt alle leiseren Töne.

Onogoros Brief indessen geriet in die Hände eines Gardisten, dem es sehr peinlich war, daß er seinen früheren Vorgesetzten nun bewachen mußte, und der sich sagte, daß er keinen den Schriftverkehr betreffenden Befehl erhalten habe, weshalb er ihn mit einer verlegenen Verbeugung überbrachte. Der General überflog die Nachricht und legte sie auf die Stufen neben sich. Wieder bemühte er sich, die flüsternde innere Stimme zu hören, und wieder betäubte das nervtötende Geschrei des Hahns seine Sinne. Er nahm einen Kieselstein und schleuderte ihn wütend nach dem Vogel, und zu seiner großen Befriedigung sah er, wie dieser kreischend aufflatterte und einen hellen Strom von Kot auf den frisch geharkten weißen Sand des Gartens fallen ließ.

Als ihr Onkel Yorimichi kam, um den General zu sehen, verletzte die Dame Ochibu die Etikette, indem sie sich der Gnade des Regenten empfahl. «Versprecht mir nur, daß die Kinder nicht von uns getrennt werden», bat sie ihn unter Tränen. Während der Regent mit ihr sprach, durch ihre Vorhänge hindurch, spielte ihr ältester Sohn, ein entzückender dreijähriger Knabe, auf der *tatami*-Matte zu seinen Füßen. Bestimmt wird der Anblick seines Großneffen sein Herz erweichen, dachte sie verzweifelt. Ihr Schluchzen wurde lauter. «Ich weiß, daß ich kein Recht habe, Eure Exzellenz um Gnade zu ersuchen, aber ich bin ganz außer mir!»

«Verehrte Dame, Ihr habt mein Wort», sagte Yorimichi, der so bestürzt war, daß es ihm gelang, für einen Moment zu glauben, die Entscheidung liege bei ihm allein. Er hob den kleinen Jungen hoch, der reizend anzusehen war in seiner purpurroten Jacke und seinem asternfarbenen Hosenrock, und nahm ihn auf seine Knie. Als der kleine Junge jedoch seine Mutter weinen hörte, verschwand das lausbübische Lachen aus seinem Gesicht, und eine Träne lief über seine runde Wange. Störrisch versuchte er, sich frei zu strampeln, als wolle er losrennen und sie beschützen. Dieses Zeichen von Männlichkeit in so einem winzigen Knirps bewegte den Regenten zutiefst. Nachdem er den Jungen losgelassen hatte, überschüttete er die verzweifelte Mutter mit Beteuerungen und verabschiedete sich schweren Herzens. Er hätte nichts lieber getan, als

seine Unterredung mit dem General abzusagen und auf der Stelle aus dem Palast zu fliehen, aber Pflicht ging über Gefühl, und so ließ er sich zum Südflügel des Hauses eskortieren, wo der Gefangene ihn erwartete.
Shikibu schrieb an Atsumichi:

> Die Sonne in meinem Herzen
> Stand schon tief wie im Winter
> Nun ist sie ganz
> Hinter dem Horizont verschwunden.
>
> Eure Ränke sind verabscheuungswürdig und gefährlich. Ich wünsche nichts mehr mit Euch zu tun zu haben. Schreibt mir nicht mehr.

Vom General erhielt Onogoro eine Nachricht, deren eisige Förmlichkeit ihr das Herz durchbohrte.

> Man hat mich unterrichtet, daß das Einschreiten des Regenten die Minister bewog, mein Urteil in Verbannung umzuwandeln, und daß ich ihm für meine neue Stellung als vorläufiger Gouverneur von Dewa zu danken habe. Meine Familie und ich sollen am Fünfzehnten des Monats dorthin verbracht werden, und so verabschiede ich mich von Euch und wünsche Euch alles Gute.
>
> Taira no Motosuke

Die treusorgende Shikibu, die in den trostlosen Tagen, die nun folgten, kaum von Onogoros Seite wich, sprach ihr Mut zu und sagte, sie solle sich für ihn freuen. Denn wenn das beleidigend niedrige Amt des vorläufigen Gouverneurs auch eine große Schande für den General war, so hätte es doch weitaus schlimmer kommen können! Aber sosehr Onogoro auch versuchte, sich glücklich zu schätzen, der Gedanke an die langen Meilen bis in den hohen Norden und die gähnende Entfernung zwischen ihr und ihrem Liebhaber brannte in ihrer Seele und ließ von diesem weisen Ratschlag nur Asche zurück.

«Wie schnell alles vergeht!» rief sie eines Tages gequält aus. «Noch vor zwei Wochen war der General hoch geehrt, und jetzt ist er abgelöst und sein Name aus dem Register gestrichen, als hätte es ihn nie gegeben!»

Noch einmal erinnerte Shikibu ihre Freundin daran, daß der Ministerrat nicht die höchste Strafe verhängt hatte. Da sie selbst nicht ohne Informanten war, wußte sie außerdem, daß auch kleine Gnaden ihren Preis hatten. Prinz Tametaka hatte ihr berichtet, daß der Regent im Gegenzug für das milde Urteil gezwungen worden war, mit Atsumichi und seinen Anhängern eine Vereinbarung zu treffen. Der Preis, den sie ausgehandelt hatten, war kein geringerer als die Wiedereinsetzung des Veteranen Minamoto Yorimitsu, den der General ursprünglich abgelöst hatte, als Kriegsminister. Aber wenn Shikibu auch in Versuchung war, der Traumtänzerin Onogoro eine Lektion in Politik zu erteilen, so konnte sie doch in deren tränenverquollenem Gesicht sehen, daß dies kaum der richtige Augenblick war, und so hielt sie ihre Zunge im Zaum.

KORMORANE

Am nächsten Tag brach die Karawane des Generals, begleitet von einem Dutzend Reitern der Palastgarde, vom Großen Nordtor der Hauptstadt auf. Nachdem die Kutschen die Befestigungen passiert hatten, welche die Kaiserstadt umgaben, erspähte der General durch die Stäbe seines Fenstergitters den mächtigen hölzernen Buddha, der hoch über seiner schlichten Umzäunung thronte, und er beugte sich aus dem Fenster und sah, wie das riesige Gesicht einen Halbkreis leidenschaftsloser Überwachung beschrieb. Schließlich ließ er das Gitter herunter und zog sich in die Dunkelheit zurück. Wir sind nicht mehr als Ameisen, dachte er in ungewohnter Demut; zwei Monate lang werden wir durch das Königreich kriechen, wie es Euch gefällt, o gütiger Buddha.

Nachdem er sich in seinen Umhang gehüllt hatte, um sich gegen die Morgenfrische zu schützen, versuchte er zum wiederholten Mal, sich auf die sanft lockende Stimme des Schicksals zu konzentrieren. Ihm voraus jagten die Vorreiter lärmend die Fußgänger von der Straße, und in der Kutsche hinter ihm rezitierte Ochibu die Lotus-*sutra*. Anschließend folgte die Kutsche mit der Amme und den zwei Kindern, von denen eins an ihrer Brust saugte, das andere wie eine Klette an ihrem Ärmel hing. In dieser Formation überquerte der Zug die Setabrücke und rollte staubig durch die Ansiedlungen von Nadeshima und Chikubushima. Am Grenzkontrollpunkt am Osakapaß mußte die Gesellschaft aussteigen und erspähte von dort oben die nebligen Inseln im fernen Biwasee. Die Straße bog nach Süden ab, führte am Bergrücken hoch und dann am See entlang, der hin und wieder durch die Büschel junger Lärchennadeln zu sehen war. Dunkle Sturmwolken hingen am Himmel, als sie durch Imigami fuhren, und als sie zum Seeufer hinabstiegen, peitschte ein plötzlicher Hagelsturm die Wasseroberfläche und trieb die Kormoranfischer in ihre Hütten.

Jetzt, wo die Natur dem General ihr kriegerisches Antlitz

enthüllte, waren seine Gedanken plötzlich frei von jeder Absicht, und sein Auge wurde das ruhige Auge des Reisenden, der weder Ziel noch Strategie benötigt und sich nur damit abfinden muß, von hier nach dort gebracht zu werden. In Hanfkragen gezwängt, die immer noch durch Seile mit den Booten ihrer Eigentümer verbunden waren, neigten die gefangenen Kormorane ihre Köpfe gegen den Regen, und der General, der sie beobachtete, hörte das ungewohnte Flüstern seines Herzens. Seiner Würde beraubt und tropfnaß wie die unglücklichen Vögel, fragte er sich plötzlich, was der strenge Kodex des Exerzierplatzes überhaupt für einen Sinn habe. Er hatte zugeschlagen wie jeder Mann der Tat, dessen Ehre verletzt wird, aber wohin hatte ihn das gebracht! Mit einem unangenehm flauen Gefühl zog er Onogoros Brief aus den Falten seines Umhangs und las ihn ein zweites Mal. Hatte sie ihn wirklich zum Narren gehalten, oder war er es, der im Unrecht war, weil er nicht auf ihr Flehen gehört hatte? Die Gedanken des Generals knarrten wie die Räder eines Karrens, dessen Ochsen sich ins Zeug stemmen, um ihn aus dem winterlichen Schlamm zu befreien, denn der Mann, der in militärischer Strategie seinesgleichen suchte, war in den verwickelten Zwangslagen des Herzens ein blutiger Anfänger.

Nach einer Weile bemerkte der General, daß seine Frau, einen Arm um ihren älteren Sohn gelegt, ebenfalls die Kutschenfenster hochgeschoben hatte und hinaus in den Regen starrte. Mit ihrem geschlossenen Fächer klopfte sie rhythmisch auf den Türrahmen, und ihr Mund war zu einem halben Lächeln geöffnet. Als Ochibu bemerkte, daß sie beobachtet wurde, schlug sie schuldbewußt die Augen nieder, und ihr Gesicht nahm einen düsteren und pflichtbewußten Ausdruck an. Aus Gründen, die er nicht verstand, schmerzte das den General, und er schüttelte lächelnd den Kopf, in der Hoffnung, ihr auf diese Weise deutlich zu machen, daß sie nicht jede einzelne seiner Sorgen zu der ihren machen müsse.

KONVULSIONEN

Während der General ostwärts in die Verbannung zog, trat auch Oyu eine Reise an, wenn auch ohne Kutschen oder Eskorte oder festes Ziel. Im Fieber dahindämmernd lag er da, umgeben von einem ihm völlig unbekannten Luxus, von parfümierten Tüchern und Weihrauch und der raschelnden Seide von Damengewändern. Und während die Frauen sich um ihn herumbewegten wie Schatten, sank er in die wunderbare Welt der Kindheit und suchte dort seine langverstorbene Mutter. Hatte der Saum ihres Kleides auf der *tatami*-Matte nicht das gleiche raschelnde Geräusch gemacht? Hatte sich ihre entfernte Stimme nicht in dieselbe zischende Musik verwandelt? Es war, als könne er jeden Moment in die Zeit vor der Gehirnentzündung zurückgelangen, die ihn blind gemacht hatte, und als könne er seiner Mutter direkt und unverstellt noch einmal begegnen. Sosehr er sich aber anstrengte, er konnte nur Teile der Dame erhaschen: die weit auseinanderstehenden Zähne zwischen lächelnden Lippen, die merkwürdigen rosafarbigen Flecken auf ihren Handflächen.

Doch mit der Zeit entdeckte er, daß er zwar nicht die Dame selbst, doch ziemlich klar durch ihre Augen sehen konnte: einen pummeligen Säugling mit starken Gliedern, der heftig strampelte. Bald kroch er über den Bauch der Mutter, bald streckte sie ihre Arme nach ihm aus, um dann

erschöpft aufs Lager zurückzusinken. So heftig, als sei es gestern gewesen, fühlte Oyu den Schmerz der Abweisung. Und bald lief das Gesicht des Kindes vor Wut purpurrot an, und er schlug sie mit seinen Fäusten und trommelte wild mit seinen winzigen Füßen... Und dann war alles dunkel und ausgelöscht, als sei das Licht, das seine Mutter war, zur Strafe ausgegangen, und da waren weder Bilder noch Augen, durch die er sehen konnte, und auch keine Liebe, die heilte. In den Fieberprismen in Oyus Geist erschien die Bedeutung kristallklar, und er bebte vor Furcht und schrie: «Ich habe sie getötet! Ich habe meine Mutter getötet!»
Das nach Nelken duftende Gespenst Onogoro kam durch die Nacht geeilt. «Hol schnell den Arzt», fauchte sie die andere, die Füchsin, an. Der Arzt sah in seiner schwarzen Vorstellung aus wie eine Fledermaus, und Oyu roch den Geruch faulender Algen aus seinem Mund.
«Achtet auf Konvulsionen», warnte die Stimme. «Tragt ihn ins Badehaus und taucht ihn unter, wenn nötig.»
Jetzt war er nackt und wand sich, und Wasser floß über seinen Körper. Eine Hand beschirmte seine Stirn, und ein kalter Wind strich über ihn. «Nein, nein», beruhigte ihn eine weibliche Stimme. «Du hast sie nicht getötet. Der Wunsch und die Tat sind ganz und gar nicht dasselbe.»
Ist das so? Kann das sein? dachte Oyu, und seine Gedanken sprangen hin und her wie ein Stein in einem *tagi*-Spiel. War der Tod seiner Mutter tatsächlich allein ihre Angelegenheit, mit der er nichts zu tun hatte? Doch wenn er es nicht war, der sie in die Dunkelheit gestoßen hatte, so konnte er sie auch nicht durch eine Tat oder durch Buße zurückholen. Sie hatte ihn aus eigenem freiem Willen verlassen! Er sprang auf, stieß die ihn umsorgenden Hände

zur Seite und schlug mit rachsüchtigen Fäusten auf sie ein.

Arme legten sich um ihn und versuchten, seinen feurigen Ausbruch zu zügeln, und ein schwerer Körper drückte ihn nieder. «Vorsicht», schrie eine Stimme, «er hat scharfe Zähne!» Er schmeckte die Bitterkeit eines Tranks im Mund, und dann schleppte der Schlaftrunk ihn wie ein Boot hinaus ins träge Delta der Traurigkeit und ließ ihn treiben, dort, wo nicht einmal die Mondin ihm Gesellschaft leistete.

DER WEG DER HOFDAME OMOTO

Einige Tage später ließ das Fieber ein wenig nach, und Onogoro ließ Oyu widerstrebend auf seinem Lager zurück, um Shikibu zu einem Dichterwettstreit zwischen den konkurrierenden Höfen der Ersten und Zweiten Kaiserin zu begleiten; die beiden Dichterinnen gehörten zum Salon der letzteren. Die von ihrer Herrin verlassene Omoto strich gelangweilt durch den Palast. Als sie den kranken Gefangenen in seinen seidenen Decken erspähte, sprang sie auf seinen Bauch und begann verführerisch zu schnurren.

Dieses Geräusch rührte Oyu in seinem Fiebertraum, und so kam es, daß eine Katze, größer als ein Ochse, ihre Residenz in seinem himmlischen Schlafgemach errichtete und ihn mit ihrem weisen, goldenen Blick fixierte. Die Sonne schlug im Fell des Tieres Funken und umgab es mit einem hellen Schein, und Oyu war keineswegs überrascht, als der göttliche Besucher ohne einleitende Worte mit einer Rede über die Maximen des Tao-Tê-King begann. «Die Moral der Welt ist nichtig», sprach die Katze, «statt dessen suche den Einklang mit dem Geist des Universums.»

Die Stimme war tief und volltönend. Mit dem Schauer der Erkenntnis merkte Oyu, daß es niemand anders als Laotse war, der mit ihm sprach. «Und was ist der Geist des Universums?» wagte er sich eifrig zu fragen, «wenn nicht Energie, ihr Ansteigen und Abfallen, ihre Ballung und Zerstreuung?»
Das Tier nickte weise. «Der Geist des Universums und der Atem des Universums sind in Wahrheit ein und dasselbe.»
«Die Existenz selbst!» schrie Oyu und fühlte, wie das Wort wie weißer Atem durch seine Seele fuhr und ihn mit Lebenskraft erfüllte. Die strahlende Vision des Meisters stieg vor ihm auf wie die verkörperte Freude, und jede Zelle seines Körpers schmerzte vor Erleuchtung. Wie gesegnet bin ich, dachte er, das Sein ohne Mühe und ohne Ende zu kennen! Heiter lag er in seinen Kissen und genoß diese Ungeheuerlichkeit. Denn alles kommt zu denen, die das Universum liebt, und alles, was ich tun muß, ist, die Dinge in Seine vollkommenen Hände zu legen.
Liebe strömte aus dem allumfassenden Herzen des Weisen auf ihn über; Liebe rannte tausend *cho* weit und hielt seine Dame am Zügel. Immer wieder warf sich Onogoro ihm zu Füßen, und er, der unnötig für die Liebe gelitten hatte, nahm sie an der Hand und zog sie hoch in den Überfluß...
Aber jetzt wurde das glückliche Bild von einem Lichtstrahl zersplittert, es war wie fallendes Wasser oder die hinabsausende Klinge eines Schwertes, und Oyu schützte erschrokken seine Augen. «Meister», stöhnte er.
Die Katze sah ihn mißtrauisch an und schlug mit ihrem geschmeidigen Schwanz. «Für einige Menschen ist es schwer, Fülle als Leere zu akzeptieren, die Flut genauso hinzunehmen wie die Ebbe.»
Ich habe ihn verstimmt, dachte Oyu verzweifelt, als er spürte, wie die Katze sich graziös im Kreise drehte und sich

anschickte zu gehen. «Bitte bleibt, verehrter Meister», bat er eindringlich, aber die goldenen Augen sahen ernst auf ihn herab.

«Genau wie der Traum die Botschaft des Körpers ist, ist die Tat die Botschaft des Willens. Du mußt auf das Ende achten, wie du auf den Anfang achtest!» Mit elegant gestreckten Beinen verschwand die Vision hinter einem Sonnenstrahl. «Hüte dich vor geistiger Trägheit!» mahnte die Stimme, aber Oyu war überzeugt, daß die Katze ihm beim Abschied über die Schulter zugezwinkert hatte.

DIE STEINBRÜCKE

Als das Gedicht vom General eintraf, hielt Onogoro es wie eine glühende Kohle zwischen den Fingerspitzen.

Wie die Kormorane
Auf den Fischerbooten zu Uji
Bin ich verdammt zu tauchen
Und nie den Fisch zu kosten.

Das war alles. Sie las das Gedicht immer wieder, konnte seine Bedeutung aber nicht entschlüsseln. Vielleicht ist er ohne mich verloren und verwirrt, dachte sie. Aber von Vergebung schreibt er nicht! Noch einmal wanderte sie auf der Suche nach ihrer Liebe viele gewundene Pfade des Herzens entlang, aber sie konnte ihn nicht erreichen.

Schließlich fiel sie erschöpft in eine tiefe Traurigkeit, aus der weder Shikibu noch Tokiden sie herausreißen konnten. Sie redeten auf sie ein, daß doch der Jüngling ihre Hilfe benötigte, doch vergebens. So ließen sie sie schließlich in Ruhe und hatten nun zwei Kranke im Haus: den Blinden, der von Visionen heimgesucht wurde, und die verstummte Dichterin mit dem versteinerten Basiliskenblick. Und vielleicht war es besser, daß sie einfach über ihr wachten und sie der heilenden Dunkelheit überließen. Denn man sagte, daß En-no-Shokaku, der große Zauberer, der sogar Gottheiten unter seiner Gewalt hatte, einst die Götter vieler Berge versammelt hatte, um bei Kume, auf dem Berg Katuraga, eine Steinbrücke zu erbauen. Da die Göttin dieses Berges sehr schüchtern war, arbeitete sie nur nachts und zeigte sich nie vor den anderen. Der Zauberer wurde ungehalten, weil sie nicht mit den anderen zusammenarbeiten wollte, und bestrafte sie, indem er ihren Schleier lüftete. Das also war der Grund für das Mißlingen des Werks, denn die wertvolle Brücke des Zauberers wurde nie vollendet. Diese Geschichte will uns sagen, daß die innerste Seele nur im Dunkeln arbeitet, und wenn man versucht, sie ins klare Bewußtsein zu heben, verurteilt man das Werk selbst zum Scheitern.

DER WEG DER UPĀSAKA

Inzwischen bezwang die Karawane des Generals wacker den Paß am Berg Mitsusaka, überquerte den Rücken des Berges Atsumi und hielt zur Grenzkontrolle in Fuha an. Die Gesellschaft stieg die hügeligen Ausläufer des Mino zu den ebenen Reisfeldern der Küste hinab und setzte mit der Fähre in die Provinz Owari über.

Auf der Fähre erblickte der General zwei *yama-bushi*, Bonzen mit sehnigen Beinen in rauhen Sandalen und schäbigen Gewändern. Es waren einfache Männer mit

wettergegerbten Gesichtern und abwesenden Augen, die in der unbarmherzig brennenden Sonne saßen und ihren Reis verzehrten. Er war beeindruckt von der Kraft, die er in ihnen entdeckte, und zum erstenmal betrachtete er das asketische Leben der Bergpriester mit Neid. Schlichte Frömmigkeit, verbunden mit harter und gesunder Körperübung – eine solche Lebensweise kräftigte einen Mann so sicher, wie ihn die Degeneriertheit des Hofes schwächte!
Er konnte der Versuchung nicht widerstehen, die Priester zu fragen, wohin sie reisten, und der jüngere deutete als Antwort gen Norden, auf die hohen Berge von Hida, deren Gipfel am Mittsommerhorizont aussahen wie schneeweiße Zähne. Der Anblick dieser unberührten Höhen hob die Seele des Generals zuerst, aber dann stieß er ihn zurück in die Mißlichkeit seiner Lage. Wie beneidenswert waren doch diejenigen, die in Freiheit dem Weg der *Upāsaka* folgen konnten!
Als die Fähre den Landungssteg erreichte, sagte der General den beiden *yama-bushi* widerstrebend Lebewohl und sah ihnen nach, als sie sich schnell über die Salztonebene entfernten. Wieder allein in seiner Kutsche, schrieb er:

Vom Marschland meines Herzens
Kann ich die Schatten
Der Kraniche nicht sehen,
Die über den Bergschnee ziehen.

Man stelle sich vor, wie der arme General so spät im Leben das rastlose Wehen des Geistes spürte und zum erstenmal seine Seele nicht als einheitlichen Monolithen, sondern als dreigeteilt empfand. Der Schriften unkundig, war es ihm nie klar gewesen, daß die Seele sich aus verschiedenen miteinander in Widerstreit stehenden Teilen zusammensetzt. Die milde und glückliche *nigi-mitama* sorgt für Wohlstand und Gesundheit, während die rauhe und tosende *ara-mitama* abenteuerliche Aufgaben erfüllt. Die *nigi-mitama* ist nochmals unterteilt, und eines ihrer Elemente ist *kushi-mitama*, das Wundersame und Geheimnisvolle. Durch dieses Unwissen war der General kalt wie gefrorener Bergschnee geworden, und seine Selbstkenntnis war so langsam vorangeschritten wie ein Gletscher. Jetzt dagegen geriet er dank seines Unglücks in die Strudel des Schmelzwassers und suchte verzweifelt nach einem Floß, das ihn vor dem Ertrinken retten würde.

Man frage sich weiterhin, ob sich nun, da das weiße Wasser der Poesie am Herzen des Generals spülte, nicht vielleicht ein Zusammenhang zwischen diesem unwillkürlichen Fließen und dem Verebben von Onogoros Leiden herstellen ließe, das seit der Abreise ihres Liebhabers nicht mehr aufgetreten war. Es wäre schließlich nicht das Allermerkwürdigste auf der Welt, wenn eine Kraft, die im Mann gehemmt ist, durch unterirdische Kanäle wandert und aus der Frau, da sie in ihr auf weniger Widerstand trifft, wie ein Geysir herausbricht! Aber dies, das sei betont, ist nur eine Vermutung!

DIE KLAUSUR

Da unsere Bürger im sechsten Monat für gewöhnlich ihre rituelle Reinigung vornehmen, begleitete Shikibu die lustlose Onogoro zum Tempel auf dem Higoshiyamaberg, der in einiger Entfernung östlich von der Hauptstadt lag. Dort verbrachten die beiden Frauen mehrere Tage mit Fasten und Beten, und sie fanden, daß die Höhenlage des

Klosters der Meditation äußerst zuträglich sei. Jeden Morgen badeten sie in einem klaren Becken unter einem Wasserfall, während um sie herum die Hirsche den Samt ihres neuen Geweihs an den Birkenstämmen rieben, und zu ihren Füßen lag ganz Heian-kyō in vollem Glanz, dunstig bei Tag und von Fackeln erleuchtet bei Nacht.
Onogoro verbrachte viele Stunden damit, von ihrem Aussichtspunkt auf dem Berg aus die Hauptstadt zu betrachten. Sie sah die Gräben, welche die Straßen säumten, in der Sonne glitzern wie ein Gitter. Sie sah die Feuer, die gelegentlich in den ärmeren Bezirken ausbrachen, und die Staubwolken großer Karawanen, wenn die Reichen aus der heißen Stadt flohen, um in Kamo im Freien zu essen oder mit Vergnügungsbooten auf dem Biwasee zu segeln.
Am vierten Tage der Einkehr sah sie Rauch von den Scheiterhaufen des Bestattungsfeldes vor der Stadt aufsteigen und verbrachte viel Zeit damit, sich ihr eigenes Begräbnis vorzustellen, im Kreis von trauernden Hofdamen und unter feierlichen Lesungen ihrer berühmtesten Gedichte. Mit jeder Einzelheit vervollständigte sich das Bild: der Schnee auf den Sonnenschirmen, die Zweige der Trauerweide, die an der Eisfläche des Sees festgefroren waren. Eine Winterszene, obwohl es doch Hochsommer war. Ganz sicher ist mein Leben vorbei und meine Tage sind Asche, dachte sie. Aber will ich meinem Leben wirklich ein Ende setzen? Und wenn ja, wann? Und wie wird die Tat vollbracht werden?
Aber jetzt sah sie den General im dunklen *shiishiba*-Tuch der tiefen Trauer, in die Knie gezwungen von Schmerz und Reue, ein Anblick, der ihr Tränen des Mitleids in die Augen trieb. Und nun packen die Damen seine Arme und ziehen ihn vom Scheiterhaufen weg, bevor Trauer ihn zur Selbstopferung treibt – aber wo ist die Geliebte, auf deren

Leichnam er sich werfen könnte? In ihrer Vision der Szene kam Onogoro nur als Zuschauerin vor! Als ihr diese Unstimmigkeit auffiel, versuchte sie, sich auf die Vorstellung zu konzentrieren, sie sei tot, ein Körper, um den getrauert wird. Aber in der Umarmung der Flammen sah sie ihre Hand nicht weich und vertraut, sondern schwarz und verkohlt wie die armen verbrannten Bienenkörper, und sie entzog sich der Vision und zitterte unter den Kiefernbäumen, angefüllt mit jener abergläubischen Furcht, die der Tod uns ganz zu Recht einflößt, denn wie viele Legionen von unglücklichen Liebenden würden sich ohne sie kopfüber und bedenkenlos in die Unterwelt stürzen? Geläutert von ihrer Erfahrung rückte Onogoro näher an Shikibu heran, die träumend auf einem Teppich von Kiefernnadeln lag, und beschloß, ihre Gedanken von nun an im Land der Lebenden zu halten.

Am fünften Tag stand sie früh auf und schrieb ein Gedicht.

Vergiß die fiebrigen Düfte
Des Hofes.
Der wilde Knoblauch
An der Straße nach Higoshiyama
Ist süßerer Duft für mein Herz.

Am sechsten Tag erhob sie sich klaren Blicks und erklärte Shikibu feierlich, daß sie zurückkehren müsse, denn Oyu brauche sie.

Oyu war in Onogoros Abwesenheit sehr gut versorgt worden. Wenn er auch noch etwas schwach war, so hatte er doch die schlimmsten Verwüstungen des Fiebers überstanden und verbrachte nun die meisten seiner wachen Stunden im vollen Licht des Bewußtseins. Der Küchendiener Shune kam mit einem Gericht aus Wachteleiern, die er aus dem Vorratsraum hatte mitgehen lassen, und ergötzte ihn mit außergewöhnlich derben Geschichten. Der alte Mann gratulierte Oyu für seinen Aufstieg vom Stall ins Schlafgemach. «Wenn man's recht bedenkt, läuft doch alles bestens bei dir», sagte er mit einem derben Lachen. «Wenn du mich fragst, halt dich an diese hübsche Zofe, und es wird noch viel besser laufen!»

Tokiden hatte die Anweisungen des Arztes aufs genaueste befolgt. Sie wechselte täglich die Verbände, wusch die Wunde und trug Salben auf. Sie hielt den Löffel, wenn der Kranke Suppe und stärkende Aufgüsse zu sich nahm. Sie kämmte sein langes schwarzes Haar und wusch seine langen weißen Glieder, wobei sie seiner Verlegenheit mit guter Laune begegnete. Sie gab sich sogar ein wenig dem Sadismus hin, der mit der Rolle der Pflegenden einhergeht, aber wenn sie den Jüngling wegen seiner edleren Teile neckte, so wurden ihm keine schlimmeren Erniedrigungen zuteil als jedem anderen Mann, der den Händen einer Frau hilflos ausgeliefert ist.

Auf dem Kopfkissen stapelten sich die vielen Briefe, die für den Kranken angekommen waren, denn Tokiden konnte sie ihm natürlich nicht vorlesen. Bei ihren täglichen Besuchen wischte die Dame Omoto sie mit einem gezielten Pfotenschlag zur Seite, denn sie hörte das gedämpfte Flehen, das aus ihnen drang, und sie beanspruchte Oyus Zu-

wendung eifersüchtig für sich allein. Wie ein Schal um seinen Hals drapiert, pflegte sie besitzergreifend zu schnurren und wich nicht von der Stelle.
Eines Tages entdeckte Tokiden, daß die Laken mit blauen Härchen übersät waren, und schalt sie, ohne zu zögern. Sie hätte das Tier vom Bett geworfen, hätte Oyu sie nicht davon abgehalten. In seine Gedanken schmiegte sich die große Katze, die theologische Fragen erörterte und die er für den Meister selbst in seiner ganzen Würde gehalten hatte. Die Erinnerung kitzelte ihn, und er brach in schallendes Gelächter aus. «Der Rhythmus der Natur ist nur ein Teil vom Geist des Universums», sagte er und schüttelte sich, «deshalb kannst du den Meister nicht tadeln, wenn sein Wintermantel dünn wird.» Freudentränen strömten aus seinen Augen, als er versuchte, der Zofe von seiner Erscheinung zu erzählen.
Tokiden sah ihn verblüfft an. Hatte das Fieber sein Hirn verwirrt? «Ich hole den Exorzisten», drohte sie, aber seine Heiterkeit war so ansteckend, daß auch sie bald hilflos kicherte. Und bevor die Frommen nun Blasphemie schreien, sollten sie daran denken, daß man durch das Lachen die Haut der Krankheit abwirft und der Geist auffliegt und deshalb der Weise selbst ohne Zweifel hoch zufrieden war, die Zielscheibe solchen Witzes zu sein!
Dieses war das Bild, das sich Onogoro und Shikibu bot, als sie von ihrer Klausur zurückkehrten: die Katze, die verstreuten Briefe, das unbändige Gelächter, welches jeden Winkel des Hauses erfüllte. Die Stimmung des Ortes war verändert, und dies gründlich, und einen Moment lang war Onogoro beleidigt, wütend über diesen Angriff auf ihre Niedergeschlagenheit. Sie spielte mit den abgefallenen Tulpenblättern herum und sah Staub auf dem Schreibpult. Tokiden war zweifellos zu beschäftigt gewe-

sen, um der Hausarbeit nachzukommen! Aber es schien ihr kleinlich, auf Melancholie zu bestehen, und so warf sie der rotbäckigen Zofe ein dankbares Lächeln zu und trat an Oyus Lager. «Wie gut er aussieht», sagte sie, als sie sein Handgelenk nahm, um den Puls zu fühlen.

«Er macht Fortschritte, verehrte Herrin», sagte Tokiden mit einer hastigen Verbeugung, «aber der Doktor sagt, er muß viel, viel essen.»

Onogoro wurde plötzlich von heftigem Tatendrang gepackt. Obwohl sie selbst seit Wochen kaum Appetit hatte, beschloß sie, in die Küche zu gehen und ein großes Abendessen zusammenzustellen, mit dem sie Oyu für sich gewinnen wollte.

Die Wirkung des fröhlichen Paares auf Onogoro war Shikibu nicht entgangen, und wieder einmal bewies sie Gespür für ungelüftete Geheimnisse. «So viele Genesungsbriefe», bemerkte sie spöttelnd. «Sollen wir sie dir vorlesen?»

Diese Aussicht versetzte Oyu einen solchen Schrecken, daß er auf der Stelle ernst wurde. «Bitte, macht Euch keine Umstände, verehrte Dame», bat er inständig, gegen einen Schluckauf kämpfend.

«Aber das ist doch eine Kleinigkeit», sagte Shikibu, und nachdem sie die Einwände des Kranken beiseite gewischt hatte, widmete sich die große Dichterin den Briefen. Sie las:

Kalt wie die Asche
Der Kohlefeuer
Ist das Lager der Liebenden,
Die keine Worte hat.
　　Mögen meine Gebete
　　Eure Gesundheit wiederherstellen!

«Keine Unterschrift», setzte sie etwas verwirrt hinzu, aber Oyu errötete nur und zuckte mit den Achseln. Sie öffnete den nächsten Brief, der nur mit einer unvollständigen Folge von Zeichen unterschrieben war.

Die Stille ist ein armer Knecht,
Wenn selbst die helfende Hand
Der Mondin es nicht vermag,
meine Vorhänge zu öffnen.
Mit den besten Wünschen
für eine schnelle Genesung.

Als Shikibu alle Briefe vorgelesen hatte, sah sie Oyu neugierig an. Jeder einzelne war das Machwerk eines versierten Pinsels, und alle waren getränkt von derselben klagenden Sehnsucht. Konnten sie von Geliebten sein? Verbarg die zierliche Statur des Jünglings animalische Begierden? Oder leistete er Dienste einer anderen Art? Im Geiste ging sie viele Vermutungen durch, die sie dann aber sofort wieder verwarf. Onogoro zufolge konnte der blinde junge Mann nicht schreiben, was seine Fähigkeit zur Täuschung sehr stark einschränkte. Dennoch konnte es nicht schaden, ihn ein wenig auf die Probe zu stellen. «Du mußt ja wirklich gute Pferde im Stall haben», flachste sie, «um dich derart unentbehrlich zu machen!»
Oyu stammelte etwas über die unmäßige Liebe von Männern zu ihren Pferden und wäre am liebsten in Grund und Boden versunken. Die Lüge war leicht zu durchschauen, aber Oyus Elend war so offensichtlich, daß Shikibu bedauerte, ihn in Verlegenheit gebracht zu haben. Sie hätte das Thema ganz fallenlassen, aber in diesem Augenblick kamen Onogoro und Tokiden mit vollbeladenen Tabletts und dem angekündigten Abendessen herein, und Oyu zog an

ihrem Ärmel und flüsterte kleinlaut: «Ich kann alles erklären! Aber sagt Onogoro nichts, ich flehe Euch an!» Obwohl Shikibu höchst überrascht war, versicherte sie ihn ihres Stillschweigens. Was für ein geheimnisvoller Jüngling! dachte sie. Aber trotz allem bin ich sicher, daß er kein übler Bursche ist.

Tokiden und Onogoro richteten ein Dutzend Schüsseln auf der *tatami*-Matte an. Es gab Salat aus Wasserkastanien und Rettichen, glasierte Entenstreifen mit Austern, gebratenen Tintenfisch mit Ingwer, Auberginen, grüne Zwiebeln, Hummerscheren, Tofu, Persimonen, Walnüsse, Tamarinden, eingelegten Kohl, Mohntörtchen sowie in Honig und Zimt gekochte Birnen. Nachdem Tokiden das Mahl serviert hatte, wollte sie sich zurückziehen, aber Onogoro bestand hartnäckig darauf, daß sie bleibe und mit ihnen speise, und so begannen alle vier ohne Förmlichkeit zu essen, und sie nahmen sich selbst und bedienten einander nach Laune. Onogoro brach das Fleisch aus einer Hummerschere und schob die Happen zwischen Oyus Lippen, während Shikibu und Tokiden sich einen Spaß daraus machten, die überraschendsten Kombinationen von süßen und herzhaften Speisen zusammenzustellen, um seinen Gaumen zu reizen.

Bescheiden und geduldig erwartete auch die Dame Omoto ihren Teil, denn sie war viel zu wohlerzogen, um zu betteln. Inzwischen leicht beschwipst, untersagten die Damen Oyu und Tokiden, sie förmlich anzureden, und erklärten, daß Rang und Vorrang für die Dauer des Mahls abgeschafft seien. Die Dame Omoto aber wollte von diesem Unsinn nichts wissen und weigerte sich ungeachtet aller Überredungskünste, auf ihren Vornamen zu reagieren.

Inzwischen war auch Tokiden betrunken genug, um sich gehenzulassen. «Sie ist bloß eifersüchtig», rief die Zofe, riß die Katze an sich und sagte ausgelassen zu ihr: «Ihr wollt ihn ganz für Euch, ohne Rivalinnen, nicht wahr?» Sie schlug Oyus Decken zurück und stieß die erschrockene Katze hinein. «Na los», sagte sie mit befriedigter Bosheit. «So ist es besser, oder?»

Shikibu brach angesichts Oyus erschreckter Fratze in helles Gelächter aus. In seine Kissen gelehnt wie ein junger Adliger, erhitzt vom Wein, übersättigt von Delikatessen, hatte er das Aussehen eines Mannes, der ganz benommen von seinem Glück ist. Onogoro sah mit einem angestrengten Lächeln zu. Sie wußte nicht, warum Tokidens Dreistigkeit sie so beunruhigte. Da das gutmütige Mädchen sich mehrere Tage allein um Oyu gekümmert hatte, war es nicht weiter verwunderlich, daß die beiden einen vertrauten Umgang miteinander pflegten. Wenn diese unbeschwerte Zuneigung sie traurig machte, dann doch nur, weil sie grausam an das einfache Glück erinnert wurde, nach dem sie sich gesehnt und das sie verloren hatte!

Sie machte sich emsig am Lager zu schaffen, und während sie die Kissen aufschüttelte und die leeren Schüsseln zusammenstellte, sagte sie unvermittelt: «Wir wollen ihn doch nicht überanstrengen, Tokiden!» Dann stolzierte sie mit dem Tablett in die Küche und ließ den vor Verblüffung über ihre Fürsorglichkeit atemlosen Oyu zurück.

Erschöpft von seiner verzwickten Lage, lehnte sich Oyu zurück und schloß die Augen. Shikibu und Tokiden wisperten einander zu, daß er schlafe, und stahlen sich aus dem Raum. Aber Oyus Stolz war empfindlich gekränkt, und sein Herz raste. Im hektischen Übermut des Abends hatte er kaum ein Wort mit Onogoro gewechselt, und nun war er überzeugt, daß sie sich nur deshalb so eifrig um ihn kümmerte, weil sie ihr eigenes Gewissen beruhigen wollte. Als er wieder allein war, überkam ihn wütende Verzweiflung. Wie soll ich das ertragen? dachte er. Jetzt, da ich machtloser bin als je zuvor, nimmt die Dame sich die Freiheit, mich wie ein Kind oder ein Spielzeug zu behandeln! Würde sie mich schlagartig verabscheuen, wenn sie wüßte, daß ich sie brauche? Denn jetzt, wo ihr liebster General nicht mehr da ist, braucht sie mich nicht mehr im geringsten.

Er selbst hatte ebensowenig ein gutes Gewissen, was die Sache noch verschlimmerte, und als er daran dachte, daß er bei den Briefen nur um Haaresbreite davongekommen war, brach ihm der kalte Schweiß aus. Noch nie in seinem Leben hatte er sich so elend oder so eingesperrt gefühlt. Ich will nicht ihr kranker kleiner Vogel sein, dachte er wütend. Niemand wird mich in so einem beschämenden Käfig halten! In einem plötzlichen Anfall unerträglicher Wut auf all die Seide, den Pelz und den Luxus, packte er die Katze und warf sie zornig aus dem Bett. Er dachte an Izanami, die ungeduldig in ihrem Stall wartete, er dachte an das einfache Essen, an das Summen der Bienen und an die Sonne im Stallhof. Ich werde gesund werden, schwor er. Ich werde sie auch von der letzten Verpflichtung befreien!

DIE FLUTEN VON OWARI

Am Strand von Narumi in Owari sah der General zu, wie das seichte Wasser über den Sand hinwegspülte. Sein Sohn, der sich ein grünes Stück Seetang umgelegt hatte wie eine Schleppe, watete durch die Wellen, als sei er ein kleiner Kaiser, und brüllte seiner Amme brüske Befehle zu. Im Schatten des Zeltes, das die Gardisten aus Segeltuch in den Dünen errichtet hatten, versorgte Ochibu den Säugling. Alles, was der General sehen konnte, waren ein ausgestreckter Arm und ein zeigender Finger, und er vermutete, daß sie wohl das Kind an ihrer Schulter wiegte und es seinen Kopf in Richtung Meer drehte, um seinen herumtollenden Bruder zu beobachten. Der General lächelte traurig über das komische Schauspiel am Ufer. Wie süß war das Kind und wie bitter seine Zukunft, dachte er und fragte sich, welchen Ranges die Stellung wohl sein werde, die der Junge jetzt noch erwarten konnte. Über die Lippen seiner Frau war von Anfang an weder Tadel noch Klage gekommen, aber die Verantwortung für die schlechte Wendung in ihrem Schicksal ruhte um so schwerer auf ihm, als Ochibu dermaßen geduldig war.

Er erhob sich steif und entkleidete sich, in der Absicht, den Staub des Tages in der Flut abzuwaschen. Aber der Sand im seichten Wasser saugte an seinen Füßen, und das warme Wasser erfrischte ihn nicht. Er steuerte auf die kühleren Tiefen zu und schwamm mit kräftigen Zügen, als könnte heftige körperliche Anstrengung seinem Grübeln ein Ende bereiten. Aber seine Gedanken ließen sich nicht von ihrem düsteren Pfad ablenken, und als das Ufer in der Ferne verschwand, begriff er sich zusehends als Überläufer von einem Leben zu einem anderen. Wenn der Tod das unausweichliche Schicksal des Menschen war, sinnierte er, konnte er dann nicht auch eine Lösung sein? Ein schneller Tod könnte die Schmach wegwischen und reinen Tisch machen. Als Fujiwara würde Ochibu auf der Stelle wieder am Hof zugelassen werden, und es würde nicht lange dauern, bis sie einen standesgemäßen Beschützer für sich und die Kinder gefunden hätte.

Der General war plötzlich ruhig. Dies war mit Sicherheit die Lösung. Er richtete seine Augen auf die ungebrochene Linie des südlichen Horizonts und beruhigte seine Seele für das Opfer. Mit über dem Kopf gefalteten Händen und strampelnden Füßen kämpfte er sich nach unten, und das Wasser drückte stark auf seine Augen und Ohren, wollte ihn aber nicht behalten. Wie ein Korken kam er wieder an die Oberfläche, denn wenn der Herr der Tiefe auch launisch wie ein Kind entscheidet, was er schluckt oder ausspuckt, so ist er doch gleichzeitig anspruchsvoll, und wenn es zu einem Willenswettstreit kommt, so ist er bestimmt derjenige, der ihn gewinnt.

Nach Luft schnappend sammelte sich der General zu einem weiteren Versuch. Vom Ufer her kam ein schwacher Schrei, der an ihm zerrte, aber er verschloß sein Herz dagegen und tauchte abermals, nur um wieder vollends ausgespuckt zu werden. Der Schrei seines Sohnes hatte seine Frau alarmiert, die jetzt dicht am Wasser stand und wild mit den roten Ärmeln winkte.

Er konnte es nicht tun. Er fand sich mit seinem Mißerfolg ab, schwamm langsam zurück ans Ufer und watete durch das seichte Wasser zu seiner Familie. Der Kleine hatte sich in seiner Verzweiflung vollgemacht, und die Amme übergoß seine Glieder mit Seewasser. Als der General näher kam, wurden seine Schreie lauter, und er war erst beruhigt, als sein Vater ihn in die Arme nahm. Die Dame Ochibu, die nur zu gut verstand, was seine Absicht gewesen war, wandte ihr tränenüberströmtes Gesicht von ihm ab.

Der Junge war getrocknet und ruhig, und der Säugling kehrte an die Brust der Amme zurück. Der General indessen schämte sich, denn er sah, daß Verzweiflung seine Sinne getrübt hatte. Warum hatte er nicht vorausgesehen, daß dieses rasende Leid das Ergebnis sein würde? Er folgte seiner Frau schweigend den Strand hinauf, während die Gardisten gelassen von den Dünen schauten.

Onogoro war überrascht, wie anspruchsvoll ihr schüchterner Kranker geworden war. Er verlangte nach Bergen von Reis, getrocknetem Fisch und Gerichten aus Süßkartoffeln und Spinat. Er klagte darüber, daß seine Narbe juckte, und wünschte Salzbäder. Er bestand darauf, daß er auf seinem Lager hinaus auf den Balkon getragen werde, damit er die Sonne auf der Haut fühlen könne. Voll Schuldgefühl gab Onogoro ihm nach und merkte, daß sie mit Tokiden in der Befriedigung seiner Launen wetteiferte. «Wer heute nörgelt, ist morgen gesund», sagte die Zofe weise, als sie die Herrin zurück an ihr Schreibpult scheuchte und ihm zu Diensten eilte. Onogoro protestierte und sagte, es sei eine Auszeichnung, für ihn zu sorgen, aber die gewitzte Zofe zuckte mit den Achseln und sagte: «Ich bitte um Verzeihung, meine Herrin, aber es tut niemandem gut, aus Schuldgefühlen versorgt zu werden.»

Als die lebhafte Zofe eines Morgens fragte, ob sie ihre Tante im dritten Distrikt besuchen könne, sagte Onogoro erfreut ja. «Bleib für ein oder zwei Tage», sagte sie. «Besuch deine Freunde. Du hast eine Ruhepause wirklich verdient.» Sie nahm ein Gewand aus feinster senffarbener Seide mit einer doppelten Asternbordüre aus dem Wandschrank. «Diese Farbe steht mir wirklich überhaupt nicht», erklärte sie und legte das Kleid über Tokidens Schultern. Vielleicht hat sie auf jemanden ein Auge geworfen, dachte sie, als die Zofe sich im Spiegel bewunderte. Vielleicht hat sie sogar eine Verabredung. Sie stellte sich einen kräftigen jungen Mann mit breiten Schultern vor, einen Gärtner oder Schiffbauer vielleicht. Sie würden sich an der Ecke des Marktes treffen, wo die Gewürze sich zu duftenden Pyramiden türmten: Kardamom und Kumin, Safran, Zimt und Kümmel. Sie würden die besten tiefgoldenen Birnen aus dem Korb des Koreaners erstehen; sie würden Reiskuchen essen, durch die Straßen schlendern und von Heirat sprechen, und wenn er in dieser Nacht vorsichtig an die Fensterläden klopfte, dann würde sich ihre Tante gegenüber den heimlichen Lauten ihrer Liebe taub stellen. Ja, dachte Onogoro, ein Mädchen wie Tokiden sollte wirklich einen Liebhaber haben!

Oyu hatte auf der Veranda schon einige Zeit wach gelegen und gehört, wie Tokiden sich verabschiedete. Jetzt, da er wieder zu Kräften kam, richtete sich sein Glied auf und schrie mit den Vögeln in der Morgendämmerung, aber er erstickte sein bitteres Sehnen, um seine Flucht zu planen. Wenn ich mich am Balkongitter festhalte, kann ich schon ein paar Schritte gehen, dachte er. Also werde ich die Strecke heute verdoppeln, und morgen werde ich aus eigener Kraft zu den Ställen gehen. Entschlossen, sich von den allzu zärtlichen Mitleidsbezeigungen der Dichterin nicht demütigen zu lassen, rief Oyu quengelig nach dem Frühstück. Tokidens Fürsorge konnte er gutwillig hinnehmen, aber er wollte lieber ein richtiger Plagegeist sein, als sich Onogoro verpflichtet zu fühlen.

Unter dem Balkon kämpften die Gärtner gegen eine Schneckenplage. In der Nacht hatten die Schädlinge die Bambussprosse abgefressen, die Köpfe der Nelken verschlungen und große Löcher in den Päonienblättern hinterlassen. Der geharkte Sand des Gartens war mit ihren silbernen Schlieren überzogen. Die Gärtner zerstampften die Gehäuse mit ihren Spaten oder klatschten sie gegen die Wand, während die Stare herunterflatterten, um sich an dem unverhofften Festmahl zu laben. Da sie den Kranken nicht stören wollte, hatte Onogoro das Gemetzel vom Fenster aus beobachtet, aber jetzt eilte sie in die Küche, um

Reis und Melone zu holen, und trug alles dienstfertig zu ihm hinaus.
Oyu nahm das Tablett mit einem Nicken entgegen und begann gierig zu essen. Zwischen den Bissen erklärte er ihr, daß er beabsichtige, an diesem Tag in den Gärten spazierenzugehen, und ihre Hilfe benötigen werde. «Fünfzig Schritte», sagte er herausfordernd, «das habe ich mir vorgenommen!»
«Das ist ganz sicher noch zu früh!» widersprach Onogoro. Sie begann, um ihn herumzuwirbeln, sein Kissen aufzuschlagen und hereingewehte Blätter von seinen Decken aufzulesen. Sie fragte sich, wie Tokiden wohl auf solche Bestimmtheit reagiert hätte und ob sie Widerstand geleistet hätte. «Was, wenn sich die Wunde wieder öffnet und das Fieber zurückkommt?» jammerte sie, denn sie merkte, daß ihre medizinischen Kenntnisse mehr als mangelhaft waren.
«Fünfzig Schritte», beharrte Oyu, schob das Tablett zur Seite und kämpfte sich auf die Füße. Wie willensstark er ist, dachte sie, als sie die rebellische Laune über sein Gesicht huschen sah. Man hätte wohl arge Schwierigkeiten, eine Schlacht gegen ihn zu gewinnen! Doch fand sie den Gedanken so anziehend, daß sie ihn den ganzen Morgen über in ihrem Geiste bewegte, selbst als sie Oyu am Arm stützte und durch die Gärten führte. Wie willensstark er ist, wiederholte sie sich jedesmal, wenn er danebentrat oder anhielt, um wieder zu Atem zu kommen, und der Gedanke an diese verborgene Kraft löschte aus ihrem Geist den Gedanken an seine Schwäche, über die sie eigentlich hätte besorgt sein sollen. Wie willensstark Männer sind, dachte sie mit stillem Vergnügen und zupfte sich ihre Frisur zurecht.
Am Nachmittag trug Onogoro ihr Schreibpult auf den Balkon, um Oyu Gesellschaft zu leisten, während er ruhte, aber nach dem Spaziergang war ihr Geist äußerst erregt, und ihre

Gedanken kamen nicht zur Ruhe. Irgendwo unter dem blauen Himmel reiste der General unter Bewachung ostwärts; die Räder seiner Kutsche waren voller Schlamm und das Vorankommen mühsam, und sie hatte keine Erinnerung an sich selbst in seiner Kutsche. Im Garten sonderten die Haufen zusammengeharkter Schneckengehäuse einen blassen Schleim ab. Der Anblick dieser Vernichtung erfüllte sie mit Mitleid, und sie schrieb rasch:

Umzingelt von Feinden,
Zieht er sein Haus
Durch das Land…

Bevor Onogoro das Gedicht vollendet hatte, wurde sie von Oyu unterbrochen, der ankündigte, daß er ihr etwas Wichtiges zu sagen habe. Ein leichter Wind raschelte durch ihre Papiere und trug den Geruch des Kampferbaumes herbei. Sie drehte sich zu Oyu, der auf seine Ellenbogen gestützt finster in die Luft starrte. «Wie geheimnisvoll das klingt», sagte sie sanft.

Ihr Ton brachte Oyu zum Erstarren, und er antwortete mit unbeabsichtigter Schroffheit: «Ihr habt mich einmal um Vergebung gebeten, verehrte Dame, weil Ihr meine Geschichten weitererzählt habt.»

Onogoro war verstört. «Ich kann verstehen, wenn du dich außerstande fühlst, mir zu vergeben», sagte sie hastig.

«Die Wahrheit ist…» Die Götter verfluchend, warf Oyu sich in die Bresche. «Die Wahrheit ist, daß Ihr, da ich meine Geschichten unter ähnlichen Umständen auch anderen Damen erzählt habe, keinen Grund habt, Euch Vorwürfe zu machen.»

Onogoro konnte nicht glauben, was sie da hörte. «Unter ähnlichen Umständen?» wiederholte sie. Als sie allmäh-

lich zu verstehen begann, lief sie dunkelrot an. Was für ein unerträglicher Gedanke, daß er seine Geschichten nicht nur ihren Ohren vorbehalten hatte, daß er nicht nur Herr über ihre Erregung gewesen war! «Dann war ich also nicht die einzige?»
«Weit davon entfernt, verehrte Dame», sagte Oyu hart. «Ich habe überall in der Hauptstadt Kundinnen.»
Schmerzliche Stille folgte, in der Oyu sich ergeben mit der Zurückweisung abzufinden versuchte. Armseliger Wurm, tadelte er sich: so zahlst du also einer Dame ihre Güte heim! Paradoxerweise fühlte er aber jetzt, nachdem er das Schlimmste gestanden hatte, eine Welle der Erleichterung durch seine Glieder fluten.
Nichts hätte Onogoro mehr demütigen können, als plötzlich zum Durchschnitt zu gehören. Doch ihr spionierendes Auge bestand mit unbezwingbarer Lüsternheit darauf, sie mit allem, was der blinde Geschichtenerzähler nicht gesehen hatte, zu ergötzen. Hier war eine Dame, die ihre Glieder chrysanthemengleich um ihren Liebhaber schlang, dort eine, die sich ihm öffnete wie die trompetenförmige Blüte einer Winde. Hier war ein neugieriger Finger, eine wunde Brustwarze; dort eine gute Imitation eines brünftigen Hirsches, woanders eine grunzende Sau.
Onogoro schwieg so lange, daß Oyu dachte, sie werde nie wieder mit ihm reden. Schließlich flüsterte sie: «Vor einigen Momenten suchte ich in meinem Herzen nach dem General, und ich erschrak. Denn ich fand nichts als das Bild einer Schnecke, schwerfällig und langsam.» Wie dünn seine Spur ist, dachte sie, und wie schnell sie verblaßt. Sie brach in erbärmliches Schluchzen aus. «Nun siehst du, wie treulos ich bin!» klagte sie. Dann sprang sie so heftig auf, daß ihr Schreibpult umfiel und Pinsel und Gedichte durcheinanderwirbelten, und floh vom Balkon.

Stellen wir uns Onogoro vor, wie sie in ihren flatternden Seidengewändern durch die Gärten rennt. Wird sie zu Shikibu gehen und sich trostsuchend an sie klammern und die zusätzliche Schmach wagen, alles zu gestehen? Wird sie sich ihre eigenen untreuen Gedanken über den abwesenden General verzeihen? Wie jede Dichterin weiß Onogoro, daß die Metapher, da sie gleichzeitig aus Körper, Verstand und Seele entspringt, nicht lügt. Metaphorisch hatte sie ihren Liebhaber so sicher betrogen wie wenn sie einen anderen umarmt hätte, und darüber hinaus hatte sie den vertrauten Teil ihrer selbst, der der strenge Bannerträger der Tragödie ist, zutiefst verletzt. Nur wenig Hoffnung für Oyu, wenn sie diese Fahne nicht an einen anderen Akteur – zum Beispiel den General, der die Partie schon probt – loswerden kann, sondern statt dessen an ihrer gewohnten Rolle als Mime im Theater des Leidens festhält! Besser wäre es, wenn sie so schnell wie möglich lernte, daß die Beharrlichkeit des Willens nur dann eine Tugend ist, wenn sie mit tieferen Rhythmen zusammenklingt und wie *susuki*-Gras, vor dem Wind neigend und hochschnellend, wenn er vorüber ist, mit dem Atem des Universums geht.

DIE FLEDERMAUS

Die Sonne geht unter. Das Gezirpe der *higurashi* erstirbt. Glühwürmchen funkeln im Bambusdickicht. Oyu muß allein laufen lernen und sein Abendessen aus der Küche holen, denn Onogoro ist nicht in ihre Gemächer zurückgekehrt. Statt dessen geht sie in Shikibus Zimmer im Kreis herum, ihren zerspringenden Kopf zwischen die

Fäuste gepreßt, denn weder Geständnisse noch Tees können ihre hämmernden Kopfschmerzen lindern.
Schließlich überredete Shikibu sie dazu, sich hinzulegen, beugte sich über sie und drückte mit den Fingerspitzen auf die Stelle zwischen den Augenbrauen, hinter der sich unvergossene Tränen sammeln. Was ist dieses Mädchen doch für ein Rätsel, dachte sie. So zerrissen und gequält, aber doch einfallsreich genug, einen Geschichtenerzähler anzuheuern, der ihre Lust verstärkt! Als Shikibu an den Kopfkissenburschen dachte, wußte sie nicht, ob sie lachen oder weinen sollte. In der ganzen Hauptstadt schienen gewitzte Frauen diesen talentierten Gehilfen heranzuziehen und hinter ihren *tsuitate*-Schirmen zu verbergen. Selbst Atsumichi hätte dieses Doppelspiel bewundert. Was sind wir doch für Meisterinnen in der Intrige, staunte sie, und was nehmen wir nicht alles auf uns, um unseren Liebhabern zu schmeicheln.
Onogoro verzog unter dem Druck von Shikibus Fingern schmerzhaft das Gesicht und gab ein würgendes Keuchen von sich. «Aber wie konnte er nur?» rief sie. Ihre Wangen waren gerötet, ihre Schläfen schweißnaß. Sie liebt ihn! dachte Shikibu überrascht. «Bitte laß mich heute nacht bei dir bleiben», flehte Onogoro. «Ich weigere mich zurückzukehren, solange er da ist!»
Shikibu seufzte. Nun war sie völlig überzeugt. Sie beschloß allerdings, nichts zu sagen, sondern das Mädchen selbst darauf kommen zu lassen, wenn sie soweit war. «Natürlich mußt du bleiben», antwortete sie, «aber ich muß mich jetzt für die Dichterinnen fertigmachen.» Der General interessiert sie nicht mehr, dachte sie, und natürlich bestraft sie sich dafür! Sie ging in ihr Ankleidezimmer, wo Ben ein Batistunterkleid und ein Obergewand aus dünnster Seide bereitgelegt hatte, der Hitze der Nacht Rech-

nung tragend. Bald würden die Damen kommen, und sie hatte ihre Zofe darum gebeten, Kissen unter die Pflaumenbäume im Garten zu legen, wo die Luft kühler war.

«Ich gehe», kündigte Shikibu an und schwebte in den Raum, ihre mottenfarbenen Ärmel weit ausgebreitet. Heller Lichtstaub flackerte vor Onogoros Augen. Sie nickte schwach, und Shikibu verschwand, einen Hauch von Flieder hinterlassend. Die zurückgebliebene Onogoro legte die Handflächen auf ihre zerspringende Stirn und kämpfte mit ihren widerstreitenden Gefühlen. Sie keuchte in der Hitze, und ihr seidenes Gewand hing feucht um ihre Schenkel.

In den Gärten flogen Leuchtkäfer umher, und Fledermäuse flatterten geräuschlos im Zwielicht vorbei. Bens schattige Gestalt bewegte sich durch das Gras und entzündete Räucherkegel, um die Moskitos zu vertreiben. Als Shikibu die Treppe hinunterrannte, um die Damen zu begrüßen, waren diese sehr rücksichtsvoll gegen sie, denn sie hatten von ihrem Bruch mit Prinz Atsumichi gehört. Eine nach der anderen legte die Hand auf ihre Schulter oder einen Arm um ihre Taille oder streichelte ihre Wange sacht mit einem geschlossenen Fächer. Als sie sich auf den ausgebreiteten Matten niederließen, raschelte Dunkelheit in den Falten der Gewänder, mit denen sie ihre Füße bedeckten.

Shikibu sah sich im Kreis ihrer Vertrauten um. Wie großartig Shōnagon gekleidet ist, dachte sie, und ihre Haartracht ist wirklich zu kunstvoll für eine so schwüle Nacht. Die junge Hime war schwanger, sie stellte ihre kleine Wölbung stolz zur Schau und streichelte sie wie eine Hauskatze. «Hime ist so träge geworden, ihr Gehirn hat sich in Schlamm verwandelt!» höhnte Yomiko. «Wer sonst kann uns eine Geschichte erzählen?»

Shikibu war nachdenklich, ihre Gedanken kreisten um

Onogoro und ihre unvernünftige Liebe. Ihr fiel eine Sage ein, eine seltsame Erzählung von einem Volk ohne Ränge und Ämter. Die Amme, von der die Geschichte stammte, hatte geschworen, daß sie wahr sei, und obwohl man ihr später eingeschärft hatte, daß die unteren Schichten stets Volkssage mit Geschichte verwechseln und die Ohren kleiner Kinder mit frevlerischen Ideen füllen, hatte sie damals jedes Wort geglaubt. Die Erzählung spielte in einer Zeit bevor es Kaiser gab, als eine dunkle, ängstliche Rasse die fruchtbaren Krater der Vulkane bewohnte, die ihre Geburt nicht von Ohmi-Kami, der himmelerleuchtenden Göttin, oder überhaupt von einem Gott ableiteten. Diese Gesellschaft ließ weder Rangunterscheidungen noch die Überlegenheit eines Geschlechtes über das andere zu, nicht einmal jene Hierarchie, durch die der verblendete Mensch sich zum Herrn über die Tiere aufschwingt, weil er allein eine Seele zu haben glaubt. Die sonnengegerbte Haut dieser Menschen war rotgolden wie Rebhuhnfedern; sie schnüffelten die Schwefeldämpfe und segelten in Schiffen aus Bimsstein auf den Kraterseen, und Männer und Frauen arbeiteten zusammen am Bau der hängenden Brücken, die die Schluchten zwischen den einzelnen Gipfeln überspannten. Der Berg Ashigara in Sagami war der einzige, der geblieben war, sagte man, denn die anderen waren schon vor langer Zeit ausgebrochen und hatten ihre Bewohner in einem Meer aus kochender Lava hinweggespült. «Ich habe eine Geschichte», sagte Shikibu.

Onogoros Kopf dröhnte gnadenlos, ihr Fleisch drängte nach außen und spannte ihre Haut. Wieder schoß ihr der groteske Gedanke durch den Kopf, aber sie wollte ihn nicht zulassen. Ich kann den Jüngling unmöglich lieben, tadelte sie sich. Sie warf sich ruhelos hin und her; sie lag auf der Seite, auf dem Rücken, auf dem Bauch, aber keine Position verschaffte ihr Erleichterung. Schließlich kniete sie sich auf die Matte, steckte den Kopf zwischen die Knie und rollte sich zu einem Schmerzensball. Wie bei einer Fledermaus, die ihr Junges kopfüber von einem Ast hängend gebiert und das Neugeborene gegen die Schwerkraft nach oben schieben muß, schwillt ihre rote Zunge vor Schmerz, starren ihre unsäglich erschrockenen Augen vor Anstrengung, bis schließlich ein schwarzes blindes Alptraumgeschöpf aus ihrem Bauch schlüpft und mit großen Klauenhänden hastig nach ihr krallt, um nicht in einen vorzeitigen Tod zu stürzen... So kam die unerträgliche Vorstellung ans Licht – als schwere Geburt, dunkel wie ein Dämon, aber dazu bestimmt, sich bis zur Reife festzuhalten.

In den Gärten beendete Shikibu ihre düstere Geschichte. «Kein Rang und keine Hierarchie?» rief Sei Shōnagon. «Gleichheit der Geschlechter? Ich glaube, das würde wenig Spaß machen!» Sie gähnte ausgiebig. «Aber dort ist die Frau, die wir brauchen!» rief sie aus, als sie Onogoro auf dem Balkon erblickte. «Shikibu hat uns eine trübe Stunde bereitet, meine Liebe. Willst du nicht herunterkommen und uns etwas Amüsantes erzählen?»

Shikibu drehte sich um und sah die Silhouette ihrer Freundin, deren roter Umhang von feurigem Licht gesäumt war, sich vor dem hellen Inneren abzeichnete. «Es geht ihr nicht gut», rügte sie, «wir sollten sie in Ruhe lassen.» Die Damen hörten auf zu reden, als Onogoro, deren Gewand in jeder Falte Skandale barg, durch den Garten auf sie zukam. Einige steckten die Köpfe zusammen und flüsterten sich die Neuigkeiten über den General zu; andere öffneten ihre Fächer und fächelten lässig, als wollten sie selbst den Gedanken an Klatsch verleugnen.

«Etwas Amüsantes», wiederholte Onogoro und blickte wie durch einen Nebel auf die Gesellschaft. «Wäre eine Liebesgeschichte angenehm?»
«Das ist nicht nötig», sagte Shikibu hastig. «Hör nicht auf Shōnagon.»
«Doch, ja», riefen die Damen im Mondlicht, «eine Liebesgeschichte!» Und ihre Fächer flatterten in der Luft wie Fledermäuse, als sie sich anschickten, sich auf das Vergnügen zu konzentrieren.

DAS OSHIDORI-PAAR

«IN EINEM Gutshaus an der Echigo-Küste lebte einmal ein junges Mädchen, dessen Mutter ebenso streng wie mißtrauisch war. Diese Dame lag ihrem Mann unablässig in den Ohren, daß er seine Tochter zu nachsichtig behandele, und wenn er um des lieben Friedens willen versprach, das Mädchen zu maßregeln, vergaß er es im allgemeinen, denn er war viel mehr an seinen Pferden und Obstgärten interessiert als daran, das Benehmen seines Nachwuchses zu überwachen.
Das Mädchen, das den Namen Naishi trug, nutzte nur zu gern die Gelegenheiten aus, die ihm die Nachlässigkeit des Vaters bot, und als sie ihn überredet hatte, ihr das Reiten beizubringen, stürmte sie unbändig über die Berge und den Meeresstrand.
Als Naishi in die Pubertät kam und sich ihrem Monatshemmnis unterwerfen mußte, beaufsichtigte ihre Mutter sie noch strenger. Jede Stunde, die das Mädchen mit seinem Vater verbrachte, veranlaßte die gute Frau dazu, eifersüchtige Verwünschungen auszusprechen, und die zu-

nehmende Einengung ihrer Freiheit bedeutete, daß selbst Naishis einsame Ausritte geopfert werden mußten. Sie wurde äußerst mürrisch und begann, über das verlorene Paradies ihrer Kindheit nachzugrübeln. Was habe ich nur getan, um solches Unglück zu verdienen? fragte sie sich und erwog sogar, in ein Kloster einzutreten, denn es schien, als könne die Schuld, in der sie ihrer Mutter gegenüber stand, durch die absurden Wiedergutmachungen, die diese forderte, niemals abgetragen werden.

Eines Tages im Frühling begab sich der Vater auf eine Reise in die ferne Hauptstadt, und das Mädchen war ganz ihrer Mutter ausgeliefert. Naishi saß allein in den Ställen, säuberte sich die Fingernägel mit einem Holzsplitter und zermarterte sich den Kopf über ihre Lage. Es fiel ihr schwer, sich nicht über die Strenge ihrer Mutter zu ärgern und Aufbegehren durch töchterliche Ergebenheit zu ersetzen. Sie fragte sich, ob es anderen Mädchen und anderen Müttern ebenso ergehe, aber sie kannte keine und konnte daher niemanden fragen, und so kam sie zu dem Schluß, ihr Drang nach Leben und Freiheit müsse tatsächlich ein gefährliches Feuer sein, wenn es ständig ausgetreten wurde!

Da brachte einer der Vorreiter ihres Vaters ein Pferd herein, das an der Fessel verletzt war und deshalb stark hinkte. Der junge Hengst trug den ungewöhnlichen Namen Oshidori – vielleicht weil die Zeichnung seiner Stirn an die ausdrucksvollen weißen Augenbrauen der Mandarinente erinnerte – und war vor kurzem von einem hochherrschaftlichen Gut in der Nachbarprovinz Kotsuke erworben worden. Sie wußte, daß ihr Vater sehr stolz auf das prächtige Tier war. ‹Wir befürchten, daß der Knochen gebrochen ist›, sagte der Vorreiter, ‹und es ist möglich, daß das Pferd getötet werden muß.›

‹Niemals!› rief Naishi und nahm all ihre Kraft zusammen, denn angesichts der schlimmen Verletzung, die das großartige Pferd davongetragen hatte, schienen ihre eigenen Wunden bedeutungslos. Sie befahl dem Mann, zur Karawane ihres Vaters zurückzukehren und diesem zu sagen, daß sie sich selbst um das verwundete Tier kümmern werde – ihre Mutter, dachte sie, könnte wohl kaum Einwände dagegen erheben! Mit vorsichtigen Fingern untersuchte sie das Strahl- und das Kronbein, konnte jedoch keinen Bruch feststellen. Eine Schwellung rings um das Fesselgelenk deutete darauf hin, daß die Bänder gezerrt waren, und so machte sie Umschläge und umwickelte das Gelenk mit Stützbandagen, und als sie in jener Nacht zu Bett ging, war sie zuversichtlich, daß sich der Hengst erholen werde.

Tag für Tag fand sie bei dem verletzten Tier eine Aufgabe, auf die sie nicht nur ihr Mitleid, sondern auch ihre aufgestauten Kräfte konzentrieren konnte. Seine Pflege tröstete sie so glücklich über die lähmende Langeweile der damenhaften Pflichten hinweg, die ihre Mutter ihr aufgezwungen hatte, daß sie, obwohl sie sich über die schnellen Fortschritte ihres Patienten freute, ängstlich dem Tag entgegensah, an dem er völlig geheilt sein und sie ohne nützliche Beschäftigung lassen würde.

In einer mondhellen Nacht in der Mitte des Monats aß Naishi hastig zu Abend, und nachdem sie ihrer Mutter gesagt hatte, sie habe ihr Monatshemmnis und wolle früh zu Bett, schlich sie hinaus in den Stall, um die Verbände abzunehmen. Die Schwellung war vollständig abgeklungen, und der Hengst tänzelte freudig, um die Kraft seiner Fessel zu testen, und warf seine Mähne im Mondlicht zurück.

‹Meine Arbeit ist nun getan›, sagte Naishi und bedachte traurig, daß sie und ihre Fertigkeiten nun nicht mehr gebraucht wurden, denn Oshidori war wieder gesund und munter.

‹Nicht ganz, gnädige Dame›, kam eine Stimme aus der Stallbox.

Naishis Herz hüpfte in ihrer Brust. ‹Wer ist dort?› fragte sie und blinzelte durch das schräg einfallende Mondlicht, um den Bediensteten oder Vorreiter zu entdecken, der gesprochen hatte.

‹Dem Pferd geht es gut, vielen Dank›, sagte die Stimme, ‹aber der Mann ist immer noch leidend.›

Als ihr klar wurde, daß es der Hengst war, der gesprochen hatte, erschrak Naishi heftig und verbarg sich zitternd hinter einer strohgefüllten Krippe. ‹Das ist Teufelswerk!› schrie sie und wäre aus dem Stall geflohen, hätte Oshidori sie nicht mit herzlicher Stimme gebeten:

‹Bitte bleibt, Dame Naishi. Ich habe in Eurer Gesellschaft viel Trost gefunden.›

Naishi beruhigte sich ein wenig und äugte durch die Holzstäbe der Krippe nach dem Pferd. Wie schön es war mit den weißen Zeichen auf seiner Stirn, dem so herrlich geschwungenen Hals und der dichten Mähne, dieses sanfte Tier ohne Falsch und Bosheit, wie es hoch den Kopf ins Mondlicht hob und mit seinem Schweif alles Böse aus dem Dunkel peitschte! ‹Aber wie kommt es, daß ein Hengst sprechen kann?› fragte sie schließlich.

‹Ich bin kein Hengst›, erwiderte Oshidori, ‹sondern ein verwunschener Mann. Ein *tengu* hat mich ohne mein Verschulden in diese Gestalt gebannt, und es gibt nur eine Möglichkeit, mich zu befreien. Dazu erflehe ich Euren Beistand.›

‹Aber ich bin doch bloß ein Mädchen›, sagte Naishi, wobei ihr inbrünstig wogendes Herz ihr züchtiges Auftreten Lügen strafte, ‹wie kann ich Euch von Nutzen sein?›

‹Ich sehe kein Mädchen, sondern eine Frau›, beteuerte Oshidori, ‹und nur eine Frau kann mir helfen.›
Naishi stand vor Schreck wie angewurzelt da und fühlte, wie furchtsame Röte in ihr aufstieg, um auf ihren Wangen und ihrer Stirn zu erblühen. Niemand hatte sie je so beschrieben, es sei denn in Form von Warnungen oder Vorhaltungen, und da sie ahnte, daß jedes Zeichen von Weiblichkeit von ihrer Mutter als Beleidigung durch eine Nebenbuhlerin aufgefaßt werden würde, hatte sie die meisten normalen Phantasien eines heranwachsenden Mädchens unterdrückt. Jetzt aber sprachen Naishis geheime Sehnsüchte mit willkommener Eile auf Oshidoris Aufforderung an, wie ein Liebhaber, der sich in der frostkalten Dunkelheit unter dem Balkon versteckt hält, bis er in das vertrauliche Schlafgemach seiner Geliebten gewunken wird. ‹Sagt mir, wie›, flüsterte sie, als sie hinter der Krippe hervorkroch.
‹Vergeßt nur Eure Schamhaftigkeit und laßt mich einen Blick auf Eure weiße Schulter im Mondschein tun›, bat Oshidori.
Naishi wandte ihr Gesicht ab, damit das Pferd ihre Erregung nicht sehen konnte, und schob ihr Kleid zur Seite, um die Schulter zu entblößen, auf die niemand außer ihrer Mutter und ihrer Amme je ein Auge geworfen hatte. Die Mondin küßte sie mit bewundernden Lippen und gab die Schulter, indem sie sie für sich forderte, dem Mädchen zurück, wie sie nie zuvor gewesen war, mit prickelnder Haut und wachem Fleisch und Blut, das vom Herzen emporpochte, um die Muskeln zu stärken.
Das Pferd dankte ihr mit einem glücklichen Seufzer, und Naishi bedeckte sich wieder. Was er verlangte, war ja nun doch nicht soviel! dachte sie selbstzufrieden und erregt.
‹Nun erniedrigt Euch›, flehte Oshidori, ‹und gewährt mir einen Blick auf Euer weißes Knie.›

Diese Bitte machte Naishi noch verlegener, aber die Verlockung der Macht, die ihr verliehen wurde, siegte über ihre Bedenken. Sie lüpfte ihren Saum und war nun in Dunkelheit gehüllt. Das Mondlicht übergoß ihre Beine, und sie erinnerte sich mit kindlichem Schmerz daran, wie ihre Mutter immer und immer wieder ihre Knie schrubbte und über den Schmutz jammerte, der sich an ihnen festgesetzt hatte. Das Pferd dagegen fand keinen derartigen Grund zur Klage und schnaubte wieder vor Zufriedenheit. ‹Seid Ihr nun aus Eurer Notlage befreit?› fragte Naishi zögernd, denn ein leichtsinniger Teil ihres Wesens sehnte sich danach, das Spiel fortzusetzen.

‹Ich weiß, daß es sehr viel verlangt ist›, sagte der Hengst ernst, ‹aber nur wenn Ihr mir Eure *hisho* zeigt, soll ich Erlösung finden.›

Um ihren Eifer zu verbergen, antwortete Naishi mit einem brüsken Nicken. Sie raffte kühl und sachlich ihren Rock, wie ein Händler, der morgens die Tücher von den Körben nimmt, um seine Waren anzubieten. Die Mondin berührte sie mit geübten Fingern: die dunkle wirre Mähne, die rote Knospe des Lotus, die unter ihrem anerkennenden Blick hervorsproß.

Das schwarze Auge des Hengstes überschwemmte das Mädchen mit Hunderten von Küssen, und eine Hitze, der Ewigkeit gleich, drang in ihr Inneres, so daß sie zum erstenmal die geheime Quelle ihrer aufrührerischen Kraft fühlte. Was für ein Segen es doch ist, eine Frau zu sein! dachte sie und sank in dem süß duftenden Stroh auf die Knie.

Genau in diesem ekstatischen und traumvergessenen Augenblick stürmte Naishis Mutter mit ihrem unfehlbaren Gespür für jede Möglichkeit, sich einzumischen, wütend in den Stall. Das Mondlicht fiel klar und deutlich auf die weiblichen Formen ihrer Tochter, und mit einem Schrei der Entrüstung zerrte die gute Dame Naishi auf die Füße. Sie schleppte sie an den Haaren zurück ins Haus, wo sie sie mit einer Weidenrute verprügelte und kurzerhand in den Keller unter der Küche warf.

Eingekerkert wie eine Verbrecherin lag Naishi einige Tage wie betäubt da und verweigerte jegliche Nahrung, während die Kakerlaken um sie herum in geselliger Runde schwatzten und über die Ungerechtigkeit und die Niedertracht ihrer Mutter sprachen.

Als ihre Mutter am dritten Tag kam, um sie zu bitten, doch etwas Nahrung zu sich zu nehmen, trat Naishi ihr kühl entgegen und wollte wissen, warum sie einen solchen Haß gegen sie hege. Erbost stürzte sich die Dame auf ihre Tochter und schlug sie erneut, überhäufte sie mit Schimpf und schwor, sie müsse im Keller bleiben, bis sie sich gebessert habe.

‹Gib nicht nach›, drängten die Kakerlaken, als sie den letzten Bissen des Abendessens verzehrt hatten, das Naishi verweigert hatte. ‹Süßem Begehren soll man nicht wehren!› Und raschelnd wie der Wind rannten sie zum verriegelten Fenster und begannen, das verfaulte Holz des Rahmens zu vertilgen.

In dieser Nacht lockerte Naishi das Fenster, floh quer durch die dunklen Gärten und schlüpfte durch die trockenen Bambusstäbe, die das Gut umgrenzten.

Am Morgen wurde Alarm geschlagen, und Vorreiter wurden ausgeschickt, die Entflohene zu verfolgen. Als Naishi ihre Rufe in der Ferne hörte, lief sie schneller und schnel-

ler, aber schließlich waren ihre Kräfte erschöpft und sie kletterte in einen hohlen Baum, in der Hoffnung, daß ihre Verfolger vorbeireiten würden.
Schon bald kamen sie näher, und zu ihrem Entsetzen hörte Naishi, wie der Anführer verkündete, sie würden hier eine Weile rasten, um zu essen und zu trinken, denn die kleine Schlampe sei zu Fuß und habe keine Chance, ihnen zu entkommen. Offenbar hatte sich die Nachricht ihrer Eskapade in den Ställen herumgesprochen, und so war sie gezwungen, im Baum eingesperrt dem derbsten Klatsch und den deftigsten Mutmaßungen zu lauschen.
Als die Männer ihren Hunger gestillt und ihren Durst mit Wein gelöscht hatten, verhöhnte der Anführer der Schar, der ein Astloch in genau dem Baum entdeckt hatte, der das Mädchen verbarg, seine Männer mit anzüglichen Ermunterungen. ‹So eine schöne *shiofuki*!› rief er. ‹Los geht's, wer will als erster?›
‹Ich›, rief einer der jüngeren Vorreiter, der so groß war, daß er sich bücken und seine Beine weit spreizen mußte, um sein Glied in das Astloch hineinzubekommen. Bravo! riefen seine Gefährten, als er die Öffnung fand, nicht ahnend, daß er innerhalb des Baumes das Eingangsgewölbe eines weiteren, fleischlicheren Körpers gefunden hatte.
Fasziniert von diesem seltsamen Löffel, der in ihrer *hisho* rührte, mußte Naishi an den mondbeschienenen Stall und die hinreißenden Augen des Pferdes denken, und da sie bedauerte, daß diese Empfindungen so frühzeitig unterbrochen worden waren, entschied sie, daß der Rat der Kakerlaken viel weiser war als der ihrer Mutter. Wie gut sich das anfühlt, staunte sie und preßte die Hand auf den Mund, damit kein Geräusch sie verraten konnte, und wie traurig, daß das Ganze so schnell vorbei ist!
Sofort nachdem sich der erste Bursche verausgabt hatte,

sprang ein zweiter in die Bresche, aber auch er gab nach ein paar schnellen Stößen den Geist auf. Inzwischen war das süße Begehren mächtig angeregt worden, und Naishi biß sich auf die Lippen, um das Stöhnen ihrer wachsenden Lust zu ersticken.

Ein eifriger Vorreiter nach dem anderen kam, wobei jeder Teilnehmer es seiner Mannesehre schuldete, den Zielpfosten schneller als alle seine Vorgänger zu erreichen, und damit sicherstellte, daß die unsichtbare Naishi unbefriedigt blieb. Schließlich hatten sich alle verausgabt, und einer wurde mit Blättern gekrönt und zum Sieger erklärt, und unter zahlreichen Spötteleien und Witzen ritten sie los, um die Verfolgung wiederaufzunehmen, ohne je zu erfahren, wie intim sie mit ihrer Beute gewesen waren.

Ihr werdet euch jedoch fragen, was mit dem Pferd Oshidori geschah und mit dem Mann, der in ihm gefangen war.

Naishis großzügige Vorführung hatte gewirkt und den Mann aus seiner Verzauberung erlöst, und die Verwandlung vom Pferd zum Menschen war wenige Augenblicke nachdem die Mutter das Mädchen fortgezerrt hatte, geschehen.

Der junge Adlige war tiefbetrübt in der Nähe des Hauses geblieben, bis er den Aufschrei hörte, den Naishis Flucht ausgelöst hatte. Dann war er der Spur der Vorreiter gefolgt und hatte ihr ausgelassenes Treiben aus der Deckung eines Schwarzdornbusches beobachtet. Nun, da die Feiernden gegangen waren, kroch er aus seinem Versteck und rief Naishis Namen, wobei er, obwohl alles dagegen sprach, hoffte, daß sie sich im Gestrüpp verborgen hatte, um ihn zu überlisten.

In ihrem Käfig im hohlen Baum erkannte Naishi Oshidoris Stimme, und ihr Herz donnerte vor Aufregung. ‹Ich bin hier›, rief sie, ‹aber ich kann mich nicht selbst befreien!›

Der junge Adlige eilte voller Besorgnis zum Baum, um sie fürsorglich zu fragen, ob sie in Verlegenheit sei.
‹Allerdings›, antwortete Naishi wahrheitsgemäß, denn ihre aufgestauten Energien schrien danach, freigelassen zu werden …
Endlich erschien ein ansprechendes Gesicht in den Zweigen über ihr, und ein wohlgestalteter Arm reichte hinunter, um ihr aus ihrem Versteck zu helfen. Der Herr, der Zeuge der abscheulichen Streiche gewesen war, die in diesem Baum stattgefunden hatten, war empört über das, was mit Naishi geschehen war. ‹Erlaubt mir, Euch beizustehen, wie Ihr mir beigestanden habt›, bat er, holte Wasser aus einem Bach und wusch ihr sanft den Schweiß aus dem Gesicht.
Aber Naishi war nicht so einfach zu beruhigen, denn als ihr Auge den Mann erkundete, erinnerte sie sich auch an das Pferd in ihm, wie es den Kopf zurückwarf und leidenschaftlich mit den Hufen stampfte, und ihr Begehren, angeregt durch das allzu kurze Vorspiel der Vorreiter, brannte kräftig in ihr. Derjenige, der begonnen hat, soll es auch zu Ende führen, dachte sie. Ohne Umschweife zog sie ihn auf die trockenen Blätter hinunter, während die Sonne erstaunt durch die Zweige blinzelte.
Aus dem Baumkorsett befreit, fand ihr Körper schnell den Rhythmus und das Tempo eines Reiters, und da der Mann, der das Pferd gewesen war, weiser war als viele, ließ er sich, wenn auch ein wenig erstaunt darüber, so kühn bestiegen zu werden, nur allzu gerne reiten!
Und so wurde ein süßes Begehren schließlich gestillt, und zusammen machte sich das Paar auf seine glückliche Flucht – sie aus der Tyrannei ihrer Mutter und er aus der Gefangenschaft seines eigenwilligen Dämons. Und noch Jahre später war ihre Leidenschaft so frisch und überquel-

lend, daß alle, die das sahen, sie nach den Mandarinenten das Oshidori-Paar nannten, weil diese, wie die Sage weiß, zu zweien schwimmen und für immer unzertrennlich sind, wenn sie sich einmal gepaart haben.»

PFLAUMENBLÜTE

Onogoro war so versunken in die geheimnisvollen Obsessionen ihrer Geschichte, daß sie ihr Publikum fast vergessen hatte. Ihre Augen glänzten und starrten ins Leere; ihr Haar, unordentlich hochgesteckt, löste sich aus den Kämmen.

«Nette Geschichte!» sagte Shōnagon, aber der Applaus war beklommen, denn auch das unsensibelste Publikum merkt, wenn eine Geschichte nicht hauptsächlich zum Vergnügen erzählt wird, sondern vielmehr dazu dient, persönliche Rechnungen zu begleichen. Und was ist daran schon unterhaltend?

Hime, die, ihren Kopf in Yomikos Schoß, auf einem Kissen lagerte, stieß einen kleinen hochmütigen Rülpser aus. Sie dachte an das süße Geschöpf, das sie unter dem Herzen trug, und die Geschichten, die sie ihm spinnen wollte – wunderbare Geschichten, die es für immer an sie binden würden. Wenn es ein Junge ist, dachte sie, wird er mich verehren; wenn es ein Mädchen ist, wird es nie den geringsten Grund zur Klage haben.

Tief in ihre Träume getaucht, schwiegen die Damen, und um jeden Kopf waren Geister versammelt, die Federn gleich im flackernden Licht der Laternen zitterten. Einige dachten an das, was sie verloren hatten, andere daran, was sie noch erringen mußten, und mehr als eine wünschte sich, daß sie in der Liebe wie in der Dichtung Mut bewiese und sich durch das unruhige Wasser hinaus in den launischen Wind wage.

«Wie melancholisch wir heute nacht sind», lamentierte Shōnagon. «Selbst die Dame Omoto hat uns verlassen.»

«Vielleicht ist das Karma schlecht für Geschichten», sagte Shikibu, die nicht zu denen gehörte, die Fröhlichkeit herstellen wollten, wo keine war. Sie blickte durch die Pflaumenzweige in den kalten Schein der Mondin, und sie fröstelte. Man sagte, daß von allen Bäumen der Pflaumenbaum für Mut stehe, da nur er zu blühen beginne, wenn noch Schnee liegt. Warum sollte man sich wundern, grübelte sie, wenn seine Frucht schärfer war als der Pfirsich oder die Aprikose? Sie fragte sich plötzlich, wie ihr Schicksal aussehen würde und wie das ihrer Freundinnen. Würden sie ein junges Gesicht auf ein abgelebtes malen, oder würden sie einen Oshidorimann finden, der im Namen der Treue dem Spott mutig ins Auge sähe? Würden sie als glückliche Witwen im Schoß ihrer Familie leben oder wie graue Schatten durch das Stimmengewirr in den Palastgängen wandern? Würden sie aus eigener Anstrengung heraus Ruhm erlangen, nur um anschließend in Ungnade zu fallen und ihre Tage in Armut zu beschließen? Wenn der Mut nur ebensoleicht zunähme wie die Jahre, dachte sie, wäre er mit starker Hand zur Stelle, wenn wir ihn am dringendsten brauchen.

DAS IM VERBORGENEN GETANE WERK

Onogoro indessen wurde plötzlich ein einzigartiger Zusammenhang klar. Nachdem sie die Gesellschaft verlassen hatte, eilte sie im Zustand beträchtlicher Erregung zurück in die Pflaumenblütengemächer. Schulter, Knie, *hisho*, wiederholte sie atemlos und durchstöberte die Schublade, in der Shikibu die Gedichte sicher aufbewahrt hatte. Denn hatten genau diese Körperteile sich nicht geschickt in der Geschichte zur Schau gestellt, die sie gerade erzählt hatte? Sie legte die drei Gedichte vor sich hin und untersuchte sie auf Hinweise.

Die Schulter:

War es Euer Blick, der mir folgte,
Den ganzen Weg zu den schützenden Bergen?
Nein, es war nur der Mond,
Der über meine Schulter lugte.

Wessen sehnsuchtsvolle Stimme war das, und aus welchem Ort der Verbannung sprach sie? Onogoro hätte ihr gern beigestanden.

Das Knie:

Bescheiden wie die Nachtkerze
Leb ich des Tags im Verborgenen.
Nicht bei Sonnenlicht,
Sondern im Dunklen
Erkenne ich mich.

Mal geduldig, mal verzweifelnd, mal Weisheit findend: Onogoros Herz war gerührt.

Die *hisho*:

Mein bescheidenes Haus
Ist mit Schilf gedeckt.
Schaut nur hinein,
Dort findet Ihr
Den Lotus der Ewigkeit.

Hier präsentierte die energische Botschaft des Körpers sich selbst Onogoros Aufmerksamkeit und suchte vor allem nach Anerkennung.
Da sie verbannt worden war, stellte sie ihren inneren Wert zur Schau und verlangte nach Wiedereinsetzung. Onogoro erinnerte sich, wie süß es gewesen war, die Ausstattung des jungen Mädchens dem billigenden Auge des Mondlichts zu zeigen. Aber war nicht ich selbst die Dichterin und das Publikum, die Sehende und Gesehene? (Und auch, könnten wir hinzufügen, der Drache, der die Tochter für ihre Lust bestrafte, aber statt Onogoro eilends auf diese Auslassung aufmerksam zu machen, wollen wir lieber für einen Moment still sein und unseren überlegenen Standpunkt genießen.)
Onogoro überlegte eine Zeitlang, und dann erschloß sich ihr die Bedeutung in aller Klarheit. Jetzt hab ich es! dachte sie. Wir müssen die Ichs, die in uns blühen, so liebevoll pflegen wie ein Dichter seine Figuren. Ob sie Heilige oder Verschwender, Tiger oder Eidechsen sind, wir müssen sie alle gleichermaßen annehmen, statt sie in der Verbannung zu halten! Denn wer wird sie lieben, wenn wir es nicht tun? Sie stand stockstill in der Mitte des Raumes, und es war, als

ob alle Laternen ihres Geistes aufleuchteten und ein helles Licht auf sie warfen. Was sie in diesem Moment sah, war ganz und gar kein Durcheinander, sondern so harmonisch wie ein Haus mit starken Pfeilern, Dachgesimsen im richtigen Winkel und Stürzen an den passenden Stellen, und alle Räume waren miteinander verbunden und in Ordnung. Wie versteinert dachte sie: Ja, ich bin meine eigene Hüterin! Was für eine verheißungsvolle Nacht war das gewesen!

DER KRANKE OCHSE

Nachdem die Karawane des Generals den Gebirgspaß von Sayo-no-Nakayama überquert hatte, kam sie in der Provinz Suruga schnell voran und durchquerte in einiger Entfernung von der Küste den Fluß Oi. Auf den unteren Hängen des Ashigaraberges jedoch zitterte plötzlich einer der Ochsen, der die Kutsche der Dame Ochibu zog. Er rollte mit den Augen und starb mit weißem Schaum vor dem Mund. Die Gardisten zerrten den toten Körper aus seinem Geschirr und warfen ihn in den Graben. Sie erklärten, daß sie am Straßenrand ihr Lager aufschlagen würden, bis Ersatz aus dem nächsten Dorf geholt werden könne.
Die rastlosen Füße des Generals trugen ihn auf einen Berggipfel zu, von dem er sich einen Blick auf die glänzende Haut der See bei Mondaufgang erhoffte. Bevor er jedoch diesen Aussichtspunkt erreichte, kam er durch einen Birkenhain, in dem er über die Tempelruine von Takeshebadera stolperte. Die hölzernen Pfeiler waren von Fäulnis und Ameisen zerfressen, und *shinobo*-Gras wucherte trauernd von den Dachgesimsen. Der Anblick begünstigte melancholische Gedanken an das, was er verlo-

ren hatte, und an das, was er noch würde hergeben müssen. Mit plötzlich wundem Herzen erinnerte er sich an Onogoro und an das Liebesabenteuer, das er für immer hinter sich lassen mußte. Aber er konnte es nicht ertragen, lange bei der schmerzhaften Zeit zu verweilen, mit der die Dichterin so unentwirrbar verbunden war, und indem er seine Sehnsüchte strikt hinter sich ließ, zwang er sich, darüber nachzudenken, wie er Ordnung aus Unordnung schaffen und sein Leben in neue Bahnen lenken könne.

Im Vorhof des Tempels lag ein Haufen von jadefarbenen Ziegeln, die Wind und Wetter vom Dach heruntergeworfen hatten. Der General hob einen zerbrochenen Ziegel auf und sah sich nach dem fehlenden Stück um, geistesabwesend, frei und zweckmäßig suchend wie eine grasende Ziege. Bald hielt er das andere Stück in der Hand, und indem er die beiden Hälften aneinanderlegte, konnte er sie wieder zu einem Ganzen zusammenfügen. Er kratzte Moos und Flechten ab, und in seinen Händen lag der Ziegel so schön wie neu und grüner als die See. Ich will ihn als Erinnerung an die Vergänglichkeit aller Dinge aufheben, sagte er sich. Dann dachte er, nein, ich will ihn Ochibu überreichen, die immer fromm ergeben war. Als er über die tiefe Frömmigkeit seiner Frau nachdachte, kam ihm eine neue Idee. Wäre es nicht möglich, fragte er sich, sie mit in die Berge zu nehmen? Die *yama-bushi* waren Laienpriester, die dem Zölibat wenig Bedeutung beimaßen; viele von ihnen waren sogar verheiratet. Es wäre natürlich ein karges Leben, aber geistlicher Wohlstand würde den Mangel an materieller Bequemlichkeit mehr als aufwiegen.

Als der General zum Lager zurückkehrte, begann er Pläne für sich und seine Familie zu schmieden. Ihre Flucht würde, dessen war er sich sicher, wenig Aufsehen erregen, denn die Provinz war zu abgelegen und sein Amt zu niedrig. Wenn sie erst einmal im Schutze der Dunkelheit in Dewa waren, konnten sie entschlüpfen und ein für allemal hinter den weißen Nebeln der Berge entschwinden!

So verscheuchte der General alle dunklen Gedanken, und mit ungewöhnlich leichtem und unbeschwertem Herzen eilte er zurück zu den Zelten, wo die Kochfeuer schon rot im Halbdunkel glühten. Ochibu näherte sich ihm durch die Abenddämmerung, aber als sie herankam, zeichnete sich Bestürzung in ihrem Gesicht ab.

«Der Junge ist nicht bei Euch?» rief sie. «Dann haben wir ihn verloren!» Er sei eine Stunde zuvor verschwunden, erzählte sie ihrem Mann unter Tränen, und da weder sie noch die Amme ihn in der Umgebung des Lagers hatten finden können, hatten sie sich gesagt, daß er wohl seinen Vater begleitet habe.

Der General beruhigte seine Frau und brachte sie dazu, sich im Zelt hinzulegen, wo die Amme den Säugling für die Nacht versorgte. «Er kann nicht weit sein», versicherte er, «und schließlich ist er ein kluges Bürschchen.» Da es schnell dunkel wurde, nahm er einen brennenden Ast aus dem Feuer und ging um die Kutschen herum. Er spähte in jede einzelne und hielt die Fackel sogar darunter, für den Fall, daß der Junge sich aus lauter Unfug dort versteckt hatte. Er sah hinter dem Küchenzelt nach und suchte die Büsche und Felsblöcke am Straßenrand ab. Er fing an, sich Sorgen zu machen, und bat schließlich die Gardisten, Laternen zu nehmen und auch die weitere Umgebung abzusuchen. Als er sich von der letzten Kutsche abwandte, beleuchtete seine Fackel das glänzende Fell eines Tieres: Es war der Kadaver des Ochsen, den man in den Graben geworfen und vergessen hatte. Er ging näher heran, und im flackernden Licht konnte er zuerst die weiße Sichel eines Horns ausmachen, dann einen Fetzen roten Stoffs. Mit einem Schrei der Erleichterung sprang er in den Graben. Denn dort lag, die Arme schützend um den Hals des Tieres geschlungen und das verweinte Gesicht fest an sein totes und starrendes Auge gepreßt, sein Sohn in tiefem Schlaf. Der General hob ihn zärtlich auf und wollte ihn zum Zelt tragen, aber der Junge wachte mit einem Schaudern auf und versuchte, sich zu befreien. Seine Arme nach dem Ochsen ausstreckend, begann er heftig zu weinen. «Komm jetzt», sagte der General, «das Tier ist tot.»

«Aber er ist einsam», sagte der Junge schluchzend, «er hat niemanden, der ihm Gesellschaft leistet.»

«Die Götter werden sich um ihn kümmern», sagte der General, «und du mußt deiner Mutter Gesellschaft leisten, denn sie macht sich Sorgen um dich.» Das Kind schien jetzt beruhigt zu sein und ließ sich zu Bett bringen, unter der Bedingung, daß seine Eltern für das unglückliche Tier beteten.

Später ging der General zurück zu dem Graben und schnitt mit seinem Schwert dem Tier ein Horn ab. Er legte es auf das Kissen seines Sohnes, um ihn zu trösten, aber wieder füllten die Augen des Jungen sich mit Tränen. «Ihr werdet doch nie sterben, Vater», bat er.

«Sicher nicht», versprach der General mit einem Lächeln.

«Niemals, niemals, niemals», deklamierte der Junge und umklammerte fest das gebogene weiße Horn.

EINE BRÜCKE AUS ELSTERN

Onogoro legte sich auf Shikibus Ruhekissen, versuchte aber, sich wach zu halten, denn der Schlaf könnte Vergessen bringen, und am Morgen könnte ihr taufrisches Ich mit

der Dunkelheit, die es geboren hatte, verschwunden sein. Ich habe mich genug bestraft, dachte sie und hing den stolzen Gedanken nach, die sie erfüllten. Das Geheimnis ist also, sich selbst zu kennen und sich selbst zu lieben, was auch geschieht, denn die, die sich selbst schlecht behandeln, ermutigen andere, dasselbe zu tun. Wie einfach das ist, dachte sie, aber wie schwer zu lernen! Der General ist fort, und das ist besser so, denn ich sehe jetzt, daß es der Hunger ist, der einen in die Raserei treibt, und ich glaube, daß ich den Mann nie wirklich geliebt habe!
Mit ihren neuen Waffen ausgerüstet, schlug Onogoro Schneisen durch ihre Geschichte, und in keinem Szenario wurde sie mißbraucht, weil sie das nicht duldete. Wenn ich damals gewußt hätte, was ich jetzt weiß, überlegte sie, hätte ich hier so und dort anders gehandelt. Ich habe mich bis zum äußersten angestrengt, um dem General zu vergeben, aber gleichzeitig habe ich mir selbst gegenüber keine Milde gezeigt, denn Schuld und Selbstmitleid hielten mich in meiner Kindheit gefangen, und ich habe niemals gelernt, mir selbst zu vertrauen.
Es war auch an der Zeit, daß sie ihrer unvollkommenen Vergangenheit den Rücken kehrte und sich nach vorn in ihre neu gefundene Freiheit wagte. Das war ihr fester Entschluß, und von diesem klaren Standpunkt aus würde sie von nun an mit Mitleid und Zuneigung an den General denken, aber mit mehr nicht. Onogoro seufzte und sank zurück in die Kissen, befriedigt wie ein Steinmetz, der sein Tagwerk vollbracht hat. Die Dachziegel sind gelegt, die Eingangspfeiler säuberlich geschnitzt; der Tempel steht fest und vollendet, und morgen kann der Gottesdienst beginnen. Mit diesen erbaulichen Gedanken schloß die Dichterin ihre Augen, und ihre Hände fielen locker geöffnet auf die Tagesdecke.

Wenn man im richtigen Leben nur einer Drachenmutter so leicht entkommen könnte wie in Onogoros Geschichte! In den frühen Morgenstunden kam Shikibu, die die Nacht mit Prinz Tametaka verbracht hatte, in ihre Gemächer zurück und ging auf Zehenspitzen an den Kissen vorbei, auf denen ihre Freundin in tiefem Schlummer lag. Plötzlich richtete sich Onogoro auf und sagte deutlich: «Ist es unser Schicksal, daß wir nur die lieben, die uns verletzen?» Die überraschte Shikibu setzte gerade zu einer Antwort an, als sie bemerkte, daß Onogoros Augen fest geschlossen waren, und ihr wurde klar, daß das Mädchen im Traum gesprochen hatte und jetzt, nachdem sie die Frage gestellt hatte, gar keine Antwort erwartete, sondern völlig zufrieden in ihren Schlummer zurückfiel.

Wie Mückenwolken stiegen quälende Hoffnungen in Oyu auf. Der General eine Schnecke! Er konnte kaum glauben, daß Onogoro etwas so Desillusionierendes über ihren Geliebten gesagt hatte. Die ganze Nacht über quälte er sich furchtbar unter den spottenden Sternen, aber er wagte nicht, sich auf die Suche nach ihr zu machen, denn es war ihm nur zu gut gelungen, sich aus der Umarmung ihres Mitleids zu befreien, doch dabei hatte er sie zweifellos verletzt. Aber irgendwie wurde er den Eindruck nicht los, daß ihr Gefühl ihm gegenüber durchaus ein anderes war als die Zurückweisung, die er so offensichtlich verdiente.
Was also war zu tun? Stundenlang rang er mit sich, und als der Morgenwind schließlich sein Gesicht kühlte, erhob er sich mühsam vom Lager, war aber immer noch zu keiner Entscheidung gekommen. In Wahrheit hatte er nur ein einziges klares Verlangen, nämlich wieder bei Izanami zu sein und zu spüren, wie ihr weißer Atem kraftvoll in ihn strömte.

Mühsam lenkte Oyu seinen Weg zu den Ställen, wo er mit stürmischem Schnaufen willkommen geheißen wurde. Als er sich aber an den Geist der Stute wandte, fand er ihre Antworten streng.
«Und wie entschuldigst du deine Untätigkeit diesmal?» fragte die Stute.
«Es ist nicht so einfach, aus der Dunkelheit in eine Welt voller Licht zu stolpern», antwortete Oyu schmollend.
Das Pferd war aufgebracht und stampfte mit dem Huf. «Solche Demut ist unangebracht», war die schroffe Erwiderung. «Du *bist* ihre Welt, denn Liebe hat sie ergriffen.»
Oyu sank auf den Striegelhocker. «Wie kann das sein?» hauchte er, als die Dunkelheit wie ein Stein von ihm abfiel.
«Siehst du denn nicht», fuhr das Pferd mit Nachdruck fort, «daß du der Kirschbaum bist, um den sich all die kleinen hungrigen Vögel ihrer Liebe scharen, der Mond, den sie von ihrem Balkon aus beneidet, die neckende Metapher, halb erahnt, während sie schreibt: sie kann nicht von dir lassen. Du bist die steinerne Bank, auf der sie im kühlen Schatten des Kampferbaumes rasten möchte, ihr Tempel und ihr Vergnügungsboot. Du bist das Auge, das ihr die Hitze auf die Wangen treibt, die Laterne, die ihren Pfad erhellt: sie kann ihren Weg ohne dich nicht finden. Du bist das Feuer, auf dem sie die Speisen bereitet, und das klare Wasser, in dem sie badet: ihre Welt ist reich durch dich. Du bist ihr Atem und ihre Musik – das ist die Kraft und die Verantwortung der Liebe.»
Die Worte blendeten Oyu und entblößten ihn. Seine Glieder gerieten in einen wilden Aufruhr, der zur Hauptsache aus Hoffnung bestand. «Kann das wirklich so sein?» rief er.
Die Stute schlug mit ihrem Schweif nach ihm wie mit einer Peitsche. «Heute nacht ist der Siebte des Siebenten», sagte

sie gereizt. «Hast du das etwa vergessen?» Wenn er jetzt nicht handelt, dachte sie, will ich nichts mehr mit ihm zu tun haben. Erwartet er von mir, daß ich ihm auch noch eine Brücke aus Elstern baue?

Izanami spielte natürlich auf die Sage von dem Hirten und der Weberin an, die immer zu den Lieblingsgeschichten unserer Landsleute gehört hat. Wegen der Liebe zu dem Hirten, geht die Sage, vernachlässigte die Weberin ihre Arbeit an den Kleidern der Götter, während der Hirt sein Vieh vernachlässigte. Zur Strafe verwandelte der Kaiser des Himmels die Liebenden in zwei Sterne und versetzte sie an die entgegengesetzten Enden der Milchstraße. Um sein Urteil abzumildern, verfügte er allerdings, daß die Sterne sich einmal im Jahr treffen dürften, nämlich in der siebten Nacht des siebten Monats, wenn eine Schar himmlischer Elstern eine Brücke bildet, die die Weberin überqueren kann, um sich mit ihrem Liebsten zu vereinen. Zur Feier dieses Ereignisses werden in den Gärten der kaiserlichen Residenz Blätter ausgestreut, und jeder betet um eine klare Nacht, da eine wolkenreiche den Himmel verdunkeln und Unglück bringen würde. Während Seine Majestät und das Gefolge warten und gespannt dem Treffen der beiden Sterne entgegensehen, lesen Hofdichter Gedichte, die sie zu Ehren des Liebespaares verfaßt haben. Ebenso werden in privaten Haushalten verschiedene Rituale vollzogen, und Frauen beten zum Stern der Weberin um Geschick in den Künsten Musik, Weberei und Dichtung. Unnötig zu erwähnen, daß die Nacht des Festes der Weberin auch eine besonders verheißungsvolle Nacht für all die ist, deren Herzen einander zugeneigt sind und deren Körper sich nach Vereinigung sehnen!

Als Tokiden am nächsten Tag zum Mandelblütenpavillon zurückkehrte, war ihre Herrin nicht da. Auch war keine Spur von Oyu zu entdecken, abgesehen von ein paar verstreuten Decken auf dem Balkon und einer Scheibe Melone, an der sich die Fliegen in der Mittagshitze gütlich taten. Mißbilligend rümpfte die Zofe die Nase und begann, energisch aufzuräumen. Ihre Herrin war eine mittelmäßige Krankenschwester, das stand fest, aber sie war eine noch schlechtere Haushälterin!

Onogoro indessen kämpfte in den Pflaumenblütengemächern mit dem Gedicht, das sie auf dem Fest vortragen sollte.

«Hungriger Atem seiner Herde...» schrieb sie.

«Liebe ist unsere achtlose Saat...» schrieb sie.

Endlich entschied sie sich zu folgendem, das sie Shikibu laut vorlas.

> Sie sagen, ich säte schlechten Samen
> Und schwächte Euer Vieh,
> Das fiel am Wegesrand.
> Soviel ist sicher:
> Liebe allein war unsere Saat,
> Unser kostbarstes Gewand.

Shikibu klatschte anerkennend in die Hände und antwortete mit ihrem Beitrag:

> Was kümmert es uns,
> Wenn die Mondin ihr Gesicht
> Im Regen verbirgt?
> Um so zärtlicher wird unser Treffen sein
> Und voll süßer Geheimnisse

Onogoro fand Shikibus Gedicht elegant, feinsinnig und in jeder Hinsicht dem ihren überlegen, aber statt niedergeschlagen zu sein und ihre eigene Mühe herabzusetzen, war sie dankbar für das hervorragende Werk. Wie sehr mich das Schicksal doch begünstigt, daß ich solche Vorbilder habe, denen ich nacheifern kann! dachte sie. Ihr Herz hüpfte in freudiger Erwartung all dessen, was sie noch lernen würde, denn obwohl der Weg zum Erfolg ohne Zweifel lang war, erschien er ihr in diesem Moment außerordentlich angenehm. Wie herrlich, dachte sie. Bei der Kunst selbst in die Lehre zu gehen und wieder und wieder zum geheimen Herzen des Lotus geführt zu werden!

Onogoros verzückte Stimmung entging Shikibu natürlich keineswegs, ihr Geist, der nur allzu deutlich den Grund für die Verwandlung erkannte, füllte sich mit bittersüßen Gedanken. Liebe war doch in der Tat die beste Nahrung für die Dichter, denn sie öffnete das Herz für jedes Geschenk der Natur, bis man sich von der ganzen Welt in ihrer Fülle umgeben glaubte. In diesem glücklichen Wahn schien es, als sängen die Vögel nur für einen selbst, als folgten einem die Blumen mit ihren Mittsommergesichtern, als blieben die Herbstpflaumen nur mit Mühe an ihren Stielen, so sehr begehrten sie, in die offenen Hände zu plumpsen. O beneidenswerter Zustand! dachte sie. O glückliche Onogoro!

Es gab allerdings vor dem Abend für die beiden Freundinnen noch viel zu tun, und die Begeisterung der jungen Dichterin wurde von einem Aufenthalt im Badehaus und einem Besuch beim Wahrsager unterbrochen, um die hochwichtigen Horoskope zu befragen. Dann kam das langwierige Geschäft des Haarewaschens, ein Dienst, den Ben schließlich nach einiger Überredung an beiden Damen zugleich versah, da jeder Vorschlag, Onogoro könne

in ihre eigenen Gemächer zurückkehren, um sich ihrer Toilette zu widmen, sie zornesrot werden ließ.
Unter Aufsicht der liebenswürdigen Ben knieten Shikibu und Onogoro zusammen am Becken und sahen zu, wie sich ihre langen Haarsträhnen im Wasser vereinten, bis keine mehr sagen konnte, welche wem gehörten, und sie schrien wie Kinder, als sie das kalte Wasser zum Ausspülen traf, und schüttelten ihre Köpfe hinterher wie Otter.
Onogoro entsetzte Ben, als sie die Absicht kundtat, mit noch nassem und unfrisiertem Haar in den Garten zu gehen, um dem Stern der Weberin zu opfern. Während die glänzenden schwarzen Schleier ihres Haares über die Kiesel strichen, schmückten die beiden Freundinnen die Glyzinienäste mit Ketten winziger Perlen und behängten die Pflaumenbäume mit blauen und weißen Streifen aus *nikite*-Tuch. Shikibu murmelte die traditionellen Worte des Bittgebets, während Onogoro wortlos die *maga-tama*-Perlen an die Wange preßte, und wenn wir nicht wissen, ob sie um Beistand in der Liebe oder in der Dichtung betete, können wir uns unsere eigene Meinung darüber bilden, auf welchem Gebiet sie mehr Beistand nötig hatte!
Mit diesen erfreulichen Beschäftigungen ging der Nachmittag schnell vorüber. Das Haar der Damen sog auch den letzten heißen Strahl der Sonne auf, die erschöpft hinter den Palastmauern unterging, bis Ben es für trocken erklärte und es kunstvoll mit Schildpattkämmen arrangierte. Dann steckten die beiden Dichterinnen ihre Schriftrollen in die Ärmel und machten sich auf den Weg zu den kaiserlichen Gärten.
Die erwartungsvolle Stille, die sich über den Hof gesenkt hatte, wurde nur vom Schrei eines Pfaus aus der Dunkelheit jenseits des Sees gestört. Am Himmel rückten Wega und Atair schüchtern Zoll um Zoll aufeinander zu, bis sie

sich endlich umarmten und in einem gemeinsamen Strahlentaumel aufleuchteten. Unten auf der Erde erklang Applaus, und zum Dank für das Glück, das dem folgenden Jahr nun sicher beschieden war, tranken die adligen Gäste feierlich auf die Liebenden.

Onogoro blickte mit gespannter Aufmerksamkeit zum Himmel. Wie traurig war es, daß die beiden Sterne dazu verdammt waren, schon Augenblicke nachdem sie ihre Vereinigung vollzogen hatten, wieder zu scheiden, ein jeder daraufhin seinen geringeren, selbständigen Schein zurückerhielt und sie ihre getrennten Wege fortsetzten. Grausame Götter sind es, dachte sie, die verhängen, daß kurzes Entzücken durch so lange Trennung erkauft wird und Liebende entweder zu schmerzvoller Sehnsucht oder zur Schmach des Vergessens verdammt sind! Und das Herz schlug ihr bis zum Hals, als sie sich von Shikibu und Prinz Tametaka verabschiedete und zu den Mandelblütengemächern eilte, ihr Gesicht hinter dem entfalteten Fächer verborgen.

GEHEIMNISSE

«Ist die Nacht bewölkt oder klar?» fragte Oyu von seinem erhabenen Sitz auf Izanamis Rücken.

«Leuchtend», sagte die Stute, denn der Mond ging auf.

«Dann haben die Liebenden sich getroffen?»

«Getroffen und getrennt», antwortete Izanami und schlug einen Weg zwischen den dunklen Ästen der Mandelbäume ein, die ihren Reiter sonst womöglich aus dem Gleichgewicht gebracht hätten.

Ermutigt von diesem guten Omen, stieg Oyu auf die Balkontreppe, band das Pferd lose ans Gitter, schlüpfte durch die Schirmtür und betrat die leeren Gemächer.

DER DUFT DER ZEDER

In der Sekunde, als Onogoro den Schatten des Pferdes im Mondlicht sah, durchfuhr sie ein Gedanke und bohrte sich in ihre Brust wie ein Messer. Könnte es sein, daß in dem willensstarken Oyu die Absicht wiederaufgelebt war, in die östlichen Berge zu gehen? Sollte sie ihre Liebe, kaum da sie sie gefunden hatte, wieder verlieren?

Sie rannte die Stufen hinauf und stieß die Tür auf. «Oyu», schrie sie in das dunkle Zimmer, aber es kam keine Antwort. Sie rief nach Tokiden, erinnerte sich dann aber, daß die Zofe bei den Festlichkeiten bediente. Sie entzündete eine Laterne und durchsuchte der Reihe nach alle Räume, fand aber niemanden und warf sich schließlich auf ihr Lager, wo sie ihrer Verzweiflung freien Lauf ließ, denn wenn aufbegehrende Hoffnungen die Tore unseres Herzens stürmen, dann öffnen sie uns auch für den trostlosen Einfall der Enttäuschung.

Hinter dem *tsuitate*-Schirm ertönte ein leises Kratzen. In der Annahme, daß die Katze sich dort versteckt hatte, rief Onogoro traurig und trostbedürftig nach ihr: «Komm, Omoto.» Aber statt des Miauens des adligen Tieres ertönte eine menschliche Stimme hinter dem Schirm.

«IN DER Provinz Hida», begann sie, «lebte einmal ein Lehrer, der zusammen mit seinem kleinen Sohn in einem Dorf in den Hügeln wohnte. Seine Frau war schon vor Jahren von ihm gegangen ...»

Ihr Leid war vergessen, und ihr Glück durchströmte Onogoro wie ein Fluß, der, durch Frühlingsstürme angeschwollen, droht, über die Ufer zu treten und alles auf seinem Weg mitzureißen. Sie nahm die Kämme aus ihrem Haar und schüttelte es aus, so daß die langen Strähnen über die Kissen fielen und sich unter dem *tsuitate*-Schirm hindurchstahlen, um Oyus Fingerspitzen zu necken. Zitternd fuhr Oyu fort:

«DURCH DIESELBE Gehirnentzündung, welche die Frau des Lehrers dahingerafft hatte, war auch sein Kind blind geworden, und da er um die Zukunft seines Sohnes fürchtete, nahm er große Mühen auf sich, um ihm alles Wissen einzuprägen, das durch lautes Vorlesen vermittelt werden konnte.

Als der Lehrer seinerseits starb, mußte sein Sohn, kaum erst der Kindheit entwachsen, nicht nur für sich selbst, sondern auch für seine alte Großmutter sorgen. Diese Dame war einst eine große Dichterin bei Hofe gewesen, aber da sie keinen Gönner hatte, verarmte sie und mußte sich von ihrer Familie versorgen lassen. Sie betrauerte das Dahinwelken ihrer Schönheit bitterlich und klagte von morgens bis spät in die Nacht über ihr Schicksal, so daß der Jüngling große Schwierigkeiten hatte, sie aus ihrem Trübsinn herauszureißen.

‹Für mich werdet Ihr immer schön bleiben, Großmutter!› versicherte er ihr, denn da er sie nicht sah, konnten nur die Beschreibungen ihn leiten, die sie ihm von ihrem glanzvollen Lebensfrühling lieferte, als ihre Haut perlweiß war und sie ihr schwarzes Haar eine Fußstunde weit hinter sich herzog und sie vom ganzen Hof, der reich an schönen Damen war, beneidet wurde. Besänftigt schürte dann die alte Dame für gewöhnlich wieder das Feuer und las ihm die

ganze Nacht aus ihren Gedichten und Erzählungen vor, damit sein unersättliches Verlangen nach Poesie auf die erbaulichste Weise gestillt werde.
Eines Tages bemerkte der Adlige, auf dessen Gut die beiden ihr Auskommen hatten, daß der Junge trotz seiner Blindheit gesund und kräftig war und mit Tieren umzugehen verstand. Er beschäftigte ihn daher als Hirten auf den Hochweiden in der Umgebung des Dorfes. Das Vieh war zahm und gehorchte willig seinem Pfeifen, und der Jüngling war glücklich, sich ganz den liebenswerten Tieren widmen zu können. Bei Sonnenschein und Regen durchstreifte er die Weiden, und Geschichten füllten seinen Kopf, und er träumte im sommerlichen Gras von den himmlischen Schönheiten, die seine Großmutter ihm beschrieben hatte, von ihren vollendet ovalen Gesichtern und ihren vollendet weißen Füßen, die unter ihren pfauengesäumten Kleidern hervorsahen. Die Finger der Sonne liebkosten sein Gesicht, und der Duft der Bergazaleen berauschte ihn, und er stellte sich vor, wie er eines Tages einer jungen Dame begegnete, die ihren Gönner verloren hätte und tränenüberströmt zu ihm käme, woraufhin er ihr ritterlich seinen Schutz andiente.
In den Wehen dieser Vorstellungen wälzte sich der Jüngling und preßte seinen Körper an den weichen Boden, oder er ließ seine Finger über das feuchte Moos eines Baumstammes oder die samtigen Blumenkronen des Fingerhuts gleiten. Denn um diese Zeit war er an der Schwelle zum Mannesalter, und es hätte ihm durchaus angestanden zu heiraten, wenn er eine Familie gehabt hätte, die ihm mit Rat und Tat beigesprungen wäre. Aber da seine Großmutter schnell vergreiste und der Jüngling, blind, wie er war, nicht ohne Hilfe auf Brautschau gehen konnte, wuchsen seine geschlechtlichen Bedürfnisse so wild und ungehin-

dert wie das Geißblatt in den Wäldern, welche die Weiden umgaben.»

Onogoro streckte ihre Hand aus und schob den Schirm zur Seite. «Komm, Oyu», sagte sie, zog ihn neben sich auf ihr Lager und bat ihn fortzufahren. Mit Zustimmung der Dame Omoto rieb sie ihre Schulter an seiner, schmiegte ihre Knie in seine Kniekehle und kuschelte sich zufrieden in Omotos Krallen. Und der Meister im Katzengewand pirschte sich an die vier Himmelsrichtungen heran, um die beiden vor Unheil zu bewahren, und der Atem des Universums blies die Laterne aus, so daß das Mondlicht seine weißen Blütenblätter über ihnen ausschütten konnte.

«EINES HEISSEN Tages, als das Vieh im Schatten der Kiefern schlief, erschütterte ein Erdbeben den Wald, und der Jüngling mußte sich an einer kräftigen Zeder festhalten. Als das Beben vorüber war und er wieder festen Boden unter den Füßen hatte, roch er den würzigen Zedernduft und fand ihn verführerisch.

Er umschlang den Baumstamm mit den Armen und legte seine Wange gegen die seidigen Fasern der Rinde. Die Geschmeidigkeit der Rinde erregte ihn, und er stellte sich vor, es sei die Taille einer schönen Frau, und so preßte er seinen Körper an sie, während die Tiere taktvoll ihre Köpfe abwandten und schläfrig mit den Schwänzen schlugen.

Da die Lust unter allen Entdeckern am kühnsten ist, suchte und fand sein Körper bald ein Astloch oder ein anderes schönes Plätzchen im Stamm, das durch seine Größe und Weichheit seinem Glied äußerste Gastfreundschaft bezeigte. Diese Spalte, außen moosig und innen saftig, war in der Tat ein wunderbares Tor zur Ewigkeit, und der Jüngling, der zu lange unberührt geblieben war, drang mit

dankbarer Inbrunst in sie ein. Mit zahlreichen Seufzern und maßlosem Stöhnen und Keuchen, das sowohl das Atmen der Seele wie die Spur des Tierischen in uns verrät, wurde der Jüngling in einem blinden Salto in den bedrohlich sich auftuenden Weltenraum hinausgeschleudert, grüßte die lächelnden Götter und fiel warm und strahlend als Neugeborener zurück auf die ihn empfangende Erde.
Da hörte er ein Stöhnen aus dem Baum. Verblüfft legte er sein Ohr an den Stamm. ‹Es wird mehr als dies nötig sein, um mich zum Schmelzen zu bringen!› sagte eine Stimme, die unverkennbar weiblich klang.
Der Jüngling sprang erschrocken zurück, denn wenn ein Dämon die Zeder bewohnte, hatte er sich in große Gefahr gebracht. Hastig stammelnd entschuldigte er sich dafür, den Geist belästigt zu haben, und wurde mit einem Seufzer belohnt.
‹Ein Dämon bin ich nicht, aber ein Dämon war es, der mich hier eingesperrt hat›, klagte die Stimme.
Der Jüngling nahm seinen ganzen Mut zusammen. ‹Aber wer seid Ihr, wenn Ihr kein Dämon seid?›
‹Ich kann Euch nicht sagen, wer ich bin›, entgegnete die Stimme, ‹aber ich kann Euch meine Geschichte erzählen, wenn Ihr sie hören wollt.› Ohne seine Antwort abzuwarten, fuhr sie verbittert fort: ‹Früher war ich eine Hofdame, und alle Männer sahen mich an, woran ich keine Schuld trug, außer der, schön zu sein. Da ich jung und voller Lebensfreude war, nahm ich mir viele Liebhaber: etwa sechs Dutzend waren es wohl. Schließlich wurde mein Gönner rasend vor Eifersucht und wandte sich an einen *tengu*, um sich an mir zu rächen. Dieser *tengu* war schrecklich anzusehen und hatte Flügel, und mit seinem Federfächer legte er einen Fluch auf mich, der mich dazu verdammte, im Holz zu leben, wo kein Mann mich sehen kann, und so

hölzern zu sein, daß kein Mann je meine Leidenschaft erregen kann.›
‹Eine solche Verwünschung kann sicher wieder aufgehoben werden›, sagte der Jüngling eilfertig, ‹wenn man weiß, wie!›
Gerade als er seinen Geist und seine Willenskraft an diese Aufgabe zu wenden begann, stach ein Skorpion seinen nackten Fuß, und er fuhr auf und fluchte laut, denn er war keineswegs aus Holz und spürte den Stich wie Feuer.
Da fiel ihm etwas ein, und er fragte: ‹Ist es wahr, daß Ihr nichts fühlen könnt?›
‹Rein gar nichts›, antwortete die Stimme traurig.
Mit einem gezielten Griff hob der Jüngling den Skorpion vom Boden auf und stieß ihn in das Astloch, wo er ärgerlich hin und her trippelte und alles stach, was er berührte.
‹Ah›, sagte die Stimme, ‹jetzt fühle ich ganz schwach etwas!›»

Onogoro wagte kaum zu atmen, als Oyus Finger die Falten ihres Gewandes beiseite schoben. Hier war das weiche Moos, und hier der Saft, und hier der Stich der Leidenschaft. Sie sträubte sich ein wenig, und ein schmetterlingsgleiches Lachen flog aus ihr auf. «Hab keine Angst!» sagte Oyu.
«Angst?» fragte sie herausfordernd und vergrub ihr Gesicht in ihrem Ärmel, um ihr plötzliches Erröten zu verbergen, bis ihr klar wurde, daß er sie nicht nur nicht sehen konnte, sondern daß sich die Blinden auch nicht so leicht hinters Licht führen lassen.

«OB DIESER schwachen Ermutigung», fuhr Oyu fort, «fühlte der Jüngling seine Lust wieder anschwellen, und er sehnte sich danach, noch einmal durch die herrliche Pforte einzutreten. Aber zunächst mußte er mit dem Skorpion fertig werden.
Er klaubte ein paar trockene Reiser auf, legte Feuer daran und warf sie in das Astloch, um das Spinnentier zu verbrennen. ‹Ich fühle ein schwaches Glühen!› sagte die Stimme überrascht.»

Mit weit aufgerissenen Augen wartete Onogoro in der gefleckten Dunkelheit auf die gefürchtete Berührung seines Fingers, und ihre Hitze loderte ihm geballt entgegen. Es war fast wieder Vollmond, und von hoch oben in der Milchstraße sah die Weberin, die ihren Liebhaber verloren hatte und verdammt war, ohne ihn an den fernen Rand des Universums zu reisen, auf sie hernieder und verfinsterte sich vor Neid.

«IN DER Hoffnung, das Feuer zu löschen, urinierte der Jüngling in das Astloch, aber die Flammen hatten den Baum schon erfaßt. ‹Ah, Feuchtigkeit›, sagte die Stimme im Ton wehmütiger Erinnerung, ‹Wie die Wärme in mir wächst!›
Verdrossen riß der Jüngling einen Stechginsterstrauch mitsamt den Wurzeln aus und schlug wütend auf das Feuer ein, um zu verhindern, daß die Dame völlig von ihm verzehrt werde, bevor er sie in die Arme schließen konnte. ‹Ah, süße Bestrafung›, sang die Stimme leise, ‹willst du mich nicht bis ins Innerste durchstechen?›»

«Oh», rief Onogoro erschrocken, denn die Worte der gefangenen Dame hatten ein untrügliches Echo in ihr ge-

funden. Es war, als könne Oyu ihre Gedanken lesen, und auch die geschickteste Täuschung konnte die heimlichen Züge ihres Verlangens nicht vor ihm verbergen.
Oyu hatte sich auf einem Ellbogen aufgerichtet und sah mit einem schelmischen Lächeln auf sie nieder. Onogoro ihrerseits starrte ihn wild an. Er konnte sie nicht sehen, wußte nicht, welcher Vogel oder welches andere Tier auf ihrem Kleid dargestellt oder von ihrer Geste nachgeahmt wurde, oder welche Rolle ihre Hände, ihre Augen, ihr Nakken oder die fließende Kurve ihrer Wirbelsäule spielten. All das ging für ihn verloren und fiel in den Abgrund. Sie stöhnte. Wie gefährlich alles ist, dachte sie und fühlte sich zum erstenmal ganz angeschaut und unverkleidet.
«Aber was geschieht jetzt?» fragte sie. «Wird das Feuer sie verbrennen, oder wird sie aus ihrem Gefängnis befreit werden?»
Oyu versenkte sein Gesicht in ihr langes Haar, richtete sich unmerklich auf und drang in sie ein. Onogoro verschlug es den Atem vor dieser Gefahr und sie hörte auf zu sprechen.
«Wir werden sehen», sagte er keuchend, «wir werden sehen.»

DIE FELDER DES PARADIESES

Wir wollen das Paar nun der kurzen Sommernacht überlassen, die durch die Liebe zeitlos geworden ist; wir wollen gehauchte Versprechungen und lustvolle Schreie überhören und statt dessen zu Vorreitern werden, die die Straße frei machen, und das weitere Schicksal des glücklosen Generals betrachten.
Der General, der den Fluchtplan und die Zukunft so klar

vor seinem inneren Auge sah, wie das Auge des Falken einen Otter fixiert, hatte es eilig, in Dewa anzukommen, und die unvergleichlichen Obstgärten von Mushashi zogen viel zu langsam an seinem Kutschenfenster vorbei.
Aber die Götter, die nie grausamer sind, als wenn sie den Hochmut des Willens entdecken, spannten das Netz des Schicksals aus, um den General darin wie eine hilflose Schnepfe zu fangen. Vor kurzem hatten die Gardisten die Nachricht erhalten, daß Taira Tadatsune, der Vizegouverneur von Kadzusa, eine Blutfehde gegen andere Zweige der Tairafamilie vom Zaun gebrochen hatte. Nachdem er den Gouverneur von Awa getötet hatte, fiel er jetzt über die Provinz Shimosa her. Als die Karawane durch Shimosa kam, bot sich ihr denn auch ein Anblick der Verwüstung: Die Reisfelder waren niedergebrannt, die Höfe geplündert und das Vieh sinnlos hingeschlachtet.
Die Gardisten zitterten vor Angst unter dem Rauch, der den vogellosen Himmel schwärzte, und weigerten sich, weiterzureisen, da sie um ihr Leben fürchteten. Unter dem Vorwand, er wolle eine sichere Route für die Karawane erkunden, überzeugte sie der General, daß er um eine dringende Unterredung mit dem kriegerischen Tadatsune bitten müsse, der ein Cousin seiner Mutter war und ihn seit seiner Kindheit besonders schätzte. Sein eigentlicher Beweggrund, um diese Besprechung nachzusuchen, war höchst staatsmännischer und ehrenwerter Natur, denn solch blutige Händel waren ihm verhaßt, und er beabsichtigte, sich für einen Waffenstillstand einzusetzen und so den Grundstein zu legen für eine Brücke von Vertrauen und Vernunft zwischen den kriegführenden Tairafraktionen.
Der General ließ seine Frau in der Obhut einiger zurückbleibender Gardisten und machte sich mit zwei Kohorten

auf den Weg zum Hauptquartier seines Onkels. Bei Anbruch der Dunkelheit erreichten sie das Sonnenblumenfeld, in dem Tadatsunes Armee lag, und wurden ordnungsgemäß zum Zelt des Kriegsfürsten geleitet.

Der alte Krieger fiel dem General um den Hals und umarmte ihn mit größter Herzlichkeit, denn er hatte seinen Neffen nicht mehr zu Gesicht bekommen, seit dieser die Provinz verlassen hatte, um seine hervorragende Stellung in der Hauptstadt anzutreten. Tadatsune ließ zu essen und zu trinken auftragen und wollte jede Einzelheit der traurigen Ereignisse hören, die zur Verbannung des Generals geführt hatten. «Ein Nest von Spionen und Intrige», schnaubte er und fuhr mit seinem Finger lustvoll die Klinge seines Schwertes entlang. «Bleibt hier mit uns, Motosuke. Wir sind wohl rauh, aber ehrlich in unseren Geschäften.»

Der General lehnte das Angebot unter vielen Bezeigungen seiner Dankbarkeit ab und begann, für eine friedvolle Lösung des Konflikts zu werben. Als die Nacht bereits fortgeschritten und noch immer keine Einigkeit erzielt war, sah er ein, daß Tadatsune nicht so einfach nachgeben würde und er höchstes diplomatisches Geschick aufbieten müsse, etwas, das er früher verachtet hatte. Gegen Morgengrauen, als alle seine Reserven erschöpft und seine Hoffnungen auf ihrem Tiefpunkt angelangt waren, überraschte ihn der alte Krieger damit, in einen Kompromiß einzuwilligen. So geschah es, daß die zwei Männer, während der Mond unter den Horizont sank, ihre Schalen zu einem Trinkspruch auf das Ende des Zwistes und die zukünftige Einheit und Sicherheit der Taira erhoben.

Mit getrübtem Blick, aber zufrieden erhob sich der General, um sich von seinem Onkel zu verabschieden, aber in diesem Moment kündigte ein schallender Mißklang von Hörnern und Schreien einen feindlichen Angriff an. Halb angezogen stürzten die Soldaten auf ihre Posten, während ein Regen von Pfeilen auf das Lager niederging. Dem General ein Schwert zuwerfend, rief Tadatsune ärgerlich: «Siehst du, wie unsere Taira-Cousins mit uns Frieden schließen?» Dann warf er sich mit einem lauten Kriegsschrei hinaus in die Sonnenblumen.

Der General war zutiefst betrübt, aber da er im tiefsten Innern ein Mann der Tat war, blieb ihm keine andere Wahl, als seine Verwandten zu verteidigen, und so ergriff er das Schwert und folgte Tadatsune aufs Schlachtfeld.

Die beiden Männer wußten jedoch nicht, daß die Angreifer gar keine Taira, sondern Truppen unter dem Kommando des berühmten Hauptmanns Minamoto Yorinobu waren, der zu dieser Zeit als Gouverneur die Provinz Kai regierte. Yorinobu war von seinem Bruder Yorimitsu – der, wie wir uns erinnern, den General als Kriegsminister abgelöst hatte – beauftragt worden, Tadatsune zur Ordnung zu rufen und bei dieser Gelegenheit so viele Tairaprovinzen wie möglich zu annektieren.

Yorinobu, obgleich ein Veteran von sechzig Jahren, war immer noch ein überaus gewiefter Taktiker und hielt das Lager Tadatsunes schon seit Stunden umzingelt. So stürmten seine Truppen aus allen Richtungen der Windrose heran und kesselten wiederholt Teile der Taira-Armee, die im Rückzug begriffen waren, ein und töteten sie erbarmungslos.

Den General traf, noch bevor er dreißig Schritte getan hatte, der gnadenlose Schlag eines Minamotoschwertes aus dem Hinterhalt und fällte ihn auf der Stelle, und sein Kopf rollte, von seinem Körper getrennt, unter die abgebrochenen und zertretenen Köpfe der Sonnenblumen, während seine offenen Augen vom Rand des Paradieses her in blinder Überraschung auf die Szene starrten.

Da die Taira eine endgültige Niederlage erlitten hatten und die Stellung der Minamotoverbündeten erneut gefestigt war, sollten wir eigentlich davon ausgehen, daß unser Prinz Atsumichi erfreut war, den Gipfel seiner ehrgeizigen Pläne so rühmlich erreicht zu haben. Es ist darum furchtbar, berichten zu müssen, daß der Prinz ebendiesen Gipfelpunkt wählte, um sich unerwartet in einem Holzschuppen aufzuhängen, und weder einen Letzten Willen noch einen Abschiedsbrief hinterließ. Der Regent und seine Minister waren um eine Erklärung dieser Tragödie äußerst verlegen, und keine der Hofdamen konnte verstehen, welcher Abgrund sich unter dem großen Adligen aufgetan haben mochte und ihn in einen solch gemeinen und drastischen Tod gestürzt hatte – außer vielleicht der unvergleichlichen Dichterin Izumi Shikibu, die von allen Frauen ein Geheimnis am besten zu hüten wußte.

Und da man von Onogoro und ihrem Geliebten nichts mehr hörte, müssen wir annehmen, daß sie eine Zuflucht in irgendeinem vergessenen kleinen Nest in den östlichen Bergen fanden, wo das Vieh mager und schwarz ist und wo die Wälder vom scharfen Geruch des wilden Knoblauchs erfüllt sind. Und so wollen wir hoffen, daß die Götter in ihrer Gnade dem Oshidoripaar beständiges Glück und ein ausreichend langes Leben gewähren, um von ihm zu lernen. Denn sind nicht alle Dinge zerbrechlich und fließend, und bläst der Wind die Jahre nicht durch uns hindurch wie gefallene Blüten?

Heiteres

Manfred Schmidt
Mit Frau Meier in die Wüste
Eine Auswahl verschmidtster Reportagen
(rororo 907)
Ob Salzburger Festspiele, Londoner Klubleben, Paris bei Nacht, FKK in Kampen, ob mit Frau Meier in die Wüste – der Leser kann sicher sein, die Reiseziele Manfred Schmidts versprechen so ver- gnüglich zu sein, wie kein anderer Reiseführer.
Frau Meier reist weiter
Eine neue Auswahl verschmidtster Reportagen
(rororo 1081)

James Herriot
Der Doktor und das liebe Vieh
Als Tierarzt in den grünen Hügeln von Yorkshire
(rororo 4393)
Warmherzig und humorvoll, mit nie versiegendem Staunen vor dem immer wieder neuen Wunder des Lebens erzählt James Herriot in diesen amüsanten Erinnerungen von der Tierarztpraxis in der wilden, einsamen Landschaft der Yorkshire Dales und den großen und kleinen Erlebnissen, die den Alltag eines Tierarztes ausmachen.
Der Tierarzt
(rororo 4579)
Die zweite Folge der heiteren Tierarztgeschichten
Der Tierarzt kommt
(rororo 4910)
Die dritte Folge der heiteren Tierarztgeschichten
Von Zweibeinern und Vierbeinern
(rororo 5460)
Neue Geschichten vom Tierarzt

3296/3

rororo Unterhaltung

Unvergeßlicher Heinz Erhardt
Heiteres und Besinnliches
(rororo 4245)
Diese herzerfrischenden Sketche und Wortspielereien rufen uns noch einmal Heinz Erhardts unverwechselbaren Humor und seine liebenswerte Hintersinnigkeit in Erinnerung.
«Es darf kein Äußerstes geben, zu dem wir nicht entschlossen wären, und keine Lauer, auf der wir nicht lägen.»
Heinz Erhardt

Lene Voigt
Säk'sche Balladen
(rororo 4242)
Lene Voigt, oder «unsere liebe Lene», wie sie von ihren Landsleuten und Verehrern stets zärtlich genannt wurde, hat sich mit ihren säk'schen Dichtungen längst einen festen Platz in der deutschen Dialektliteratur erobert.
Säk'sche Glassigger
(rororo 12881)

Armistead Maupin

Armistead Maupin, 1944 geboren und Journalist von Beruf, kam Anfang der siebziger Jahre nach San Francisco. 1976 begann er mit einer Serie für den «San Francisco Chronicle», die in den USA zu einem Riesenerfolg wurde und das Material lieferte für sechs Romane - die heute schon legendären «Stadtgeschichten ». In deren Mittelpunkt steht die ebenso exzentrische wie liebenswerte Anna Madrigal, 56, die ihre neuen Mieter gern mit einem selbstgedrehten Joint begrüßt. Unter anderem treten auf: Das Ex- Landei Mary Ann, der von Selbstzweifeln geplagte Macho Brian, das New Yorker Model D'orothea und San Franciscos Schwulenszene. All den unterschiedlichen Menschen, deren Geschichte erzählt wird, aber ist eines gemeinsam: Sie suchen das ganz große Glück.

Stadtgeschichten
Band 1
rororo 13441

Mehr Stadtgeschichten
Band 2
rororo 13442
«Maupins Geschichten lassen den Leser nicht mehr los, weil sie in appetitlichen Häppchen von jeweils circa vier Seiten gereicht werden und man so lange ‹Na, einen noch› denkt, bis man das Buch ausgelesen hat und glücklich zuklappt.» *Der Rabe*

Noch mehr Stadtgeschichten
Band 3
rororo 13443

rororo Literatur

Tollivers Reisen
Band 4
rororo 13444
«Nichts ist schlimmer, als die steigende Zahl der Seiten, die das unweigerliche Ende des Romans ankündigen.» *Hannoversche Allgemeine Zeitung*

Am Busen der Natur
Band 5
rororo 13445

Schluß mit lustig
Band 6
rororo 13446
«Ein Kultroman.» *Die Zeit*

«Es ist merkwürdig, aber von jedem, der verschwindet, heißt es, er sei hinterher in San Francisco gesehen worden.» *Oscar Wilde*

3312/2